像衛慧那樣瘋狂

衛慧◎著

目錄

像衛慧那樣瘋狂 5
愛人的房間 115
說吧說吧 135
神采飛揚 145
硬漢不跳舞 225
我生活的美學—代後記 275

像衛慧那樣瘋狂

陌生人走來／同我共住並不在頭顱正中的房間／一個女孩，瘋狂如鳥

——狄蘭・托馬斯《避難的愛情》

【壹】

我生在元旦過後的第二天，1月3日，按西方流行的占星學來說，我屬於摩羯座。

我喜歡從深夜最後一班地鐵上下來，慢悠悠地走過鋪著劣質花崗岩的寂靜過道，走進午夜巨大的黑色陰影中。遙遠的地方總有個聲音在輕輕呼喚我，那是我的靈魂，我自己。

我喜歡打著哈欠默不作聲地抽著MILD SEVEN，在一盞柔和的檯燈下，像隻勤奮的耗子一樣寫作，儘管常常因爲太想寫而寫不出一個有意思的字兒。

我也喜歡坐在人行道旁邊的花草護欄上，面無表情地盯著在眼前晃過的每一條露在短裙下的玉

腿（那些腿胖瘦有致暗藏玄機，有的靜脈曲張，但一律肆無忌憚），和醜陋多毛的猩猩腿，一直到夜幕降臨眼睛發暈，渾身粘滿了汽車廢氣和灰塵味。

我還喜歡坐在一家擠滿了藍領、灰領的小餐館，孜孜不倦地啃一堆燒得發酥的骨頭，吸收骨頭裡的磷的鈣質，並以此消磨充滿陰霾的時光。

對，屬摩羯座的人是喜歡孤獨的，不是天堂般的孤獨，是人世間鬧哄哄當中的孤獨，是某個被遺棄的垃圾桶裡那種逆來順受、黑暗愍悶而又溫暖的孤獨。摩羯座可以同時過著物質與精神、體面與乞丐般的生活，不同檔次的生活，思考問題常常繞圈子，被死亡和生存、情欲和靈魂弄得神魂顛倒，認識朋友像吐口痰那麼容易，但不大經常見面交心，言辭直率會不小心傷到人，是個妄想狂、手淫狂，發瘋似地愛自己，可以一連兩個鐘頭照鏡子，下腹那個地方一有風吹草動就往醫院跑，同時又絕望地恨著自己。

你瞧，我拿自己的毛病往相書上一套，幾乎每一項都絲絲入扣，毫不走樣。

【貳】

夜夜都有夢。

在黑暗裡，一種看不見火星的燃燒在房間的四壁投下怪異的影子，或許那是類似小蠟燭一樣燃燒的微不足道的東西，那是我的過去，它用它千萬條小觸角爬滿了我的眠床、我的頭腦、我的夢

境。

每次當我夜半驚醒，我的手中僅剩一點零星的碎片，從夢中搶來的記憶碎片，不管如何拼湊總是像一個無頭案。然而這種混沌卻也使記憶模糊的部分逐漸明朗起來。

我看到我的父親，確切地說，是我的繼父。他坐在那兒，和一隻貓在一起。他那雙呆滯的、閃著磷光的眼睛一眨也不眨，手裡提著一條蛇，像雜耍藝人那樣連續不斷地逗弄著它。我用手指擦了擦眼睛，那蛇原來不是眞正的蛇，是一條牛皮做的棕色軍用腰帶，他從部隊轉業時帶回來的。這根帶子有一股挺邪門的味兒，虛張聲勢似的，同時還讓人覺得興奮，乍一看，的確像條懶洋洋扭動身體躺在腐草上的蛇。

貓打著呵欠，然後它盯住了屋裡的另一個人，是個年輕女孩。她在一個水斗邊上不停地削鉛筆，似乎是要在素描課上派上用場，筆尖很細很銳利。她心裡想著上小學一年級時，有個男生不小心把一支尖尖的鉛筆戳過了手掌，他不是急著去拔那筆，而是馬上張開了小嘴哇哇地哭起來，眞是個沒用的傢伙。她想著，眼睛朝那隻貓看去，貓的眼睛忽張忽閃，它的瞳仁映出繼父手裡的帶子，帶子在貓的瞳仁裡游動扭曲，像一團邪惡的火焰。這種火焰使她下意識地伸手扭開了自來水的龍頭，把那股水放到最大。水流噴薄而出，神奇的飛射彷彿來自於生命的那一泓幽秘的泉。她突然就有了脫光自己、痛洗一次的想法，可是再後來，她放棄了這種明顯的挑釁念頭，她也顧不上防備那人和那貓了，因爲她想上廁所。

於是我醒了。

打開一盞燈，奇怪地看了看四周，腦袋裡還響著那片嘩嘩嘩嘩的水聲，還感到一種著了魔似的心跳聲。

我披上衣服跑到衛生間，一邊聽著抽水馬桶裡長噓短嘆似的濺流，一邊想著夢中的那個轉業軍人，我的繼父。

他其實是一個長相文弱的男人，從部隊回來後在一家酒廠做政工幹部。在我的生父自殺後的第二年，在一個沒有風，太陽溫柔的下午，他提著一只舊的軍用帆布包走進了我的家。

他五官端正，有點女裡女氣，身上一股檀香皀的味道，十個手指甲乾乾淨淨，不藏一點污垢，只是左手的小指甲長得嚇人。他靦腆不安地當著我的面摸了摸我母親的頭髮，像是在完成某種儀式，然後叫我「小慧」，臉上掛著呆板窘迫的笑。

他會踩著縫紉機做夏天的裙子、冬天的棉襖，那些裙子綴滿了花裡胡哨的花邊和大大小小可以裝不同東西的口袋，那些棉襖縫著老式的盤成菊花、梅花形狀的搭襻。母親對他滿懷感激之情，愛他愛得戰戰兢兢、愚蠢笨拙。

而我，只是冷漠而固執地認爲，即使這個男人像一塊幕布及時地拉上了屬於我生父的時代，拉上了那毫無生氣、冰涼破碎的頭顱，蓋起了那具存在於另一個世界的屍體，他也無法抹去那一灘流在水泥地上五顏六色的污漬，那些刺目的東西使我的小腦袋像個TNT炸藥庫一樣轟然而響，四處飛濺，一瞬間不知道眼前這是一齣演得有聲有色的戲，還是眞實的生活，或者是一場惡夢。而這個成爲我新任父親的男人，他永遠也成不了我眞正意義上的父親。

這樣一種恐懼和仇恨持續了我整個的少年歲月，少年的天空總是布滿了糾纏不清的愁雲和冰雹。在化纖廠當會計的父親硬是被認定貪污了廠裡二千塊錢，老實的父親由於無法解釋那些錢的去向，只選擇從廠部大樓上跳下去。他不明不白地摔破了自己的腦袋，而一個陌生人緊接著出現了，當時在十歲的我看來，一切都糟得不能再糟了，未來對我而言只是一個張得大大的黑咕隆咚的洞，居心叵測地只等我一頭栽進去。

生活的秩序被攪亂了，在順水而漂，漂向未來的難以設想的航行中，這種陰影將會像一頭緊追不捨的鬣狗，牢牢地跟在我屁股後面。

而我對繼父的種種陰暗晦澀的感情，無法言傳，情欲般的追殺，總是跟目睹死亡時的絕望與瘋狂不謀而合。

夢境將是我願意花筆墨描述的一個重要部分，為此我寧願付出某種代價。比如小說各個章節所呈現出來的凌亂破碎，故事發展過程中的迷離回復。對於想聽到一個俐落的故事的人來說，過多的夢境是一種災難，然而對於我來說，在一些捉摸不定、無法言明的東西中尋找一種激情，是一條好的出路，是一劑嗎啡，是狂歡的前奏。

我的夢是一幕幕無聲劇，劇中的人物大部分是不固定的，有的是素未謀面的陌生人，而有的則是固定的，比如我那呆板無辜的繼父，另外還有一個人，他是樂隊的吉他手，高個兒，臉蛋帥氣，眼神動人。

他總是在我的夢中走來走去，背著一把少了根弦的舊吉他，低聲吟唱著一支叫《夏日最後一朵玫瑰》的外國民歌，有時唱著唱著會流鼻血，他的蒼白和羸弱曾令我萬分迷戀。

我喜歡他用那雙神經質的長手指握著剪刀，為我修理瀏海，長這樣一張瓜子臉的姑娘應該有幾綹柔軟的頭髮，他一本正經地說，他的手指碰觸在我的額頭上時，就會有一股快樂的電流如閃電般傳遍全身。

他流浪四方、行蹤不定，卻總是隨身帶著一副國際象棋，我沒花什麼力氣就學會了怎麼下。有時我的夢中就是一副巨大的國際象棋底盤，那些阡陌縱橫的網路上孤零零地立著一只王后，而一個熟悉的聲音在我目力所不能及的地方低聲唱著歌。面對如此情景，我總是黯然神傷。

我所有青春期的歡樂來自於這個憂鬱的樂手，而最終的痛苦和錯亂也同樣是來自於他。

午夜低迴，夢過留痕。被各種夢境追擊，再無法入睡的時候，我就只能點上一根煙，披衣來到陽台上，看遠處的霓虹閃爍，想像那一幢幢高樓大廈、洋房別墅，那些舒適幽暗的角落裡縱夜狂歡的人群。

這座不眠的城市，像一艘貪逸無恥的航空母艦，載著柔軟的夜色陷入數不勝數的歡樂的泡沫之中。

孤獨無語的天空像巨大的陰戶，空空地籠罩在城市的頂部，霧起來了，像小貓的爪子一樣輕輕爬在大街小巷中，而色情的高跟鞋還在每一塊馬賽克地磚上咯蹬咯蹬地響著。

這就是我夢寐以求的上海。

這就是我賴以逃離我的過去、我的記憶的了不起的城市。

【參】

我迷戀過很多人，朋友、情人、老師。在落日的餘暉中餵鴿子的白髮老頭、藝術家、同性戀者、一些素不相識的陌生人。

初次見到馬格時，他正得了重感冒，口袋裡裝了一打面巾紙，接連不斷地擤鼻涕、咳嗽、打噴嚏、吐痰，情形看起來真夠糟糕的，他就像個土裡土氣的鄉下人，捂在一件海藍的棉質外套裡，黯淡無光，老氣橫秋。我卻開始有點迷戀他了。

他是一個自由職業者，換句話說，就是什麼職業也沒有，什麼活兒卻又都幹一點。在八年前的那些日子裡，他寫過厚厚一摞超現實主義詩歌，卻無人問津，他只好燒了那些心血，一個英文也不識地跑到澳洲去了，在雪梨的一家小啤酒廠裡打了二年黑工，懷揣著二十多萬塊錢又回來了。他目前的身分是文化掮客，在上下家之間分出一點錢來，給報社拉拉廣告，給嚴肅音樂會籌劃賣票，爲專治羊癲風的老軍醫全國巡診出謀劃策。我聽唐明預先介紹到這個人的時候就打心眼裡覺得，他是個人物。

我當時正寫了部十六萬字的小說，撇開另外幾篇讓雜誌退回來的習作，這是一部讓我重新看到曙光的作品，在我自己眼裡它是塊里程碑，是根救命稻草，它忠實地描述了這一代年輕人極富想像力的激情，和要命的空虛。所以熱心腸的唐明把馬格的手機、拷機號抄在一張紙上遞給我時，我固執地覺得，這一回我會交上好運。

他個子不高，五官聰明，眼神有些高深，手裡緊緊拽著面巾紙，沒有那玩意兒就對付不了該死的重感冒。

我們正坐在一家位於茂名路的咖啡店，唱機裡放著格什溫的《一個美國人在巴黎》，音樂挺有意思，我們有些局促地喝著咖啡，我想是他的重感冒影響了一點氣氛。雖然事先我精心地化了妝，像這城裡所有漂亮姑娘那樣穿著黑色掐腰小翻領的呢外套，塗了深棕色的唇膏，噴了CD香水中POISON這一款（但他現在的鼻子塞得像陰溝，香臭不辨）。這唇膏和香水是上個月我生日時由阿碧送給我的。像我這樣有點不合時宜、口袋沒幾個錢的女孩，通常只能從最要好的朋友身上榨到一點實在的幸福感。

我看看他，他正在大致地翻閱我帶來的小說，那小說的名字大大地寫在第一頁上，《污穢的夜鳥》，一共有厚厚的一疊。他感覺到我探詢的目光，但沒吱聲，認認真真審讀官的樣子。這使我屏氣息聲，他在我眼裡就是權威，就是流落在人間得了重感冒的上帝。

他得從結構到風格到內容全面估量這部小說的價值，其中不排斥商業流通價值，然後考慮推荐給什麼樣的書商出版，以及透過怎樣的圖書發行渠道，等等。他放下稿子同我談了這些，我對發行渠道之類的概念並不很在行，我後來告訴他，寧可不發表也不想嘗試走上地攤的滋味。他用研究似的目光看著我，微微笑了笑，說他剛才粗粗看了這部小說，覺得有些個性化的風格，特別是語言同時具有粗暴和嫵媚的質感，當然他對小說談不上內行，他謙遜地說。同時表示他想想辦法，可以試一試。

他又換了張面巾紙捂在鼻子上，發出沉悶而不太雅的聲音。我能感覺到他順勢打量了我的衣著和唇膏的顏色，但我吃不准自己給他一個什麼樣的印象。

我終於忍不住想抽根煙。他看著我急急地從包裡拿出香煙，老練地點上火的架勢，略微有些吃驚。我吐了口煙，小心地向他飛了個媚眼兒。他說了句意味深長的話，透過這些煙霧看上去，你的眼睛裝了很多東西，好像經歷得挺多。他可能想說我的眼睛很老，可他終於還是沒這麼說，只是微微笑了笑，也掏出了煙。他說他原以爲我會討厭這個，還問我有沒有癮頭。我告訴他反正買這個不能超過預計的開支。

這的確是實情，而因爲這一點，每當我看到那些才情乾癟、錢包鼓鼓的蠢傢伙時，我總是沮喪萬分、眼珠發紅，不知道如何才能從他們身上騙出點錢來。

在裡面坐了將近一個半小時，空調機熱烘烘地給你送來各種香水味，咖啡的焦甜味，煙草的乾爽味，還有鮮花、奶油味。牆壁上掛著幾幅西班牙畫家達利的油畫仿製品，靜靜地散發出死亡、幽靈、情欲、爛蘋果的氣息。這是種超現實主義的色彩和味道。

分別的時候他說他會妥善保管小說，等有了什麼消息他會打我的Call機。我想了想，也只能這樣了，有些話我沒好意思說出來，諸如請你一定得多費神，使把勁，擦亮眼睛，體體面面地把它賣個好價錢，這可是我的救命草，我最後的殺手鐧了。要不從此以後我再也寫不動一個字啦！

站在咖啡店門口，店裡面多愁善感的音樂還在飄響著，只是隔了門，聽來隱隱約約，如隔世的感覺，剛才談了些什麼，我也覺得有些不眞切起來。風吹來，要命地冷，而隔壁花店裡的鮮花養在

水桶裡卻還自顧自地美麗著。

我急急地把長圍巾包在腦袋上，他走過來，用力咳嗽著，伸手幫了我一把。我笑著謝了他，他不動聲色地說，你可眞是個小孩。「小孩」這兩個字他說得很重，以示強調，然後吐了口痰，毫無詩意地伸手摟住了我，把我送到了位於另一個路口的公共汽車站。他揮揮手就轉身走了。

我站在綠色塑料天棚下等車，回想著剛才的情景，有種新鮮感始終繞在心頭。天氣是這麼的冷，可情形還不太糟，他對女孩伸出了手，那麼在女孩的眼裡，這就意味著他跟她可不再是絲毫不沾邊了，甚至她這個「小孩」的寒冷、飢餓、痛苦、無助似乎也都跟他有關了，她的確需要這種幫助、這種溫情。一切都讓它順其自然吧！想我所想，夢我所夢，是有那麼一些東西超乎我們的想像，是無法預先算計的，這也是我們的生活充滿變幻，並仍然富有喜劇性的因素之一。

【肆】

我的住所位於城市的東北角。這裡原先是一片屠宰場和墓地，後來城市人口的劇烈膨脹需要更多的住房，這兒便蓋起了一幢幢毫無生氣的樓房。那些樓房的面目千篇一律，像一個個火柴盒，像一艘艘沉船，像死人蒼白的臉，那一個個黑洞洞的窗戶就是那臉上的眼睛、鼻孔，和張大的嘴。打這些比方並不過火，事實上，那兒的街道也都取著一些陰冷凄切的名字，涼城路，靈丘路，等等。

屬於我的天地是一間十二平米的臥室兼書房、客廳，以及一個四平米的衛生間，一個四平米的

廚房。

我搬進來的時候，這裡什麼也沒有，沒有電燈泡，沒有掃帚，沒有掛衣鉤，這是房產公司尚未尋到買主的新工房，暫時租給一些並不怎麼有錢的房客，每個月只需二百元。但多半隔三四個月就得搬一次，因爲會有單位成批地買下這些房子分給等房子等紅了眼的職工。

每當天晴的時候，我就搬個小板凳坐在陽台上，晒著太陽，像個童養媳一樣吭哧吭哧地洗一大盆積時已久的衣服，往往一洗就是一個上午，一邊的小收音機裡城市民謠、搖滾、藍調、黑人靈歌兀自響個不停。洗好了衣服，用一根黑狗幫我從工地上撿來的竹竿晾出去，太陽暖烘烘地照著衣服，衣服像一些大葉子或是大鳥在風裡跳躍。

時間總是這樣平靜地流淌，總是這樣的寂寥無息，無知無覺，謎一樣的光陰。

陽台下面是一片沒怎麼收拾的荒地，上面長滿了各種各樣的雜草，偶爾還會出現一枝嫩黃的矢車菊。一陣冷雨過後，草地呈現出層次不一的不同的綠色，以及淺棕、深褐、赭紅色，這種自然景觀非常迷人，常給我一種置身於這個亂七八糟的城市之外的錯覺。

在周末，阿碧會和她的男朋友黑狗一起來上門拜訪，捧著鮮紅的康乃馨，提著幾瓶啤酒，和一大包雞翅、鴨舌頭、牛肉乾、話梅、水果之類的美食。

阿碧是我最合得來的朋友。她也是屬摩羯座的，屬相相同的人總是容易心心相印，惺惺相惜的。

我們彷彿是從同一個子宮裡鑽出來的孿生姐妹，都長著秀氣的雙眼皮、高鼻梁、紅紅的小嘴巴以及像冰刀那樣蒼白、瘦削、冷漠的尖下巴。我們都對下雨的天空、秋天的枯葉、臉上新添的每一道小皺褶、角落裡的蟑螂、血流一地的產房過敏。我們自以為是這個城市裡日益珍稀的浪漫主義者，對世俗凡庸的人群、流言、冷語討厭之極的憤怒青年。我們越來越離不開對方，對方身上的那面鏡子，那面在月光下在午夜時分閃著瓷器一樣光澤的鏡子，使我們絲毫不爽地看到或醜陋或美得憂鬱的自身面目，毫不欺騙。

總之，她在我的眼中，美似天鵝，純如寶石。儘管我們同時又都很自私、利己、冷漠、怕死。

有的時候，面對那些面目可疑，手持鮮花或蒙汗藥，牙齒閃著銀光，一心想讓他們那些餿牛奶似的東西噴薄而出的傢伙，我只能讓自己變成一塊石頭。而阿碧，這個體態優雅像鶴鳥一樣纖細的女孩，卻時時能激起我那幾乎泯滅的感情，這是不可思議的，沒有邏輯性的感情，富有幻覺。

黑狗忠心耿耿地愛著阿碧。他是一家酒吧的老板，做酒水生意時心狠手辣，談情說愛卻溫柔得像午夜歌王、童話王子，甚至還寫起詩來，並樂意跟我談論超現實主義、達達主義、古典情緒的終結、偉大的十九世紀文學。那會兒在巴黎，隨便撿起一塊磚頭都是藝術，而現在，他說著搖搖頭，就算塗著髮蠟、打著領結、噴上香水去聽整場的音樂會也找不到多少感覺。

他的確是個有點意思的傢伙，阿碧愛著他，我也不討厭他。可唯一有點障礙的是，他是個有婦之夫，一個二歲女孩的父親。所以阿碧和他的愛情從一開始就是懸在半空中的，一有風吹雨打就會漂泊搖擺，痛苦發瘋。這一點，我想他們倆也都明白得很，暫時裝聾作啞罷了。

在周末，我們三個人坐在一只破沙發上，聽著兩只小音箱裡放出來的黑人爵士樂，爵士樂是黑

色、憂鬱、古老的夢境裡的喘息聲，在這種富於異國情調的音樂裡，人會失卻自我。我們還喝啤酒、抽煙、吃那一大包東西。那是讓人感到生活無比踏實的時刻。透過光禿禿的陽台看去，天上的星星零零碎碎地閃著光，月亮半掩在破絮般的雲層裡，也許上帝也在往這間寒酸的小屋子裡使勁眨眼。

音樂很好，酒也不錯，煙並不熏人，肚子裡塞得鼓鼓的，我心滿意足。生活有時候就這麼博大精深，這乘著昆蟲的翅膀自顧自行進的生活。如果有什麼麻煩，那就衝它做個鬼臉。

再坐上一會兒，我就披上外套，拖上鞋子，替留在屋裡的兩個人拉上門鎖，慢悠悠地在七轉八拐的樓梯上穿行。來到行人稀少的馬路上，在靜寂的夜風中思考一些永遠沒個盡頭的東西。比如生和死、靈與肉、幸福和悲慘，我一邊漫無邊際地想著，一邊覺得這實在很荒唐。首先我是個女的，其次我才二十出頭，在這種年紀的妙齡女郎通常該想些別的有意思的事兒，比如染髮、眞絲胸衣、男友、明星照、C.D口紅、舞會、臉上的皰疹、減肥、沒有抽水馬桶的生活無法想像。可是，我一無所有，我無計可施，我無處可去，我就這樣夾著一支劣質煙─閃著火星的孤獨伴侶，走在人煙稀少、路燈殘缺的路上，走在城市的塵埃裡，走過高高低低的房屋和一扇扇窗，走過廢品收購站，走過學校的操場。

我對自己充滿了厭煩，對那些形而上的幽靈敬畏有加。我一心想成爲一個與眾不同的作家，雖然這個行當在當今並不吃香，像一個破八音盒裡的舞孃犯了病，永遠跳著一種過了時的舞。這些，都是落了伍的東西。

走過幾條橫馬路，在一塊巨大的燈箱後面，有一家24小時營業的超市，我信步走進去，在擁擠的貨架之間鑽來鑽去，如果邊上沒有什麼人，我就忍不住有點手癢，看見浴帽、杯墊、小餅乾、維C果糖、鉛筆、熱水瓶塞之類的小玩意，毫不客氣地裝進大衣口袋裡，然後打著哈欠慢慢地走出超市，在超市外面的塑料垃圾箱裡扔掉一些我不喜歡的東西，只留點餅乾、糖果之類的塞進嘴裡，繼續慢慢地往前逛，腦袋裡塞著一團稻草，一點盲目的平靜。

在往回走的路上，我覺得自己免不了在隱隱地泛酸水，想著阿碧和黑狗的身體，那柔軟生動的曲線，在我的床單上留下的溫度和皺褶，我就禁不住變得醋溜溜的，內心深處藏匿的某種東西也越來越鮮明起來，這是一種焦慮，一種危機的信號。

阿碧在那一刻變得很遙遠，在我不可觸及的地方，像深夜花園裡的一朵玫瑰，不可理喻的憂傷而陌生。有的時候，我只能恨她。

【伍】

天氣還很冷，雖然已是早春二月了。

我一如既往地在小屋裡看書，天晴的時候洗衣服，嘴饞的時候掏出通訊錄，給有錢的朋友們打求助電話，吃完飯順帶騙點零花錢，再買上一大盒爆米花去看場電影。

當然運氣不好的時候，就只能一個人在一家烏煙瘴氣的小飯店裡要一大盤黃豆炖骨頭，那些骨

頭酥軟可口，並能興奮疲沓的神經。然後慢慢逛到地鐵站，在溜冰場的玻璃牆外面看熱鬧。裡面的年輕人在眼花繚亂的燈光裡盡情宣洩多餘的激情。

這些年輕的孩子染紅了額頭上的一撮頭髮，穿著各式黑色、銀色的舶來貨，表情老於世故，眼神無情無義，綁在八個小輪子上，在瘋狂的節奏裡像木偶一樣傷心飛舞。

我就那樣帶著炖骨頭的餘味，悄無聲息地隔在玻璃外面，一看就是個把鐘頭。人群在身後陸續穿梭而過，腳步匆匆，各人想著自己的心事，被時光追趕著走向他們的目標——他們所賴以安身立命的那些複雜的類似漩渦般的人事、關係、算計、程序、欺騙、表演。

所謂的日常生活就是如此這樣的一個下午，一個亂哄哄的地鐵車站，浮在溜冰鞋上的年輕人，拿著公文包的成年人，還有炖骨頭的味道，一個游手好閒的除了空想一無所有的姑娘。這種日常生活就是毫無詩意的一種繁瑣，這種繁瑣絕對不是生活的本質，而是懸置於強大的生活之流上方的恍恍惚惚的東西。

【陸】

一個陰冷的下午，電爐上正烤著我的朝鮮族朋友金揚送的幾條乾魚。室內的空氣溫暖而鮮腥。我躺在被窩裡看莫拉維亞的《內心生活》。年輕的主人翁德西黛麗亞使出一切花招來褻瀆那個社會中貌似神聖的一切，在教堂做彌撒時撒尿，和養母亂倫，用鈔票作手紙，以色相脅迫那愣頭青朝父

母的結婚照上吐唾沫，等等。這可是種貨眞價實的瘋狂，一種深入骨髓的掙扎。儘管小說的語言有欠細膩，有些細節未免做作，可它還是打動了我。這種打動是以噩夢般的聯想和回憶籠罩全身乃至每一根腳趾作爲代價的。

我害怕這種尖銳的矛盾，介於個人與整個社會之間的對抗總是有點歇斯底里的，如果這個世界樣樣不合你的心意，那麼你的存在就是個錯誤，你的生活就是個悲劇。覺得自己年輕並充滿敵意就可以改變生活（哪怕是一丁點兒的末子），那是個地地道道的蠢夢。人改變不了什麼東西，甚至改變不了自己。人只能做一件事——打開靈魂的窗戶，是的，打開窗戶，接受生活的所有饋贈，接受痛苦接受欺騙接受欲望接受毀滅。人唯一的創造只是在於面對命運的態度，哭哭啼啼，還是心花怒放。

而我自己，也曾有過年少時的血氣方剛和憤世嫉俗。我認定是偌大一個化纖廠集體殺死了我的父親，繼父和母親則是潛在的殺人同謀。

我曾打算一把火燒掉那家廠，我的衣服口袋裡放著一包火柴，書包裡裝著幾瓶柴油、煤油，反正是我可以收集到的東西。結果我在廠門外面徘徊到天黑，門衛老頭看到了我，讓我進去烤烤火，我驚慌失措地轉身就跑，跑得比兔子還快，跑到河邊把東西全扔了，然後回家吃晚飯。晚上躺在被子底下哭，心裡恨極了自己。

後來的我，一直是個古怪、沉默的女孩。

我的青春期是以神經質的憂鬱、偏執狂般的自閉，和失戀的絕望在十四歲就過早地結束了。

最終結束於一個背著把舊吉他，名叫傅亮的雜種。

我放下小說，丟開這些想法這些名字，從電爐上拿起一片乾魚放進嘴裡，開始艱難地咀嚼。舌尖蠕動，牙齒磨擦，唾液分泌，細細品味每一絲味道，這是解脫自我的一種方法。

拷機響起來，是馬格打來的，於是我便收拾一下頭髮，像運動健將一樣跑下六樓，跑到五百米開外的公用電話亭，氣喘吁吁地搜尋一些甜蜜的詞兒，準備隨時拋給電話那一頭的經紀人。

他的聲音很溫和，像剛出爐的麵包那樣鬆軟，卻絲毫不提小說的事兒，拉拉雜雜，從忙不忙天氣的冷與熱談到炙手可熱的足球和股市。最後他問我什麼時候有空，他想請我吃一頓。我溫柔地謝了他，然後從我正在看的書談到某次畫展，最後還是拉鋸戰一樣把話題扯到了我的小說，《污穢的夜鳥》，問他是否給了什麼書商。我當過學校電台的播音員，懂得如何把聲音運用得傳情達意。他說了一大通對我的小說的讚語，然後告訴我，他跟一個湖南的書商聯繫上了。那個書商不日將有機會來上海辦點事，順便可以跟我見個面。他說這消息原想在請我吃飯的時候告訴我。

於是，我滿心歡喜地跟他定了約會時間。到時，他請我上館子吃西餐。

【柒】

阿碧一連打了我好幾個傳呼。她似乎失去了她那天鵝般的優雅和自信。

她在電話裡未語先泣。阿慧，我受不了。我不想哭可又控制不住自己，我早料到會有這麼一天的，為什麼碰來碰去都是些臭男人。她抽抽噎噎，眼睛紅潤，渾身上下都被忌恨和失落燒得難以自持。

碰到這種情況我必須放下電話像個救火隊員一樣地趕到她工作的那家銀行門口，她會像往常碰到傷心事時一樣，站在一棵巴西鐵樹的邊上等我。

這一次，她穿著一件寬大的藍色滑雪衫，悲傷的下巴埋在領子裡，迎著出租車走過來，從錢夾子裡掏出錢替我付了車費，然後憂鬱地看了我一眼。阿慧，你為什麼看上去總是這麼大義凜然，有的時候我就老想著你這種無所畏懼的派頭，鼓勵我自己，可我的脆弱似乎是天生的。

我們走到銀行對面的一個街心小花園裡面，她從我的口袋裡拿出煙，自己點上火，風塵味很濃地吐著煙圈，那一雙水汪汪的眼睛持一副懷疑一切的表情。

我滿懷同情地坐在她身邊，這種時刻是她的美麗透過淡藍的憂鬱，透過滿眼的憔悴在淚水和鼻涕裡表現出來的時刻，所呈現的是一種受迫害的美。

她以前也談過幾次戀愛，無一例外地都是些有婦之夫。她也不明白自己為什麼總是吸引這樣的男人，也許是她比較符合丈夫們關於浪漫和激情的想像，他們和同一個女人生活得越久就越向往外面的世界，在他們想像裡姑娘們就應該是鮮美如花、活潑如鳥、滿腦子都是浪漫的念頭、對油煙味洗衣粉棒針敬而遠之的小仙女。

這些人總是以誇讚她的活潑、純情、長長的腿圓圓的屁股開始對她的追逐，以埋怨老婆呆頭呆腦、毫無情趣、死心眼進入追求階段的高潮序曲，以騎著摩托車帶她到任何一個臨水有風的地方，

擁抱狂吻口口聲聲再也離不開她作為華彩樂章，然後她就會讓這些騎士們無法忍受。他們的身上印滿了她用靈巧的小嘴巴嘬出來的紫紅色嚙痕，性學專家把這稱為「情咬」。他們像一枚屬於她的私人印章而無法在妻子面前坦然脫光自己，並坦然地和妻子尋歡作樂，因為妻子們的眼睛和獵鷹一樣敏銳，她們一看到這種可疑的玩意兒就會盤問你兩個小時而毫不口乾舌燥。她還會在周末往他們家打電話，稱他們為某某老師或某某先生，問這家主婦他在不在。丈夫在妻子的注視下只能用些短語和她說話，答應或拒絕她的約會邀情。再後來，阿碧會一往情深地愛上他們，提出要他們離婚，和那個蠢女人徹底分開，因為她不能忍受自己想像著他們從她身邊爬起來又鑽到別人身邊的情景，這有損她的自尊。

當然，情人們一個個在她的視線中消失了，現在是黑狗時代。而黑狗顯然也讓阿碧受不了。他甚至有一次還讓她看了他的全家福，妻子和女兒在他的懷裡笑得陽光燦爛。他說女兒是他的一切，是這門倒霉的婚姻中唯一的亮色。他說著就摟住阿碧，阿碧死死地盯著那個漂亮的圓臉女人。她在第二天就買來了一副圓盤飛鏢，掛在牆上，晚上一旦心情不好就拿起飛鏢一支接一支地往圓盤上扎，練上半小時。只有這樣她才能忘記那張迷人的圓臉而安然入睡。

黑狗是她迄今為止發現的良心最好的情人。他對她百依百順，天冷了就提著一只取暖器上門幽會，咳嗽了就給她買糖漿，痛經時陪她趕到他認識的一個婦科專家那兒諮詢，她講到以前的一些傷心事時他也陪著黯然神傷。

黑狗的體貼、黑狗的善良使阿碧如坐針氈。因為這些誘發了她的獨占欲望，可現在他仍然是圓臉女人的丈夫，周末必須回家。

她憔悴起來，一天只能喝幾兩粥了，香水和口紅對她失卻了意義。她下決心讓他離婚，可黑狗只答應等以後頭髮白了他一定來找她，那時他們雖然老得做不動愛了，可他們必將在夕陽裡相攜相伴走完人生最美的一段風景。他的詩意設想使她哭得更厲害了，那得等上漫漫的三十多年呢。她把他趕出了她家，家裡的另外一個人，她的老媽媽被她哭得心驚膽戰，而她又不能跟媽媽說任何細節，要瞞就瞞到底。

所以第二天她就給我打電話了，所以我現在就得坐在她的身邊，唯一需要我做的姿態就是安安靜靜，騰空我的兩隻耳朵和我自己的心事，傾聽。

她總是把我當成某種偶像，我在情感災難面前能夠巋然不動，我有一張柔和天真的臉，一顆鐵石包裹的心，以及所有孜孜以求的夢想，這些構成了我的氣質，老於世故與熱情浪漫。她由此而迷戀著我。我是她的英雄，必要時總是與她並肩而立，同仇敵愾。

而她，卻是我心目中那朵在歌唱以外的、癡情而盲目的玫瑰，我永遠不能侵犯的脆弱的花朵。

那些臭男人，那些甜言蜜語的騙子。她咕噥著，眼淚像自來水一樣說來就來，腦袋倒在我的肩頭上。我渾身不自在起來，那些細柔的髮絲蹭著我的脖頸，像小螞蟻排著隊在皮膚上行軍。我輕輕把她扶起來，口乾舌燥。

爲愛而悲傷的女孩是一首你所熟悉的小夜曲的主題，是太陽下慢慢融化的神秘的氣息，是一只用全身的勢能傾翻在地的破碎的杯子，是月光下被藏匿的影子，精疲力盡地渴望著你顫抖的手指，

你的嘴唇。

我告訴她，別哭了，沒什麼用。

忘記這些煩惱最好的辦法，就是以更快的速度尋歡作樂，情人們會像大白菜、茄子一樣自動地擺在你新一輪的歡愛之旅上。夥計，好日子永遠在後頭。

她吸吸鼻子，像飽受風霜的街頭流鶯一樣用疲憊的眼光掃了一下四周，好吧，再接再勵，百折不撓，她說，用冷血式的語氣。這一刻，我已經把滿不在乎的感覺傳染給了她，雖然是暫時的。她掏出口紅鏡，重新搽上了暗紅色的唇膏，我們相視一笑。她依然很漂亮。

她得回她那家銀行的七樓辦公室了。她在銀行外事部工作，讀大學那會兒，她一口流利的英語曾讓我羨慕萬分。現在她就幹著這種把舌頭捲得像地毯似的跟老外周旋的差使。她有很多機會跟洋鬼子打交道，我總是鼓勵她把爪子伸到那些國際友人身上，跟國內的已婚男士談情說愛時間一長，難保不會誘發癡呆症。

我臨走前問她借了一百塊錢，並鄭重其事地提醒她記在帳上，她點點頭。可這些錢多半是有去無還的，除非哪天我的腰包比較鼓，湊巧又良心發現。

好吧！阿慧，你那本書什麼時候出來了，第一個就送給我。她滿身輕快地向我叫著，招手致意，跑進大門裡去了。

【捌】

馬格等在離我幾十米遠的路口，初春的風掠過迎春花新綻的苞芽，吹在他的身上，黑色皮夾克裡面的一條白綢圍巾輕輕地揚起來。他新剃了頭髮，鬢角青青的一片，顯得比第一次見面時帥氣許多。

他向我招手，我跑過去，和他站在一起，彼此都覺得挺高興的。

他大大方方地拉起我的手，我不動聲色由他擺布。拐過一些亂哄哄的路口，此時正逢下班高峰，車輛都像發瘋的蟑螂一樣四處奔竄。我因爲眼睛近視，常會無視於這些車子大步向前走，他只好在千軍萬馬之中緊緊地拉住我，差一點就要把狗皮圈套在我脖子上以讓我聽從指揮。

終於到了紅犀牛餐館。餐館布置得挺洋氣，透著股摹仿來的粗俗，四壁的幾幅畫上刻意地畫著袒胸露臍的浪女人，和滿是胸毛的肥漢子。裡面坐滿了食客，包括許多人高馬大、渾身毛茸茸的歐美人。

我們等了一會兒，臨窗的兩個位子空出來後，我們就坐了進去。他說你的眼睛如此近視就不好意思讓你點菜了，說著就迅速地翻動起菜單來。有個笑話，說的是大方的男人點菜時只會注意女招待是否漂亮，小氣鬼男人則會不眨眼珠地盯著每一道菜後面的價碼。我把這個笑話不失時機地講給他聽，是想暗示他出手可以闊綽一點。

他笑起來，很開心地點了本店最昂貴的菜。女招待也開心地扭著屁股走到裡間去了。

一頓晚餐吃得手忙腳亂，刀叉飛舞，杯盤交錯。我事先沒有塗口紅就是準備踏踏實實地來吃一頓的，吃掉了兩個水果餡餅，一個大沙拉，一盤魚子醬，兩客牛排，兩客焗蛤蜊，兩杯西瓜汁，以及三塊夾心巧克力。他爲我的胃口拍案驚奇，我只是希望他別爲這些感到心疼。

最後我們慢慢呷著葡萄酒，默不作聲地抽著煙，欣賞窗外的夜景。馬路上人來人往，互不相干。一兩個乞丐倚在商店櫥窗外搔癢癢，櫥窗裡的模特兒美若天仙，無聲無息。夜呼吸聲一點點在街道上空清晰起來，而思想，卻多半在這個酒足飯飽的時候無枝可依。

室內的燈光很亮，我們彼此打量了一會兒，有種陌生的東西滋長在他的眼睛裡，這東西讓我陷入進一步的興奮中。我讓招待再拿點酒來，被他制止了。他說他想早點送我回去。他的臉在那一刻看起來可眞像個好叔叔。

可我的血液裡燃燒著藍色的酒精，絲毫沒有倦意，就像一隻貓，在黑暗越來越濃的時分，毛髮聳起，尾巴抖擻，眼睛泛光。他緊緊地扶起我，不由分說地挾著我往外走。

在門口，我撞到一個人身上。是唐明這小子。他摟著一個跟他差不多一樣高的洋妞，一股狐臭夾著香水味嗆得我直想咳嗽。

唐明是阿碧的大學同班同學，我們三個曾是挺要好的朋友。馬格就是他給我介紹的。這傢伙從那時確立的志向就是尋找一個富婆，無論脖子的皺紋和鬆弛的屁股讓人多噁心，他願意爲萬惡的金錢奉獻自己的貞操。那些花哨的領帶，考究的西服，還有他做夢都想去的地方，迷人的巴黎、羅馬、倫敦、維也納，他一心一意想著這些，娶上一個富婆是夢想實現的關鍵。就算以後年老多病的

淒涼歲月裡，那些錢也能使他躺在潔白舒適的病房裡，天天有鮮花圍繞著他，護士的俊臉總向他微笑，腐爛的肉體也灑上最好的科隆香水而從不長蛆。這是一個在農村長大的窮孩子最銘心刻骨的倔強的夢。

他是個長相英俊的小伙子，大學畢業後就分發到市外辦做一名普通職員。我們叫他媚眼兒，因爲他天生一雙細狹而有魔力的眼睛，看你時溫情脈脈。

這會兒媚眼兒摟著一個從美國維吉尼亞來的姑娘，JUDY，熱情地向我們打招呼，要我們再坐一會兒。馬格拍拍他的肩，向他告別，我順勢衝他做了個鬼臉。

夜色如潮，城市在眼前璀璨無比，空氣裡每一顆粒子都是骯髒、奇蹟、罪惡、夢的縮影。

此時此刻，我是一只胃部裝滿了食物和美酒的皮囊，毫無思想毫無畏懼，晃蕩晃蕩地走在大街上。一輛救護車嘶叫著從我們鼻尖上擦過，我清楚地看到裡面一個流血破碎的人體，瞬息之間，我體驗到據說是癲癇病人才感受得到的那種絕對的清晰。

在這種清晰中，一切看來都是正當的，一切都是眞理，脆弱的生命，騷動的詩歌，漫長的夢境，組成所謂的永恆。而我，這一刻更多地卻是感到了寒冷，和孤獨。

我把馬格留在了我那小小的房間裡。

我做好準備，我將對接下去會發生的一切毫無防禦，我願意隨波逐流。無論怎樣，我將保持完好無損。

我倒在床上又喝了點酒，那是前天剩下的半瓶啤酒。我嘴裡的酒精味，以及全身每個毛孔裡的

燃燒，那種燃燒而生的幽藍色的小花，使他戰慄。他的額頭滲出了汗珠，濕漉漉地抵在女孩尖如冰刀的下巴上。

他不知道這一切會不會來得太快，同時他也擔心會不會去得更快。他說他其實很珍惜和我的相識，他願意細水長流地保持這種關係，在我身上有他多年前想在詩歌中表現出來的東西，無疑，他表現得不夠好，所以他失敗了，只好燒了那些詩跑到澳洲去了。現在他碰到了我，他不能自持地喜歡我。

你比我小很多，但卻比我聰明。你明白我的意思嗎？你很特別，你屬於這個城市，但你不是在享受它（因爲由於種種原因，你沒能處在這個物質化的金字塔的上層），你是在感受它，你的身上開了很多靈敏的小口子，你用這些全力地感受著眼前的骯髒與繁華，你一會兒野心勃勃、詭計多端，一會兒又柔弱無依、憂鬱動人。你對生活貪得無厭，我說錯了嗎？不，我理解你的小說，我也明白你藏在眼睛裡的東西，第一次約會你有些拘謹地坐著像個受難的天使，可你的放縱不羈更吸引我。我被你打動了，我願意受控於你，因爲我被你打動。

他喃喃自語，大汗淋漓，處在激動的幻覺中。

我打斷了他，請求他不要再說，讓他喜歡幹什麼現在就可以動手幹起來。他需要的也就是這些。

他低低呻吟了一聲，燈光驟滅，黑暗上升，影子與影子相纏相繞，在黑暗的氣流中隨波逐浪，有如在海水飛濺的泡沫中漂浮的魚兒。

他的持續能力很強，有著千奇百怪的姿勢可以幹，卻沒有一點虛脫的跡象出現。當他興奮難耐的時候，他就趕緊抽身而退，改用雙手撫弄他身下的女孩子，然後繼續進入。如此反覆，他一直處於興奮的狀態中，就像一個永不言敗的魔鬼。

她被欲望的鞭子抽打著，死去活來，銷魂蕩魄。

在接下來的熟睡中，她又做夢了，一連做了四五個支離破碎的片斷。

清晨，他問她做了些什麼夢，因爲她一直在他的懷裡發抖。還有尖叫。她拍拍腦袋說忘了。其實她記得很清楚，她夢到了繼父。他和一個女人在黑暗中糾纏不休，兩人都顯得很無恥。女人的身體白而豐腴，像條蛇一樣附在他瘦條條的腰上。他的眼角掛著興奮而感恩的淚水，左手的小指甲緊緊掐在女人的胴體上。他們就像鞭子一樣互相仇恨地抽打著，如此邪惡而瘋狂，像獻給撒旦的祭品。

我不知道那個女人是不是我母親，母親是個乾癟如柴毫無吸引力的女人，沒有如此豐腴潔白如此懂得誘惑人的胴體。那麼她是誰？我爲什麼對她如此熟悉，又如此驚懼？

夢中，我對繼父的感覺總是這樣陰暗，這樣難以啓齒。而在實際生活中，我也同樣討厭他，我經常偷他錢包裡的鈔票，然後用想得出的方式揮霍一空。比如我會買幾塊當時還很昂貴的巧克力吃，請要好的朋友小紅、王軍、麗麗他們看電影、上館子，心滿意足地聽著這些傢伙的恭維話，有一次還匆匆忙忙地買了去寧波的火車票，在那裡待了不到幾十分鐘就因爲迷路而心慌意亂地往回趕。那時我十歲出頭。

繼父在發現這種偷竊行徑後總是閉口不提。如果母親因爲起了點疑心追問起來，他就說借給別人了。

我覺得這很噁心。他的遮掩和庇護使我和他之間彷彿有了某種結成同盟的意味，我們成了一對同謀犯，他悄悄地用這種方式跟我套近乎。

我討厭這種想法。

於是我更加厲害地花他的錢，有一次還明目張膽地跑到理髮店去燙了頭髮，燙得亂蓬蓬的頭髮使我看上去像個野雞。母親很生氣，她已知道我用的是從繼父那兒偷來的錢，她打了我一頓，並馬上用剪刀卡嚓卡嚓地剪掉了那些小鬈鬈。

其實我也不想花那個人的錢，用了這些錢我總覺得很髒，可不用這種方式懲罰他，我又想不出別的把戲。他不是我的父親，他是一個住在我們家的陌生男人，一個眼睛亮閃閃、渾身香噴噴、手指靈巧而下流甚至偷看我洗澡的男人。

我還夢到了那個憂鬱的吉他手，傅亮。他總是像續集一樣緊接著前一齣無聲劇而來。

他的眼睛也是亮閃閃的，手指也是長而靈巧的，只是不顯得下流。他住在一家下等旅館裡，冬天的風從玻璃窗的縫隙裡呼呼地吹進來，風很大很冷很尖，表明這是一個淒冷得撞不到什麼好運的季節。

他裹著一件黑色的大外套，以不停地撥動琴弦來溫暖十個手指。而我顯得特別狼狽，身上什麼也沒穿，站在房間外面拚命地敲門。他卻充耳不聞，心安理得地躲在屋裡彈琴。

我絕望了。於是我拿出隨身帶的一把小刀，試著要撬開這扇可惡的門，這門摸上去是這麼的薄可又堅不可摧。刀子很快就壞了，刀刃斷在我的手掌心裡，止不住的血從手心裡湧出來，我尖叫起來。

然後，一切都變了，像電影鏡頭那樣一搖，另一幕不相干的場景切入了。

我走在空無一人的大街上，不，我是在疾步奔跑。街兩邊的房屋飛速地退向腦後。我沒有絲毫的疲倦和懼意，儘管街上的治安總是不可靠的。

跑過一扇落地玻璃長窗時，我忽然停下來，幽暗的燈光使這扇窗含義無限、意味深長。

我決定偷窺，當然這不是什麼很光彩的事兒。但我鬼迷心竅，那窗子有股魔力在拉住我。

裡面有個姑娘，赤條條的沒穿衣服，只有腳下一雙猩紅的高跟鞋像團暗火一樣燒著她的腳底。她在屋裡面走來走去，頎長美麗的四肢，以一種優雅的姿態飄動，柔若無骨，輕如羽毛。牆壁在輕輕閃動，像鎂燃燒時發出的那種柔和穩定的光澤，使眼神顯得像歌聲那麼飄渺。

我一下子愛上了她，她長得像我自己，雙眼皮，高鼻梁，紅紅的小嘴巴，冰刀一樣冷漠而俊俏的下巴。

她長得也很像阿碧。

這幾個夢的片斷都蟄伏著幽秘深邃的情欲，這是讓我有似曾相識之感的情愛場景，陰暗、熾烈、絕望是這些場景的主色調，這些場景像我童年時那個小鎮裡縱橫交錯的街道，編織著夢中流動的光芒。從夢中的場景開始，就開始了通向過去、通向記憶中那些面孔那些激動那些痛苦的旅程。

夢是黑白的，夢是無聲的。

可有一種不可聞聽的音樂始終在我們意識最深處回響，我們知道屬於過去的早已過去，屬於現在的還在手指觸摸不到的地方，而屬於未來的，卻像一塊全新而陌生的草坪，正迎著遙遠的太陽緩緩展開。

這些，是我願意寫進我的小說中去的，但在日常生活中，你會發現面對親人，面對朋友，面對情人，你無人可信無人可訴。

我閉口不談昨夜的夢。

馬格遞給我這個早晨的第一支煙，我們躺在床頭，抽著這煙來興奮神經，振作精神。新的一天開始了，不管怎麼樣，窗戶外的陽光溫暖新鮮，樹枝梢上新綠點點，送牛奶的老頭推著小車愉快地走著。我們互相親吻嘴唇，讓自己覺得生活的每一天都該有點特殊意義。「債戶、債主都不復存在。」偉大的莎士比亞如是說，儘管我對此語有所不解，但在這個早晨還是把它當作一句吉利話記了起來。感謝上帝賜予的一切。

【玖】

書商來上海了。

是在一個雨天，馬格帶著我趕到他住的賓館。

這位姓楊的書商坐在沙發裡，笑容可掬，頭髮和皮鞋鋥亮的，一副成功生意人的派頭。他替我們泡了茶，又接過馬格遞過去的煙，然後很有把握地談論起我的書稿來。

他已事先看過一遍，他覺得總體上這部小說是合乎出版商口味的，它的語言讓人激動，有些細節也很精彩，體現出一種令人困惑而癲狂的境界。他說他願意考慮接受這部書稿，不過，他盯了我一眼，這一眼讓我感覺不舒服，接下去也許要觸及事物的關鍵了。

他接下去說，如果我可以再大膽地擴充某些章節，他指的是那些激情場景，如果激情可以再刻畫得火爆一點，有種讓人大汗淋漓、血脈賁張、大做白日夢的效果，那麼出版商在此書的包裝、發行、出售過程中會更容易炒作。

況且書名也不錯，《污穢的夜鳥》，能給人一種頗具張力的聯想。

怎麼樣？衛小姐，你的處女作必將成爲炙手可熱的一本暢銷書，你的讀者群將主要分布在十到四十歲的年齡層，你還可以在主要的幾個城市搞簽名售書，面帶動人的微笑，你本人的巨幅照片將張貼在書市最顯眼的地方，像一個眞正的美女作家、天才作家。

我忍不住大笑起來，馬格擔心地看看我，我克制住想對書商做個鬼臉、說點瘋話的下意識的念頭，這個念頭一直盤旋在我的眼角、我的舌尖，當看著他那肥潤的笑容，聽著他那從切菜刀下面嚓嚓冒出來的話，我就處在不由自主地，時不時就會失態的邊緣，我可能患有聆聽恐懼症。

這是我自己想出來的一個詞兒，從小學裡就開始了。班主任帶著強壓制住的厭惡跟我談那些失蹤的數學大考試卷的時候，我就一直笑個不停。天哪，我眞他媽的了不起，我從窗子裡爬進去偷了

那些該死的卷子，然後統統扔進了廁所的大糞坑裡。當然，這些我絕不會跟那個凶女人說，但我無法控制自己臉上的笑肌，它們處在萬分緊張的崩潰臨近狀態，它們一直在痙攣，因爲班主任口口聲聲要把我交到校長那兒，讓他處罰這個小偷。那時我才十歲，我的父親剛死不久，那時的我對什麼都厭煩透頂，幹點出格的事成了我唯一的樂趣。

後來我就失去了跟我所不喜歡的人進行一本正經談話的能力，那種談話做作而無聊，像一個迷魂陣，充滿了虛與委蛇的作風。軍訓的時候那些積極分子一個個來找我談話時，我就捏著鼻子笑，跟老教授談著爲人、治學的根本之道時，老傢伙一本正經的模樣也讓我想哈哈大笑，他們在這種時候就忘了爭職稱、爭房子、爭做研討會主持、爭個名單上的排名先後的那個滑稽勁兒。

同樣，這個書商的夸夸其談也讓我感到一種無名的緊張。他後來又說了有關版稅的事，我一個字兒也沒聽進去。我只是冷眼琢磨著。

我覺得這傢伙具有蛆蟲那種肥沃的智慧，這是一種剝削力、一種生存力的體現。如果人人都像這個傢伙一樣具有三寸不爛之舌，令人振奮的規劃，以及這種肆無忌憚的交易能力，那麼人人都會在這個社會中豐衣足食，臉蛋紅潤，冰箱脹得塞不下，腦袋空得講不出一個有意思的笑話，懷疑主義、超現實主義將成爲歷史的垃圾。

書商衝我們做了個抱歉的手勢，他得去衛生間撒泡尿。

我吐了口氣，順手掀起屁股底下的沙發墊布，擦擦高幫皮靴上被雨水濺上來的污漬。我看看馬格，你覺得怎麼樣？他說這聽起來是個不壞的主意，可你願意照他說的那樣去做嗎？我點點頭，這

是個問題。

書商出來後，我點上一支煙，煙霧讓人鎮靜，同時也使自己顯得不是那麼好欺負的。我跟他說我很為他的計畫感到歡欣鼓舞，但我不準備把那些東西再誇張開來，因為誇張只會扭曲原來挺乾淨的感情，誇張不能帶來更加火熱的激情，反而會誘人意淫。

馬格湊近書商，老楊，這姑娘年紀小主意大，要不，雙方折衷一下，再商量商量。書商的臉上掛著浮冰似的微笑，衛小姐，合作是需要耐心也需要一定犧牲的。

我覺得我很明白什麼是合作精神，正因為缺少這一點，我才淪落為一個默默無聞、一窮二白的作家，寫作是件很私人化的活兒，它正合我的心意，否則我也不至於工作沒半年就辭了記者這份行當。本質上，我是願意遠離人群，一個人面對一本書一面鏡子發呆的。

房間裡空氣沉悶，席夢思、織花地毯看上去柔軟而輕浮。書商的頭髮在幽暗中閃著誘捕者的熒光。

我不想再一本正經地談什麼書稿出版，那讓我有種賣書如賣身的感覺。我在離開前告訴書商，我可以按他說的那樣去修改文字，但那樣的話，他就必須付我原定稿酬的四倍。

電梯像母豬產仔似地吱吱叫著，馬格背靠著電梯門安慰我，他說這家如果不行的話，還可以再另外找。總之他對我的作品很有信心。

他的話使我大為感動，他的臉看起來是那麼沉穩可信，眼神又是如此誠摯，我忍不住摟住他的脖子一陣感激的狂吻。他摸著我的頭髮說他現在有些激動，剛才在那該死的黑屋子裡面看著我失魂落魄的樣子他就想摸摸我的頭髮，把我抱在懷裡，把那個書商趕走，只剩我們倆在屋裡好好樂樂。於是我們在電梯裡一陣手忙腳亂，最終還是因爲膽小沒敢把對方扒個光，匆匆忙忙捏了捏就衣冠楚楚地跑了出去。

外面的雨絲飛在臉上，分外涼爽。春雨像張纏綿的蛛網罩住了城市，樓廈在雨中沉默無聲。我和馬格手拉手淋著雨，慢慢走在大街上，穿過西藏路、南京路交叉口的大天橋，來到了煙霧迷離的人民廣場。在雨絲的衝洗下，廣場花圃的月季、鈴蘭、菖蒲恢復了花朵所特有的生氣，綠油油的青草、花崗石的雕塑、青銅燈罩、怯生生的螞蟻在涼如薄荷的細雨中充滿快感地呻吟著。城市裡那些來不及被物質化的角落都在雨中歡樂呻吟。

我們淋著雨，走在人跡稀少的小道上，這種時候連那些流鶯都因爲害怕弄壞了臉上的妝而藏起來了。我們濕漉漉地手拉著手，內心充滿奇異的親情，急需有一個好地方可以親熱一番。但我的住處離這兒實在太遠，他的家雖然挺近，可家裡有一雙父親外加上個對什麼都很好奇的鄉下小保姆，那小妞對任何他帶到家裡去的姑娘都是一副醋溜溜的賊樣子。

於是我們躲到了博物館的邊門那兒，有一堵厚厚的石牆可以遮人耳目。靠在牆上，我們從容而迅捷地尋找著對方的嘴唇。那東西像片柔軟的蛤蜊，隨著熱烈的海水衝刷而來。

濛濛雨絲成了戀人們的護身符，把賓館裡那乏味的一幕踢遠一些，在雨絲中就像赤裸的杜鵑花那樣飄曳，城市帶著下午四點半的汗水在喘息，在今晚淋濕濕的晚報上赫然登著情殺、姦殺的花邊新聞，一堆花生殼、香煙紙、乾硬的膠姆糖、麥當勞薯條盒在雨水中粘滿污泥，電車司機長長的哈

欠比一條死魚還陰鬱。我們在宏偉端莊的博物館的縫隙中澆灌乳汁，摩擦火花，沒有神聖的接頭暗號，只有毫無羞恥的欲望。

我做了一個怪夢。

我的小說出版了，巨大的宣傳畫貼滿了本市所有的男女浴室。而宣傳畫上是一塊龐大柔滑的肥皂，以漫畫的筆調畫著和我一樣的眼睛和下巴，空白處寫著醒目的黑體字，《污穢夜鳥》，「鳥」字上面是一只醜陋的烏鴉腦袋。肥皂下面是一句有趣的廣告語：最好的洗浴伴侶，至情至意體貼你的每一寸肌膚，男人用了，婦人都說好，女人用了，男人都說妙。

我在夢中被逗得哈哈笑。

【拾】

馬格決定在外面自行租借一套房子，而我，將退掉原先那冰涼的小屋，在馬格的新居裡住下來。

我們花了幾個禮拜走東竄西地找房子，有些房子雖然很合意但價錢不菲，有些則破破爛爛不成體統。後來我們請馬格的一位朋友吃了頓飯，他給我們介紹了他的表弟，他的表弟又介紹了一位朋友，那朋友恰好有空著的房子要租出去。

房租的多少不是最主要的，那朋友一臉誠懇地說，重要的是住進去的人得是可靠可信規矩正派

的。他像法官一樣從評估人品、道德、社會形象的優劣入手，來決定誰將成爲幸運的房客。那表弟把我和馬格描述成相愛八年終得成婚，但單位的效益差房源緊張所以暫時沒有房子住的可憐蟲，同時他向房東保證了這對夫婦人品上的純潔性。

這個小滑頭說了這麼賣力的好話全看在馬格送他的幾瓶洋酒分上。房東儘管還有一些小小的疑惑，比如八年前我還是個挺小的女孩，比如我倆的單位是一家他這個老上海從沒聽說過的鞋廠，比如……但他最後還是應允了。

搬進去的那一天，天氣不錯，親愛的馬格在收拾他滿滿三架子的書，還有一只老唱機一堆寶貝唱片，一只養滿了金魚的特大玻璃缸，我就努力地在陽台上晾晒被褥，花花綠綠的圖案，陽光下飛揚起來的細細綿綿的布毛絲，這一切把我的心塞得滿滿當當的，我感到一種平實的幸福的眩暈。

房東在開始的一個月裡老是不放心地從另外一個住所趕來刺探。他後來有一次忍不住問我們，爲什麼牆上不掛一張氣派的結婚照？馬格嘆了口氣，說實在很匆忙，再說我們手頭上也不夠寬鬆。於是我緊接著跟他猛烈地吵起來，一副無比委屈、自認倒霉嫁了個窮漢的樣子。房東被爭吵搞得心慌意亂，他趕緊告退，臉上掛著釋然的滿意。

一關上門，我們就在床上扭作一團，狂笑不止。新鮮的生活就此開始，我進入了我的同居時代。

【拾壹】

阿碧要去日本了。是一個偶然的機會，她們辦公室裡的一個老女人突然得了種渾身奇癢的病，一連幾天不見起色，主任便讓阿碧代替她參加一個全國銀行系統的訪日代表團。顯然是個肥差。

她那天頭繫著一條透明如蟬翼的紗巾，身著豆綠色的緊身上衣和乳白色的長裙，嘴唇塗成深紅的兩片花瓣形，眼神結著淡不去的哀愁，模樣楚楚動人地等在路口。

她先是埋怨我搬了家也不及時通知一聲，害得她有次即興發揮地跑去找我就撲了空，然後她說什麼時候去我的新居拜訪，看看那個男人是不是眞心對我好。

我連忙說那男人待我好極了，你瞧我有點長胖了。她嫉妒地看了我一眼，你的氣色不錯啊！被戀愛折磨著的人總是巴不得所有的人都陪著她垂頭喪氣的。

她改變了主意，不想去動物園了，而是想去我的新家坐坐。我告訴她不行，她想看的人正在昏睡不醒，昨晚在外面喝多了。

而事實上，依我的私心來想，我也是不太願意在她情緒不穩的時候把馬格介紹給她。大學裡的時候她被失戀的痛苦衝昏了頭腦，搶走了我熱戀著的一個長髮樂手，兩個傢伙喝醉了酒，深更半夜地跑到外灘山盟海誓地廝守了一個晚上，等第二天太陽升起來的時候，他們便友好地分了手。

她不是一個壞女孩，只是比較容易衝動，而這種衝動、這種骨子裡透出來的激情也正是她迷人的地方。

我們坐上一輛出租，方向還是西郊動物園。她在車上跟我講了去日本的事，我對她的好運氣表示羨慕，她搖搖頭，她最討厭的國家就是日本，那個民族就像一個畸形的矮胖子，有一張色情下流的臉和一顆變態貪婪的心，雄心勃勃的日本人一早起來就對著鏡子大叫一聲，我是最優秀的，然後像架機器一樣在公司裡瘋狂運作，晚上一下班則都成了色情狂，直往酒吧妓院鑽。瞧瞧電視上的那些藝妓，簡直是張畫皮嘛！看來她對日本和日本人都沒什麼好感，當然，不花一分錢在那兒玩上兩個月也不錯，至少可以趁機把黑狗完全忘掉。

一提起黑狗，她惆悵萬分，這段時間來因爲他只答應等頭白了才和她長相廝守，她對他恨之入骨，他的電話、信件一概不理。折磨情人幾乎是每個女人的天性。

我抽著煙，勸她別那麼絕，首先黑狗是個好人，其次，就算他離了婚，你也不會嫁給他的。她表示這很難說，我搖搖頭，一樣東西只有得不到時才最有價値，眞正屬於你了，它就會變得一錢不値。

車子在高架公路橋上疾駛，我們在車內認眞探討感情問題，那個胖司機在前面聽得津津有味，以至於差點跟一輛超車的桑塔那撞上了。我們連忙住口，拜託司機開車小心點。

動物園到處可見喜笑顏開的孩子們，他們像一頭頭在城市狹小空間裡關得太久的小動物，掙脫父親的手，在園子裡面開足了小馬達四處亂奔亂爬，不時衝猴子尖叫，向老虎扔石子，變著法子撒野。

我們買了兩支蛋筒冰淇淋，一路舔著逛過去。

籠子裡的動物大多是死氣沉沉的。黑白尖疣猴像悲傷的老祖母一樣，高高蹲在木架子上，四周布滿了鐵絲網，而猩猩則在太陽底下一動不動，一副沉思的表情，巨大肥厚的屁股像塊紀念碑一樣矗立在瓜果殘骸之上，還有肥胖得像鄰家大嫂的老虎、獅子，牠們都閉著眼睛打瞌睡。

唯一有趣的是我們目睹了兩隻發情的斑馬交媾的情景，孩子們開始興奮地尖叫，而他們的父母急促而窘迫地笑罵著，把他們用力拉走。我們一直看到公馬離身而去，那根黑色的大黃瓜一點點縮進體內。

阿碧噓了口氣，問我那頭母馬怎麼一點刺激的表情都沒有？我也說這很奇怪，牠們沒有呻吟沒有喘氣，一切進行得像吃飯睡覺那麼尋常，像民政局裡為你蓋結婚證章的辦事員一樣冷漠平淡、公事公辦，真奇怪。我們突然不快起來，把手裡剩下的冰淇淋扔向那頭蠢馬，名副其實的牲口。

動物園裡有一片修理得很差的草地，在陽光下像癩子頭皮上的一塊疤，黯淡無光。一些瘦而髒的鴿子吱咕吱咕地在草地上飛來飛去。你得從飼養員手上買一點飼料，然後才准許餵牠們，結果牠們沒有一隻願意跟你親熱，非得等飼料撒到地上，才像小偷一樣匆忙地啄上一口，毫無情趣可言。我們決定走了。

阿碧請我上她家吃晚飯，她媽媽一直很喜歡我，因為我長得很像她女兒。老媽媽前一陣子向阿碧抱怨怎麼見不到阿慧來了，那個小孩子，一個人在上海可真不容易呢！

老媽媽一副菩薩心腸，似乎比我自己的母親還牽掛我（我母親現在對我已毫無指望，事實上她從很早開始就對我絕望了。她將在那個小鎮守著一個風癱病人——也就是我繼父，過完平靜而不走

運的一生。我愛她，但我除了讓她心碎，什麼也沒能給她）。

阿碧的媽媽比一般的老人更開通些，但我還是不能想像如果我身上的那股桀驁不馴、瘋瘋癲癲的性子不小心在老媽媽面前曝光的話，她會不會立刻把我趕出去，並禁止阿碧再跟我在一起。

我們的老人總是富於同情心，總是相信明信片上那種平靜、有秩序的生活，他們永遠不能設想這個城市、這種生活的實際面目，夜晚的那種紊亂、瘋狂、放蕩、難以設想的空虛，這一切在他們昏花的老眼前、在他們歷經滄桑的心靈前，都被略去不計了。

我在離阿碧家不遠的地方找了個街心噴水池，在池裡面洗了洗手，得洗掉中指、食指上那股煙草味。我願意像個乖小孩那樣去見阿碧媽媽。

我們走到門口時，吃驚地發現黑狗像根木樁一樣筆挺地站在那兒。

阿碧沉下俏臉，我跑上去問黑狗，有事嗎？他嚥了嚥唾沫，看看阿碧，面色尷尬。我連忙說，你們談談，我先進去了。

阿碧的媽媽正在廚房裡忙碌，她的身上沾滿了油煙味兒，我覺得這種味道就是家的味道，她看見我很高興，讓我不用動手，會弄壞漂亮的紅指甲的。我也就不客氣地一屁股坐在客廳的沙發上，看了會兒電視，是齣粗糙的美國警匪片，沒什麼搞頭。我惦念起阿碧和黑狗來，也許一個眼淚嘩嘩，另一個汗如雨下。

大約半小時時間，阿碧回來了，媽媽的晚飯也擺了出來。我的胃口特別好，而阿碧幾乎沒吃什麼，她推說是吃冰淇淋撐的。飯後，她把我拉進她的小屋裡，問我怎麼辦，黑狗決定離婚了。

我吃了一大驚，怎麼假戲眞做了？我有一種行星出軌、規則被破壞的不良預感，可我不太好說什麼，畢竟是他們倆的私事，我不想把爪子伸得太長。

【拾貳】

最近，黑狗看起來總是雙眼浮腫，腦門發暗，下巴上青黑鬍子一片，他正跟妻子爲離婚的事進行種種令人厭惡的對峙與鬥爭。他事先把女兒送到了父親家，而他自己的家裡已是一片狼藉。妻子甚至從農貿市場買了四五打雞蛋一股腦兒地砸向他的腦袋，然後跑進衛生間蹲在抽水馬桶邊上向裡嘔吐，儘管她什麼也吐不出來，可那種乾噎的聲音眞讓人毛骨悚然。她還問他是不是就是在他身上咬出紅印子來的那個，肯定就是那個小娼婦。她披頭散髮，咬牙切齒，聲淚俱下，表現得像隻毛髮皆聳的母鳥準備與入侵者決一死戰。黑狗爲此而有些絕望起來。

晚上，黑狗在他自己的酒吧裡爲阿碧餞行，明天她將先飛北京作短期的出國前培訓。他喝了太多的酒，臉紅脖子粗地唱著一些老歌，然後摟住阿碧咕咕噥噥的。阿碧不知爲什麼也很激動，陶醉地捧著他的腦袋不時狂吻一氣，把酒一滴滴倒進他的領子，吃吃吃地低笑。

我坐在角落裡透過迷糊的燈光看著這奇特的一對，他們的忘乎所以帶著一種走到末路時的緊張，他似乎正陷在別離的惶恐中，而她則有些自輕自賤地賣弄風騷，過了這夜，她將踏上逃亡之路，她將離開他，爲此，這一刻讓她因內疚而發狂。他們緊緊摟著對方身體像章魚一樣相纏相繞。

音樂正以絞肉機般的速度占領整個酒吧，人們開始跟著這一對旋轉、搖擺起來。燈光不錯，音樂更有勁，跳舞的人群在酒精的餘香中把自己充分地肢解開來，任由激情把身體碾成肉糜。血脈賁張，乳白色的精液流過無數的煙蒂、高跟鞋和殘枝敗葉，枯殼爛果。

酒吧總是這個城市的深夜時分最有噱頭的去處，特別對於那些心緒不寧、傷感憂愁或者背信棄義、無情無義的人來說，酒吧是屬於他們的舞台、嗎啡、下水道、棲居生存之地。

那一夜，我先回去了，帶著滿腦子奇妙的印象準備到了家說給馬格聽，可到了家卻發現他早已蜷縮在床上酣然入夢了。我悄悄地躺下來，想了一會兒雜事，只是不知道阿碧和黑狗現在在哪兒鬼混，或許黑狗已在匆匆送她回去的路上了。

第二天，天氣不錯，天氣預報總是振振有辭地說著有霧有雨之類的壞消息，可結果總是陽光明媚，比以往任何一天都更像個晴天。

虹橋機場裡人頭攢動，亂哄哄的架勢像是又一個火車站。阿碧穿著入時，步態優雅地走在我們中間，走到候機廳外的一角站定，她接過黑狗手裡的旅行箱，向他許諾一到北京就給他打電話，說著就張開雙臂抱了抱他。

黑狗顯得有些失魂落魄，他笨拙地摟緊了她，使勁地咽唾沫，不知說什麼好。他也許想說別走了，親愛的，這會兒我正需要你，我們一起來把這檔子麻煩事解決掉，然後就嫁給我。可他沒這麼說，他只是眨著眼睛看大玻璃窗外的雲層，神態不安，手裡轉著一只打火機。

無疑，她一走（雖然只是兩個月），他就會喪失信心，看不到幸福之所在。她的確是那種像羚

羊、像流彈一類的尤物，在你眼前的時候你覺得你擁有了天堂，而一旦當她轉瞬即逝，你只有難以想像的空虛，你甚至懷疑她是否那麼美好地為你而存在過。她或許只是你長開不謝的白日夢的一個永恆主題，你無法填平的渴望之淵中的一尾金屬魚。

無形之中，那種預感存在著，在這個時刻把她送上飛機也就是送她進入了充滿激動充滿艷遇的全新之旅。

我站在一邊，看著他們拘謹地擁抱著，心照不宣地低聲說著纏綿的話，我覺得喉嚨鼻子都在發癢，忍不住打了個噴嚏。

他們分開了身，她走過來，展開一個純眞無邪的笑靨，她說再見吧阿慧，兩個月肯定會過得很快，我給你寄明信片吧！我們拉拉手，她彎腰從地上提起箱子，一手持著登機牌走過了通道，一會兒工夫，我們就看不見她的身影了。於是我們走出了機場，鑽進一輛出租車。

路上我和黑狗都沒怎麼說話。我在一個地鐵口邊上下了車，隔著車玻璃，黑狗憂傷地衝我微笑著，擺擺手，車子又一溜煙地往前竄去。

我有些悶悶不樂，黑狗的那個笑容像粒粗砂一樣硌在我的舌尖底下，讓我無可奈何地感到不適。

我可以說他現在的情形很糟，至於那個小美人阿碧，她無論到了什麼地方都是備受異性關注的中心，在某種源自內心深處的激情感召下，她將無法表現得比一條小狗更為忠貞不渝。我從不對這種神秘的激情表示譴責，但我就是在剛才的一瞬間被那個男人極為無辜的笑容攪亂了心情。我無從

確定哪一種姿態哪一種形象更爲眞實更值得贊同。

回到了家，馬格不在。這屋子的採光條件不是很好，大白天都顯得陰沉沉的。玻璃魚缸裡的大團水草形成了姿態各異的陰影，透過玻璃和水折射出微顫的光澤，滿滿幾架子的書毫無生氣地放在牆壁的四角，地上、沙發上扔著幾只空的食品袋、揉皺的稿紙、捲紙筒、打火機、襪子和內衣褲。

只有到忍無可忍的時候，我們才會迅速地收拾起這些形形色色的垃圾，並在床單、沙發套上灑香水，在一只陶瓷筆筒裡插幾枝蒼蘭或康乃馨，爲金魚缸清除腐爛的水草和死去的魚，換上清水，再買幾條不幸的小魚兒。這時候的屋子對於我和馬格而言，不啻於就是夢中的樂園，雖然這種時候並不多。

拉亮燈，柔和的燈光使屋子有了股人氣，又跑到廚房咕咕咚咚喝了一大杯涼開水，冰涼的水衝刷過各個內臟，身體在這個時候才漸漸地放鬆下來。

在那台老式的206四速唱機上放一張膠木密紋唱片，在唱針磨出來的沙沙聲裡傳出以前那個年代的革命交響樂《沙家濱》，由李德倫指揮，中央樂團創作演出，這種激烈單調的旋律有時比NIPVANA的搖滾更讓人興奮，讓人痙攣。這是那個時代的搖滾，那個時代火紅的白日夢。

吃晚飯的時候，馬格回來了，拎著幾包花花綠綠的食品袋。裡面裝著炸雞腿、土豆泥、牛奶、麵包、香蕉、檸檬，是我們的固定食譜。

一般來說，只有碰到兩個人心情都不錯的時候我們才會跑到菜場買點魚蝦回來。他燒的蔥烤鯽魚尤其美味，與高級飯店裡的大手筆不相上下，吃著這種出類拔萃的烹調品，你總是會對這種溫馨

的共同生活心存感激。

我們常常嘴裡嚼著食物，腦袋相依相偎著，不時地互相親吻一下，感受生活的輕鬆自在。如果說對物質享受的過分追求有時讓人倍覺彷徨，那麼生活中簡簡單單的快樂卻又是無處不在的，這種輕鬆就是實在、自足、可取的。即使有一天它不幸膨脹成昆德拉式的不能承受之輕，那也比暮氣沉沉、教條的沉重的東西要棒。

所以我們的生活哲學由此而得以體現，那就是簡簡單單的物質消費，無拘無束的精神遊戲，任何時候都相信內心衝動，服從靈魂深處的燃燒，對即興的瘋狂不作抵抗，對各種欲望頂禮膜拜，盡情地交流各種生命狂喜包括性高潮的奧秘，同時對媚俗膚淺、小市民、地痞作風敬而遠之。

晚上，我們早早地上了床，例行著極富刺激的體操遊戲之後，我們平靜地聊著天。

他告訴我他現在從事一筆風險與機遇共存的買賣。他的一個遠房親戚有四幅明代沈周的畫作，現在他的一個經理朋友已替他找好了願意出二百萬高價的下家。當務之急就是得證明這些畫確是出自沈周筆下。爲此他絞盡腦汁想要攀上一位北京的畫壇老泰斗，由他在畫上題些字說明此乃眞品，觀之頗有心得之類蓋棺論定的話，可按時下規矩他得先出畫價的百分之三十預付給泰斗。可他上哪兒去找這六十萬塊錢呢？

我對他說，做事不能憑想像，如果規劃太宏偉了以至於實現起來比登天還難，那還不如早早放棄呢。他咧嘴衝我笑笑，我要聽你的話，很多東西都得事先放棄了，可總有一天你會發現自己不僅一無所有還欠帳累累，那時你已沒什麼東西好放棄了，除了自己的生命。再說你在寫作上不也是孜孜不倦地努力著嗎？你可從來沒說過要放棄的話。

我搖搖頭，這似乎是兩碼事。寫作是私人化的，某種意義上就是生命的另一種存在方式，可做生意呢，似乎跟生命無關，只跟生活有關。生命和生活總是有所區別的吧。總之你肯定明白我說的是什麼，很多人爲生活陷在一個稀奇古怪的漩渦裡，那些人可眞該拿根榆木敲敲他們的腦袋。

他讓我別爲他操心，他是個男人，足足比我大了十五歲，應該經得起風浪。可能的話，他還要在以後嘗試房產代理這一個行當，他有幾個好朋友有意向合資辦個公司。

他願意在賺到某個數目的錢時，向我求婚。那時，我就不用看那些蠢書商的臉色了，小說可以一篇接一篇地寫，書可以一本接一本地出。他將全力資助我。他說著，表情顯得躊躇滿志，一骨碌從床上起來，點了根煙赤腳在房間裡走來走去，沉浸在未來的輝煌設想中。

他又補充道，那時他將向我鄭重下跪，手裡拿一堆錦緞盒子，裡面裝的鑽戒將套滿我的十個手指，我們的新居將無比寬敞無比甜蜜，那大大的露台可以種滿不敗的鮮花，我們躺在兩把沙灘椅上晒太陽，孩子和狗一起吵吵鬧鬧地遊戲，他說得雙眼放光，我在床上笑得前仰後合，忍不住下了床撲過去親他一口，當他是個患妄想狂的小孩。

我們在床上重新躺下，他一會兒就入睡了。我睜大眼睛看著他的眼，那上面的五官很好，兩排睫毛很濃密，在暗中微微顫慄著。

我想他是個如此多情的男人，愛我愛得智商下降，愛得神經過敏。我一感冒就把我的雙腳捂住在胸口上，天熱起來就買上各種防晒品，因爲我的臉上有雀斑，吃梨的時候死活不肯一分爲二，因

爲迷信分梨就是分離，愛得沒法表達時就只會說我「傻得像只瓜」。

他時時給我以父親般的感覺，夜夜都像獅子以難以形容的激情啃嚙他的小孩，然後就像老母雞一樣護著她入睡。她夢中的尖叫夢中的戰慄都讓他心碎，他們就像兩列火車，在片刻的身體交會以後，她來他走。她在夜色中飄然走進了她私人化的秘密花園，在花園中和那些名字、那些記憶不期而遇，而他卻停留在黑暗的清醒中，一點一滴地看著夜色入侵，看著他的女孩在夢中生動地起伏不定。他向她承認，他曾在睡不著的時候嘗試數她的睫毛，但數著數著他就胡塗了。她是來自陌生花園裡的一尊塑像，他迷戀她，但卻根本把握不住她。她是流動而不安的，她操縱著文字同樣也操縱著他的感情，他心甘情願地受控於她。這種愛是有點不尋常的，因爲她是不尋常的，這愛讓他生平第一次著了魔，他想起《生命中不能承受之輕》中的男主人翁托馬斯把特麗莎比作是順水而下的一只草筐裡的嬰孩，是上帝之手把她推到了他的床邊，這種比喻用在她身上同樣也讓他激動。

【拾參】

正是初夏時節，姑娘們戴著太陽鏡，穿著緊身裙衫如魚得水地穿行在街道中。她們捂了一冬的細皮嫩肉在晴朗的陽光下流淌著誘人的蜜汁。誰都不懷疑這將是一個夠勁兒的夏天。

我從圖書館出來，筆記本裡夾著幾頁從雜誌上撕下來的文章。那是對我所鍾情的女作家瑪格麗特·杜拉黃昏戀情的一次具體披露。那裡面把杜拉描繪爲一位終生以長髮、香煙、左岸電影抵禦世

俗凡庸之流的女性，「法蘭西之狐」，文章這樣稱呼她。當然她現在已死了，但願是升到了天堂。他的情人比她小三十九歲，曾是位同性戀者，他愛她，崇拜她臉上的每一條皺紋，陪伴她走完了生命最後的旅程，並激勵她寫出了了不起的《情人》。這個故事讓我心潮起伏，我想喊一聲「杜拉萬歲」。

後來我就抖抖索索地撕下這幾頁文章，悄悄地走出了圖書館。

街上的人流如織，我還沉浸在一種飛揚起來的激動中，真想攔住隨便什麼人，隨便聊點什麼，結果我只找了個街心小花園，坐在花草護欄上安靜地抽煙，默默地看著街上行人從眼前掠過的一條條腿。

有人在拍我的肩膀，我一看，是媚眼兒，他的細眯眼總是能聚焦出一種熠熠神采。我高興地拉他坐下來，問他最近在忙什麼呢。他搖搖頭，說前一陣子單位組織學電腦，剛考過試，現在就是坐坐辦公室。偶爾運氣好接個訪問團什麼的，沒意思。他嚼著口香糖，頭髮鬢角剃得挺高，穿著休閒、舒適，一屁股坐在我邊上，把長長的腿隨意地交疊起來，不動聲色地處處顯露帥哥風範。

我把這種感覺說給他聽，他的嘴角富有生氣地一翹，露出一個迷人而自負的笑容。我問他那個叫JUDY的姑娘怎麼樣了。他似乎不大情願直接作答，停頓了片刻，他說現在另外有個有錢的洋女人正跟他套近乎，是個北歐種，雖然年紀大一點，可看上去還不壞，你也知道，他說，北歐女郎總是比美國妞多點氣質，看著那雙藍眼睛你會渾身so melting。他說他對此絕不輕易言敗。他說著，雙眼燒著一股能引火燒身的激情。

我想勸他悠著點，可面對如此帥氣逼人的小伙子你無法表現得像個瞎操心的小老太。我們懶洋洋地坐在初夏的陽光下，淡藍的煙霧一絲一縷地包圍著我們，隨即又飄散了。他提起以前的一些事，比如我和阿碧，還有他，三個人如何爲湊齊一台校慶晚會而四處奔波拉明星的情形。那會兒阿碧是學生會的主席，我是學生會的文藝部副部長（怎麼混上這個職位的我到現在還是搞不清楚，也許是主演了一出沙龍劇《陷阱》，加之我那愛出風頭的勁兒正合大學生的胃口），我們還有一個跟班兒，就是媚眼兒，每到一處，他就替我們背著包守在門口，我們則塗脂抹粉地去找配音演員、電視主持人、電影明星、歌劇演員、跳舞的、變魔術的，開口必先叫「某某老師」，眼睛瞇起來，放出天眞又老成的微笑，一副小交際花派頭。結果各路人馬拉齊了，晚會開幕了，可主持節目的是另一個學生會副主席，沒有我們出風頭的機會，我們三個只好在後台氣得破口大罵。現在想想那情形，也蠻有意思的。

回憶使我們開懷大笑。停住笑，他問起阿碧最近有沒有消息過來，我搖搖頭，可能正忙著呢。哦！也許，他領會似地聳聳眉毛，我們又莫名其妙地笑了一陣。媚眼兒提議上什麼地方喝上一杯，當然由他來請。我想起一個地方，錢櫃，那地方聽黑狗早先描繪過，是個充滿妖氣的有趣地方，那兒的男招待個個貌比潘安，長腿寬肩，腰腹有力，賽似電影明星。

到了銅仁路上的那家，可能是因爲下午，裡面的顧客不太多，一個遲暮美女在對著螢幕唱一首哀怨的歌，上氣不接下氣的，讓人誤以爲她隨時都會暈倒在地，結果她一唱就是好幾首，一首比一首幽怨。

我坐在吧凳上，打量眼前的男侍者，果然很英俊，再看看媚眼兒，看上去與他們並無二致。可仔細想想，也許還是有些不同的。親愛的媚眼兒還有理想主義的色彩，嚮往那些遙遠的優雅的城市和那種陌生的生活，只是他爲達目的而走了一些偏鋒，可畢竟他是個「生活在別處」的天眞男孩，在這一點上，他也許並沒有任何可以指責的地方。

媚眼兒順手從口袋裡掏出副牌，接龍、開時針，變著法兒給我算了幾次命，總結下來，他說，你是個憎惡平庸、嚮往不凡、欲望複雜、內心軟弱、易走極端的人。另外，你的桃花運將一直延續到更年期來臨前的那一天。

我噗哧一聲差點把咖啡噴出來。我讓他自己爲自己算一卦，他的臉色陰鬱下來，不用算，像我這樣游手好閒的投機分子結局只有兩種，好和壞的兩個極端，不過不管怎樣，反正總比裹著尿布老死在床上強。

我感到這傢伙什麼都想得很清楚。

分別時，我向他揮揮手，祝他能套住那個北歐女人，讓她尋死覓活地想嫁他，再不行，我就給他介紹個老富婆，馬格他母親的一個老姐妹的表妹剛從台灣回來，是個靠賣方便麵發家的富翁之遺孀，據說長相還不太老。他聽了哈哈笑起來，一彎腰，把我抱起來原地打了個旋，我趁機親了他一口，親在腮幫子上，因爲帥小伙身上的磁力是你躲也躲不過的。

他很理解地看了我一眼，低下頭，吸了口氣，半晌沒說話，只拍拍我腦袋，說祝我們大家都有好運吧！

【拾肆】

《污穢的夜鳥》的出版還是懸而未決，馬格正忙著賣畫那攤子事，百忙之中他抽出時間跑了一趟杭州，親手把書稿交給了一家出版社，他的一個大學同學已在那兒升上了副社長的職位。馬格送了些東西給那同學，那同學堅決不收，說是一有消息就給他回音，老同學嘛，用不著來俗的那一套。好吧，那就乖乖地等消息吧。

我讓自己別太想那部流浪至今的書稿，我還是繼續寫點什麼吧，寫眞眞假假的故事，寫點不可捉摸的想像，直到才思枯竭的那一天，直到連我自己都要衝我的小說扔臭雞蛋的那一天，可對現在來說，那糟糕的一天還遠著呢，至於那書稿，有一天終會出來的。上帝的安排。

我聽著老唱機裡放出來的音樂，躺在沙發上，給十個手指挨個塗上銀蔻丹，塗完了手，再塗十個腳趾頭。街上套著黑色高跟涼鞋的時髦姑娘也都作如此打扮，那爲的是上演一夏天的時尚劇。而對於我，不管這是不是一種怪癖，事實上，我坐下來寫字前都預先塗了指甲，描了眼線，搽了極暗的口紅，噴了品質不錯的香水，靠右手那邊放一大杯裝在雀巢咖啡瓶裡的涼開水，一個煙缸一包煙，幾個水果，幾本瑪格利特、達利、杜桑、米羅的超現實主義畫冊，一面精美的小鏡子。

如果一些人生活在凡庸、聒躁的社會現實中，卻嚮往超越性的不凡的彼岸境界，這些人中的一部分成了天才的藝術家，一部分成了譫妄症患者，另一部分則成了軟弱的手淫狂，而對於我而言，寫作前的種種精心醞釀、繁瑣準備無疑就具備了進行意識假設性遨遊的條件。這與手淫前閉上眼睛

進行的艱難想像沒有差別，都以使自己心甘情願地上鉤爲目的。

塗脂抹粉的小丑般的臉、稀奇古怪的超現實主義畫作、腦中盤旋的狂熱的音樂，這些都讓我五體投地地陷入自己預設的狀態中。

腐爛的驢子、軟綿綿的時鐘、魚頭人身的怪物、孤獨的教堂、陰鬱的黑衣人，這些在腦海裡快速變幻的形象讓我激動得直眨眼珠，下意識裡不停地跳出狂暴、歇斯底里、殘忍、腐爛、色情、壓抑、恐懼、惡夢、天才、美麗、感傷、欺騙、愚蠢、錯亂、非理性、瘋狂、優美、幽靈、生命、自由、刺激、欲望這樣的字眼。這些字眼能給任何一個冗長粗劣的故事增光添彩，這些字眼是我的救星，使我這個香噴噴的小丑成爲一個能寫出激動的文字的幸運小丑。

喝一口水，照照鏡子，鏡子裡面的人滿臉潮紅，像喝醉了酒，表情亢奮而疲倦，這樣一張臉就像大驚嘆號底下的圓點，是激情風暴中潦草的產物，對一切都有熱情對一切又都能很快厭倦，缺乏寬容，吹毛求疵，最不能讓它容忍的無疑還是那樣一個事實，即它的主人也許畢生都是個無足輕重的小人物。

無名的焦慮感總是使她拚命地寫東西（除了這，她一無所長），她必須寫那些存在於夢境與現實邊緣的故事、不同凡響的故事，即使有時會聳人聽聞，可也比自甘平庸的好。她想寫一個十歲出頭的小鎮女孩，有個母親與一個繼父，還有她養的幾條毛蟲一隻小龜。女孩應該是又瘦又靈秀的模樣，不活潑不天眞，眼睛很大，如果要找個詞去形容她的眼睛，那麼，——她想了半天，想出「火葬場」這詞兒，她寫在紙上，有些得意，這種眼睛在她夢中經常出現，常常具有持久不變的凝視力，必定是一個秘密的、到處焚燒著生命、暗火搖曳、不動聲色地闡釋著某種輪迴玄理的火葬場，如果你愛上這眼睛，你就會全身心撲進去，最後引火上身燒毀了自己。

女孩身上那種怪僻習性必定源於她在小鎮上度過的童年，她很小的時候就懂得用蛋糕上的裱成一朵花狀的奶油塗嘴唇，對，她是個早熟的孩子，父親意外死去後，她變得更加怪僻，惡作劇成了拿手好戲。有一次她惹惱了母親，母親暴怒之下把毛蟲和烏龜扔進了馬桶，還當著她的面坐在上面撒了泡尿，當天晚上，她就趁他們去一位老氣功師家練功的時候，爬上了他們骯髒的大床回敬了一泡尿，不知怎麼回事，這個過程中，她突然感到生理上的一陣極度快感，這是種痙攣性的快樂，從這一次開始，她學會了如何用自己的手進入瞬間的暈眩，這感覺很好，那一刻除了快樂就是快樂，所謂的幸福不也就是對痛苦煩惱的遺忘嗎？要的就是這種遺忘。

後來，女孩長大了一些，十三四歲的模樣，這種年紀總是會有更多新的秘密，這些生理上接連出現的秘密使她們不苟言笑，顯得嚴肅、抑鬱、故作姿態，她也是。直到有一天，她在洗澡的時候察覺有人在偷窺以後，那時候，她先是害怕地發抖，馬上套上裙子衝出房間，四周卻沒有什麼人，跑到廚房一看，繼父正在一聲不吭地淘米，手指上還粘著幾片碎青菜葉子，她看著他，他像往常一樣毫無反應，她有些被激怒了，挑釁地盯著他看，一直到他抬起頭來，他一碰到她的眼睛臉就紅了，她卻翹著嘴角露出一個古怪的笑容，她覺得自己完全擊倒了他，控制了他，她現在什麼也不擔心也不害怕。回到房間裡她繼續洗澡，洗完澡把那男人做的裙子全扔在地上，只挑了一件從商店裡買來的藍條格連衫裙。不知為什麼，做完這些後她發覺自己越來越興奮，儘管這種興奮有點讓人不安。她是一個敏感的人，相信任何細節、任何事件所提供的暗示力量，剛剛過去的那件無法訴之於眾的事在無形中給了她某種影響，她暗暗覺得事物的方法是可以隨意改變的，同樣的事，你覺得它是令人感到羞恥的那麼它就會像一塊寫著「羞恥」兩字的石頭一樣壓著你，如果你覺得它不僅對你毫無傷害而且給了你羞辱對方的某種把柄，那麼你將會從容自在、若無其事地繼續自己的生活。那以後，女孩變得令人心動起來，穿那種讓身體凹凸的緊身衫裙，步態輕盈，偶爾對著那些男生笑一笑，這一切持續到她在小鎮開起來的第一家舞廳裡遇到那個流浪歌手，歌手在色彩斑駁的燈光下彈唱著她從未聽到過的歌，一對對男女聳著肩，夾緊雙臀，在舞池裡雜亂無序地蠕動。她聽到歌手的聲音裡有一種像玻璃破碎時那種清冽的感覺，像風箏斷線時那樣的飄渺，她接受了他歌聲所暗示給她的意味，還有他那動人的臉龐，這些都讓她窒息，她確信自己愛上了歌手，確信自己的幸福由他維繫著，他是她的愛人、她的偶像、她的歸宿。

我抖抖索索地寫著，漸漸地再度興奮起來，渾身發熱，脫了外套，咕咕咚咚地喝水。我不知道十年前的我與在筆下的那個女孩到底哪個更像回事。我肆意描繪從前的時候爲什麼我的記憶不出來橫加指責，或者，記憶已屈從於筆下那種「虛構的眞實」？這是否意味著我可以不動聲色地繼續粉飾我的從前，就像一個不辨眞僞的白日夢。

我離開書桌，躺在沙發上，閉上眼睛。

金魚在水中擺動身體，發出輕微的動靜，風扇按最慢檔的速度卡卡卡轉動，遠處工地上斷斷續續地轟響著，樓下302室的老頭一口氣打了十二個噴嚏，聲聲響亮。

這個時刻我心無雜念，頭枕著圓鼓鼓的沙發墊子，就像枕著小孩胖乎乎的臉腮，這種聯想不禁讓人情意綿綿，從剛才長時間的文字蹂躪中解脫出來，漸漸又陷入了一種被不由自主喚起的癡迷中。

有一張臉，一張飽經數年流浪顛簸的臉浮現在幽暗中，那是吉他手傅亮。這張臉因爲歲月的磨礪而愈顯冷峻動人，它在黑暗中像鮮花一樣絢爛，它勾起了一些散失的記憶，這些記憶像精美的煙草隨時都能帶來自燃的美麗，那是一種只有在深愛過的人眼裡才能呈現出來的美麗，藍色，柔弱，絲一般光滑，布魯斯一樣的傷感，夢境裡才有的憂鬱。

我曾經爲之痛哭心碎，它也讓我一步步變得無情無義。

他離開的時候，沒有任何預兆。那個早晨，當我在破敗的小旅館裡醒來時，身邊已不見他的蹤跡了，他臨走時肯定仔細地收拾過，所以沒有任何東西留給我，沒有任何充滿情意的紀念物塞在枕頭下或藏在抽屜裡，他只是一聲不吭地跑了，這個殘酷懦弱的混蛋，這個沒心沒肺的叛逃者。

我坐在一束從窗戶縫隙裡射進來的陽光裡，渾身哆嗦，像一隻被遺棄的小狗。我扒住床沿，低頭往床下瞧，我的那只大旅行包還老老實實地待在那兒，我赤腳下了床，一貓腰把它從床底下拖出來，抱住它，拉開拉鏈翻了翻，又奇怪地看了看四周，終於哭起來，無比委屈無比絕望地哭著。世界在那一會兒靜寂無聲，像是遭受了一場大瘟疫，而我和我的旅行包，則像人群撤退時丟下來的垃圾，我實在太難受了，令人作嘔的空虛和疲倦如潮水一樣淹沒了我，以至於再也感覺不到自己的存在了。

他為什麼不守信用，他答應要帶我一起走，無論去哪兒，我再也不能待在這個死氣沉沉的小鎮了，我一遍遍地請求他帶我走。他終於答應以後，我的旅行包就一直放在他的床底下，只有這樣我才能感到有所保障。可他還是把我拋棄了，他看起來那麼迷人，為什麼還會如此地扼殺一個十四歲的女孩呢？

我愛他勝於自己的生命，可最後還是把他給丟了。

夢中的世界虛無飄渺，模糊不清的人群在我的夢中依次走過，有的毫無生氣，形同僵屍，有的卻給你一種窒息的溫情和痛楚。

數不清的羽毛在空中飛舞，斷不了的情愛在暗中焚燒，一生一世最美的東西統統都扔進了一個巨大的火葬場，沒有流第二次的眼淚，只有雨水衝刷著劫後的殘骸。

而一個女孩，總是在無法遏制的狂想中脫光她自己，等待一個影像如幽靈般靜靜地浮現在滿屋的黑暗中，為了這種等待，這種虛妄的等待，她願意用力地撕開自己，倒在最秘密的角落裡，一遍遍地喚他的名字，一遍遍地褻瀆自己的身體，一遍遍地被幻覺謀殺。

我願意。

是的，趁我還有年少時的激情，我願意。

【拾伍】

天氣又悶又熱，卻沒有一絲下雨的跡象，對付這種鬼天氣的辦法就是在冰箱裡塞滿西瓜、汽水、冰淇淋，然後就睡一個長長的午覺。

剛睡著沒多久，電話鈴聲大作，是黑狗打來的。他問我最近有沒有阿碧的消息，我說沒有。電話裡一陣沉默。我這才從昏睡狀態中清醒過來，覺察出電話那頭黑狗的極度沮喪。接著他斷斷續續地咳嗽起來，忽重忽輕，忽急忽慢，聽起來像一匹悲傷的老狼在絕崖邊垂頭嗚咽。對不起，有些感冒，也不知怎麼回事。他語無倫次地解釋著，我幾乎能肯定他的某種紊亂。也許我應該跟他見上一面，看看情況到底有多糟。我把這意思跟他說了，他表示能和我聊一聊，那是再好不過了。我們約了當天晚上在他的酒吧見面。

晚上，我換了件衣服準備出門，走出房門，又記起該給馬格留張條子。他這兩天也不知在忙些什麼，總是很晚才回來，而且滿嘴酒味兒，不大吱聲。我留了張條，大意是跟黑狗約會的事，告訴他也許會晚點回來。

坐上地鐵，乘了四站，又換了一輛公交車，走到酒吧門口的時候，隱隱感到有些不對勁。裡面燈光黯淡，喧囂的音樂也沒聲了，似乎連顧客也不見蹤影。

推開門，我看到黑狗趴在吧台上，軟體動物似地癱作一團，面前放著幾個空酒瓶，酒精的味兒一陣陣地飄過來，再看看四周，地上的桌、椅，牆上的燈、畫彷彿經歷了一次洗劫，不是殘缺不

全，就是搖搖欲墜，在僅剩的幾盞燈下散發出不祥的氣息。

我使勁推醒黑狗，他打了個酒嗝，認出了我，微笑著握住我的手，用腳勾過一個吧凳示意我坐下。我問他這是怎麼回事，歹徒搶劫嗎？他麻木不仁地笑了笑，不是。

是你喝多了自己砸的？他哼哼笑了幾下，是我小舅子帶了人來砸的。他們不想讓我離婚，你知道嗎。他抽起了煙，眼睛眯起來，他一眯眼模樣就顯得十分凶惡。可我已差不多忘了當初為什麼要離婚，我的女兒至今還住在爺爺奶奶家，我一直不敢去看她。我不明白這一切是為了什麼，我老婆還威脅說如果非要離婚那我就再也別想見女兒了。你瞧，女人在緊要關頭都善於要挾，她吃準了我離不開那小孩。你說我該怎麼辦，離了婚又能怎樣呢？她會嫁我嗎？

他說著，笑起來，笑聲悲慘，每個音節都摻著酒味還有類似金屬的某種堅硬而脆弱的破裂聲，像墓地的共鳴。

他現在的確處於艱難的境地，進也不是，退也不是，彷彿一個姑娘約好跟人私奔走到半途上卻發現情郎跑了錢也沒了。他怔怔地看了我一會兒，問我阿碧嫁給他的可能性有幾成？我正襟危坐，談到阿碧，我必須做出不偏不袒的樣子，因為她是我好朋友，黑狗也是我朋友，並且是個心腸太好的男人。我告訴他這問題我沒法回答，當然，阿碧的性格想必他也有所了解，這個判斷該由他自己來下。

他不說話。過一會兒，我向他告別。他請求我再多待一會兒，他需要有人坐在身邊，不說話也行。他說著，有些難為情地眨眨眼睛，為我倒了一杯酒。這段時間我變成了一個婆婆媽媽的男人，

翻來覆去想著那些該死的問題，令人討厭。他停了一停，補充說，可能是太寂寞了。

他說著，突然伸手摟住我。我有些吃驚，可沒有馬上拒絕。他彷彿受了鼓勵，把腦袋湊過來，開始親吻我的臉。他這樣做也許是想有所解脫，想想阿碧走得遠遠的而他獨自忍受著這一切，他的心理也許正在失去平衡。所以他藉著酒勁向我獻殷勤，實足一個可憐的男人。可惜的是，男士們一旦陷入這種失魂落魄的痛苦之中時，無一例外地會缺乏想像力，成爲乏味走樣的人，我不鄙視痛苦，也從不對別人的不幸無動於衷，但我打心眼裡不能忍受任何一種乏味，而當我腦袋裡轉著這些事，感覺著他濕漉漉的舌頭像掃帚一樣以機械的節奏掃過我臉蛋時，我忍無可忍。我推了推他，他用一雙無助的眼睛打量著我，我努力浮上一個微笑，告訴他這樣的舉動並不能解決問題，或許他該回家去，再跟妻子談一次告訴她，他不想離婚了，偃旗息鼓重歸於好吧。

他聽了這話，表情十分震驚，聲音也尖銳起來，問我是不是在譏諷他，因爲……我做了個手勢阻止他再說下去，我只是想告訴他，目前他的狀態已不適合再將這齣鬧劇演下去了，首先他已不具備從前那種從容不迫、漫不經心的作風，這種作風其實是堅強的心理素質的體現，他不再有幽默感，他變得絮絮叨叨，疑慮重重，精疲力竭，既然這樣，好吧，那就結束吧。

我說著，摟住他，親了親他的下巴，低聲地跟他道別，如果剛才的話一定程度上傷害了他，那就請原諒。

我走了，我知道這樣做對他沒有壞處。

回到家裡，馬格已睡著了，沙發上凌亂地扔著衣服，一只皮鞋甩在電視機的旁邊。我看看那條

子，還放在老地方，他似乎沒碰過它。我收拾了一下，也爬上了床，這才發現他睜著眼睛，我輕聲向他道歉，是不是吵醒他了？他沒說話，轉了個身，似乎有些生氣。可我覺得自己並沒有做錯什麼，也就沒理他，大家悶頭大睡。

夜裡，我彷彿做了個艷夢。一個蒙臉男人正熱烘烘地摟著我，我能感覺到那肌肉的力量，還有那一雙長腿上的汗毛像動物毛皮一樣可愛，我被這擁抱弄得渾身酥軟、口乾舌燥。不知道他是誰，也許是我上小學時學校對面雜貨鋪老板的兒子，那小伙子一頭鬈髮，體格強健，是小鎮姑娘們心目中理想的情郎。可惜他有個不好的習慣，老用鐵釘挖耳朵，挖完耳朵再掏鼻孔，一副沒教養的粗魯相。他倒是對我挺友好，還帶我去溜過幾次旱冰。我離開小鎮後不久就聽說他得怪病死了。

正當我性急難耐時，我醒了，看到自己正緊緊抱著馬格，他已表現得興奮異常，我們的嘴巴粘在一塊兒像從來沒分開過似的。我想起我們不久前正鬧著彆扭，就一把推開他，問他爲什麼這麼做，他奇怪地說，是你自己先湊過來的，硬是把我弄醒不算，還又擰又踹的。我是被迫的。

我記起夢中是怎麼回事，大笑起來，翻身而起使勁壓住他，好吧，我說，我們和解吧。

他連忙捂住我的嘴，我們低聲狂笑著，扭作一團。

一束月光從窗戶眼兒穿行而入，其中一部分映到了床上，我在月光下看到一個靈活如鳥的女孩正以如錐利喙撲擊瓷一般透明的肉體。月光散落在一片起伏的波浪上，肌膚似天鵝絨一樣光滑，柔軟的曲線拱成豐滿的球狀，豐滿得近乎爆炸了。我不動聲色地隱藏於月光照不到的一隅，和另一雙陌生的眼睛共同饕餮這一幅魔術般的艷畫。

【拾陸】

戶外陽光很刺眼，房屋頂參差不齊地排列在遠處白茫茫的薄靄中，天氣很炎熱，那層霧氣像是結晶出來的一片鹽花。

今天是周末，雖然這對於我和馬格毫無意義（因爲我們倆都不受工時制的限制，只要願意的話，天天都可以是周末），我們還是決定過一天像樣點的日子。

首先得收拾屋子，清理無處不在的垃圾，金魚缸裡的魚又一次全部死光了，死魚和水草共同散發出一股令人不悅的味道。我們只好決定暫時不再養魚。馬格把魚缸扛到了陽台上，拿塊破布蓋上，也不知道什麼時候再記起用它了。他向我許諾，下周送我一條小狗，因爲小狗同樣可愛而且比金魚好養活。

他又把唱片一張張地重新放回唱片架，我則蹲在地上清理手稿。這些手稿有的滿紙金玉良言、眞知灼見，有的則面目可憎、虛妄浮誇，但它們一律使人不安。

接下去我們去菜場買了幾條鯽魚，剛進門，電話鈴響了。馬格跑過去拿起話筒，嗯啊了幾聲，馬上顯露出激動的表情。他連著說了幾聲謝謝，放下話筒，他一把抱起我打了幾個旋，剛才是他同學打來的電話，《污穢的夜鳥》他們接受了。我尖叫一聲，不太相信自己的耳朵。他雙眼炯炯有神地看著我，肯定地說，是的，是的，你有救了，寶貝。我暈頭漲腦地倒在他懷裡，他愉快地拍著我的背低聲說好了好了你交好運了。

我腦袋很空，像踩在一片雲層上，緩緩上了深不可測的九重天，一些長翅膀的小玩意繞著我飛來飛去，我在一種輕飄飄的幸福感中思緒綿綿，因爲想的東西太多反而說不出什麼話來。我只能滿懷感激地抱著身邊這個男人，是他在無休止地煎熬中給了我必要的支撐。

我們決定這頓中飯在外面找個地方吃。一路上我們都在哼著歌，古今中外想得起調子的歌都唱上了。路過一家花店時他拉住我，然後興衝衝地舉了一枝紅玫瑰出來，把花別在我的衣服扣上。在行人眼中，我們也許是一對古怪的男女，可我們自己卻深深體會著這種幸福的含義。

吃了頓豐盛的中餐後，我們擎著一支大冰淇淋逛了街，挑了幾張爵士和搖滾唱片，在江陰路的花鳥市場上，他慷慨地花了三百塊買了一隻漂亮的雜種狗送給我。我的肚子裝滿了美食，我的懷裡抱著小狗，我的小說很快就會出版，於是我想我已經成了天底下最滿足的人。

回家的路上，我給小狗取了個名字，叫雨果，因爲我們都認爲它少年老成，表情安寧而深邃，像個思想家或文學泰斗。

【拾柒】

阿碧回來了。

她到上海的第二天早上給我打電話，我當時正在夢中，聽到這個熟悉的聲音，一時間有些胡塗，鬧不清她現在仍然在日本還是在上海。她說她已經回來了，問我這時間過得好不好，還忙於寫東西嗎？

她的聲音聽上去很倦怠，給我一種類似被水裡的燈芯草纏住，一副死咽活氣的印象。

我問她是不是昨夜沒睡好，怎麼沒精打采的，老朋友久別重逢好像一點喜悅都沒有。電話那頭沉默片刻，我聽到她說了句阿慧，我又有麻煩了。聽起來說這話時眼裡似乎正含著一泡淚。

我頭皮開始發麻，準是在日本期間又結上了段既銷魂又傷神的奇緣。我問她是不是這樣的，她承認了，並要我去一趟，她有很多話要對我說呢，否則會活活憋死的。她顯得一如既往的脆弱，同時又顯得毫無理由的蠻橫，這種時候我不得不去做她的小耳朵、做她的小手帕。這對我是一種煎熬，我不想過多了解那些甜蜜的細節，五花八門的情話，林林總總的恩怨。上帝作證，我已經聽過發生在她身上的近三十個愛情故事，那些故事大同小異。

事實上，她天生是塊享樂的料，雖然顯得柔弱、多淚、風吹欲倒。

我抱著小雨果跑到了阿碧家。阿碧媽媽看見小狗歡喜得不得了，在廚房裡搜索出幾塊骨頭讓它慢慢玩。

我在小屋裡見到了阿碧，她衣衫不整地倚在床頭，胡亂翻著一本通俗雜誌，一看見我，她騰地一下跳下床，撲上來一陣亂啄，讓我很不自在。我抱怨她兩個月裡不曾寄過一張明信片，她拿出一把日本糖遞給我，見我搖頭，又一下丟回抽屜裡，她說那時間丟了魂，不光得罪了我，還得罪了她的老媽媽，她不曾寫過一封信，因爲著魔似地愛上了一個人。

你們團裡的？我問她，她點點頭，低聲說是代表團裡的秘書長，一個北京人。她記起有他的一

張照片，連忙起身去翻抽屜。一會兒拿出一張鑲配了鏡框的照片給我，同時讓我答應不能把這事說給任何人聽。

照片上是他倆的合影，一個西裝筆挺，一個紅衣艷妝，我笑起來，這不是結婚照嗎？她收起了照片，臉上剎那間又愁雲密布，我是把它當結婚照保存起來的，可惜都過去了，再也沒有機會跟他那麼舒服地待在一起了，你知道嗎，又是一個有婦之夫，妻子是外交部的一個翻譯，兒子聰明伶俐，無論如何他都不可能放棄家庭。

我打斷了她，問她怎麼處理黑狗那件事。他是個笨蛋，她苦澀地說，我為他感到難過，可我又能怎麼辦？至少我不是故意的。

我沒話好說，我也一時記不起我是來指責她的還是來問候她的，或者我該冷眼旁觀，明哲保身。

我出去找雨果，那幾塊骨頭讓它心花怒放，它正歡快地搖著尾巴把骨頭踢來踢去，真希望牠長大了以後能做個足球明星。

我抱著牠走到阿碧眼前，她叫起來，這是什麼？哦，是我兒子，名叫雨果。我嘻嘻哈哈地摸著雨果的毛，不時拿小指頭讓它放進嘴裡舔。

阿碧羨慕地看著，覺得我很自在。我把小雨果遞過去讓她摸摸，她勉強地碰了碰牠的小腦袋。你再沒有耐心聽我說那些事了，是嗎？她不安地問。不，我糾正她，適當的時候也許可以聊得更痛快，今天可能太熱了。

臨走前，她執意要把她在日本寫的一本日記借給我看。你不想聽，那就自己看吧。我總是不能缺少分享者的，好比演員少不了觀眾，親愛的，我的愛情也需要你來見證。日記上那些肺腑之言會讓你感動不已，這能說明我是個認眞的好女孩，不是騙子不是遊戲者。你最了解我是怎麼回事，再說，你或許有一天會用得著它們，我指的是用它們來寫一部貨眞價實的愛情小說。

她說著，恢復了狡黠的神氣，就像魚兒重新回到水裡恢復生機一樣。我更喜歡這種機靈勁兒，而不是哭哭啼啼末日來臨的慘相。夥計，任何時候都該無拘無束。

晚上，馬格打了個電話來說要跟人吃飯應酬，可能晚點回來。放下電話，我抱起雨果，找了個金黃的檸檬逗牠玩，唱機裡正放著PINK FREUD的聲嘶力竭的囂叫與呻吟，雨果在音樂裡踮起一條後腿扭動屁股晃了晃，這個動作讓我心花怒放，顯然牠很有樂感，我抱著牠一起跳，牠在我懷裡哇嗚哇嗚地吠著，小尾巴毛髮皆聳像條小鞭子一樣甩打著自己的屁股，牠眞是條好狗，令人激動的小玩意兒。

我把檸檬丟給牠，自己坐到了檯燈下，開始翻看阿碧的旅行日記，打開扉頁，一行行規矩方正的字跡映入眼簾，這些字帶著十足的學生腔，可內容卻是急遽迫切的，時不時帶著神經質的痛苦和溫柔，她描寫他們如何初次相識，如何去看電影，如何在燭光裡跳舞，又去游泳、打球、拍照、逛商店，幾乎每一夜她抱著日式睡衣赤腳穿過走廊，敲開他的房門，在黑暗的閃著電視機螢光的屋子裡盡情纏綿，然後在凌晨二三點的時候偷偷地溜回自己的房間，她說她處於一個危險而迷醉的邊緣，等她發現這一點的時候她已愛上了他。

於是在以後的日子裡，隨著歸期逼近，每次做完那事，她就會淚流滿面變得歇斯底里，問他愛不愛她，懇求他讓她留下來過一個完整的夜晚。如果他用兄長、導師般的口氣堅持讓她回自己的房間，她也就沒什麼辦法。有一次，她終於忍不住了，把那件和服式睡衣扔向他，說他像嫖客一樣無情無義，他打了她一記耳光，又過了一會兒，他走過去，摟住他。於是他們終於完整地過了一夜。

日記裡彌漫著一股櫻花凋零般的惆悵，和日本演歌那種綿長、悠遠的傷痛，還有水一般的溫柔。日記末尾提到她回上海的當天就跑到音樂書店買了一盤五輪眞弓的卡帶，因爲那裡面一首叫《戀人們》的歌是那男人時時唱給她聽的，很動人。

我發了一會兒呆，想像穿著和服、窈窕迷離的阿碧如何伴著音樂旋律在一個個潮濕、溫涼的異國春夜裡輕輕旋轉，傷心地走近那個男人，而男人的臉卻在旋律中漸漸模糊，像一個萬劫不復的舊夢片斷。

日記文字精彩，情感委婉，可有很多戀愛並不值得記住，並付諸日記的形式，也許我的朋友阿碧所一直眷戀著的大部分是她的理想，說白了，她與她的夢幻執著相戀，她與她自己苦苦相守。

我撥通了她的電話，她正躺在床上聽那盤日語卡帶，我把我的感覺告訴了她，可她並不喜歡這種解釋，即她將與她自己的夢想戀愛一輩子。

【拾捌】

馬格的情緒最近一直很難捉摸，我們之間令人不快的磨擦隨之也多起來。如果我在廚房的地上不小心灑落了幾滴水，他就會滿臉陰鬱地蹲下去拿著破布狠命地擦，嘴裡嘀咕個不停，說我把這地方變成了公用廁所。如果我在電話裡跟人聊天聊到興高采烈手舞足蹈，他就點上一支煙不停地在我眼前踱步，不時地把雨果弄出尖叫聲來。而到了晚上，躺到床上，他就開始翻來覆去地轉動身體，像烙餅似的，時常在半夜裡把我弄醒，動作粗魯地揪住我，手掌心潮嘰嘰的粘滿了冷汗，當我萬分生氣地把他踹下床的時候，他才會頭腦清醒地向我道歉，內疚地抱住我，請求我理解他最近的壞脾氣。他喃喃低語，濕漉漉的額頭抵在我下巴上，整個身體像條軟綿綿的帶子環繞著我，顯得莫名其妙的憂鬱。想想剛認識他的時候他顯得那麼穩健可信，對任何事都有把握似的，而現在似乎無法證明這種沉穩從容了。

有那麼一個晚上，我問他究竟有什麼不幸的事發生，是生意上不順讓他破產了嗎？他想了想，向我坦白現在他的確處於困境，當然還沒到破產的份上。那筆國畫的買賣弄砸了，下家突然表示不想再購買那四幅畫，除非把畫價壓到原先的一半，畫主當然不願意。這事就這麼不了了之了，可馬格已經先籌了十萬託人送到北京老泰斗那兒去了，所以這事就顯得非常荒謬，老傢伙已先在一幅畫上題了字，所有的麻煩就集中在馬格身上。除非他重新找個買主把那幅已被題了字的畫以高價賣出去，這需要時間，現在還是個懸案。

他說著，深深吸了口氣，他說這怪他自己做事不周密，他已感到失敗的影子正一步步逼近，生命裡防不勝防的磨難不難使靈魂提升，只是讓混亂和幻滅一點點地占據我們的頭腦。出爾反爾、欺騙、自私、欲望、貪婪是解決一切問題的良方，世界像個容光煥發的墳墓一樣自生自滅，朝夕運轉。他沉悶地議論著，一些不可思議的詞匯從他嘴裡源源不斷地湧出來，像首古怪的弦樂獨奏。

我意識到他正處於一種潛在的迷夢狀態，我吻著他，試圖讓他從物質損失造成的沮喪中擺脫出來。他停止了說話，開始回吻我，似乎有一種強烈的孤獨感籠罩了他，他突然說他想娶我，現在就嫁給他吧，他會東山再起，會越幹越好的。只是現在他迫切需要我的鼓勵。我打斷他，問他現在這樣子不好嗎？我們就在一起。他搖搖頭，他說妻子和女朋友還是不一樣的，況且（他竭力讓我相信他的每一句話），他說況且我們已經彼此熟悉了，彼此適應了，飯菜口胃相合，床上旗鼓相當，共同熱愛音樂、書籍，還有雨果，暫時不要孩子也行，他這方面很開明。他願繼續支持我寫作，總之我們互相鼓勵，生活會變得更有價值。

他殷切地看著我，我只能像個撥浪鼓似地搖頭。

他變得生氣起來，人們一般都有這樣的常識，一對同居的男女中如果有人迫不及待地提議結婚那麼這人幾乎肯定是女的，而我跟他之間卻奇怪地顛倒了，是因爲他的錢不夠多嗎？

我對他的質問置之不理，起來泡了杯熱牛奶，幾口喝下去，腦袋一沾枕頭就進入睡眠狀態了。

第二天早上，他照舊提結婚這檔子事，我只好繼續裝聾作啞，坐在餐桌邊吃麵包、喝桔汁，然後點上一根香煙，逗小雨果玩。等他刷牙、洗臉一直到刮鬍子塗完髮油，他站在鏡子前還在談論婚

嫁之事，我覺得這很難忍受。他這會兒成了一個多愁善感的老頭子，跟我隔了一百條代溝。

我問他是不是想藉結婚來衝衝生意上的霉氣。他當然否認這種「無稽之談」，他需要的是精神上更直接的鼓勵。我告訴他，想結婚的話，可以請人介紹，也可以在《生活周刊》中刊登一則徵婚啓事，在現代社會裡組成家庭手段越來越便捷。只是在這會兒他不能指望我，我現在一點都沒有這種想法，我不想讓自己被迫去幹什麼事情，並且照他目前的脾氣照他目前的心理狀態發展下去，就算匆匆忙忙結了婚最後保不定還要離。

他聽了，表情十分震驚，說他想不到我是這麼一個自私的人，現在我的小說要出來了，就用不著他了，就可以這樣對他說話了。

他衝進裡屋，霹靂啪啦一陣亂扔亂摔，其中肯定砸碎了一個香水瓶，臥室裡立刻彌漫了一股奇異刺鼻的香味。幾枝康乃馨在地上的一堆碎瓷片上，殘缺的紅色顯現出驚人的妖艷。我吃驚地看著他毫無理智地扔這扔那。忽然，一隻拖鞋向我飛過來，我偏了偏頭，手中的煙被打落在地，雨果吱吱地叫起來，他一把拎起牠，急匆匆地走進衛生間把小東西丟在浴缸裡，那兒正蓄著一大缸水，可憐的雨果悲慘地撲騰著，掙扎著爬出來。我默默地看他幹完這一切坐在沙發上吸煙。該輪到我上場了。

我迅速地收拾好手稿，幾本有用的書，從衣櫥裡取出少許衣物，在抽屜裡拿了一瓶香水，幾支唇膏，眼線筆，一瓶脫毛劑，然後把這些東西統統裝進一只紅綠黃相間顏色熱鬧的大包裡，然後把雨果身上的毛細細擦乾，抱進包裡，拉鏈留一截開著好讓牠露出頭來。

他看我幹著這些，像尊雕像一樣坐在那裡，自尊而頑固地保持著沉默。

我看看他，也沒話好說，拉上門走出去了。

戶外陽光不錯，空氣裡塵埃細細地飛舞著，街道兩邊的懸鈴木已顯露出秋的韻味。我有些頭暈腦漲，雨果乖巧地嗚咽著，不時伸出舌頭舔我的手指。我們剛從一場猝不及防、無人能懂的荒誕劇中脫身出來。

街上人來人往，兩邊布滿了狹窄古老的老居民樓和洋派大氣的商業樓。我背著一堆書、衣物、化妝品和一隻心愛的狗走在互不相干的擁擠的人流車流中，像個夢想家或偏執狂一樣，失去了方向失去了和家的聯繫，重新變成原來一無所有的我。在這種時刻，我感到對自己有更深的了解。

心臟漫無邊際地跳著，無休無止的。我也再一次領略到生活不可預料的節奏，彗星在天際閃過的速度也比不上生活中變化的速度，這些變化發生在情侶之間、朋友之間、同事之間、上下級之間，甚至陌生人之間，但一律讓人微笑或發窘。

我走了很久，發覺自己正走向阿碧的家。那就是我的投奔方向。

阿碧在銀行上班，她媽媽開了門。我想我有些狼狽，可我微笑著向她撒了一個謊，我的同屋（我跟她提過我跟一個女同學合租了一套靠近地鐵口的房子）的父親要來上海住一段時間，我得暫時讓出那間屋子。

她很熱情地摸著雨果的臉袋，滿臉是笑地招呼我們進屋。這一刻，她是天底下最好的老媽媽。

【拾玖】

我和阿碧住在同一個房間裡。她上班的時候，我就一個人待在小屋子裡奮筆疾書，儘管是白天，窗簾還是拉了起來，烘著一盞檯燈，鼻尖上微微出著汗。我覺得這會兒自己精力充沛，心境澄明。

有時候，阿碧媽媽帶著雨果從菜場回來，推開房門想看看動靜，如果這會兒我正叼著一支煙，稿紙攤得滿桌狼藉，她就會搖搖頭，覺得對於女孩子來說，這是不可思議的工作。她的寬容還體現在時不時為我送進來一些汽水、葡萄、綠豆湯，而有時候我總覺得自己辜負了這些美食，因為寫出來的東西一錢不值，只好整頁整頁地往紙簍裡扔。

我很希望寫作是那種砌磚弄瓦的體力活，將詞與詞堆積在一起就大功告成了，這樣的話，我相信我能幹得跟建築工地上的民工一樣出色。但是，事實上不是這麼一回事。我不知道頭腦中那些恣意奔放的詩句、意味深長的夢境、虛無飄渺的想像躲到哪兒去了。但我還是得不停地寫，因為渴望摒棄現世生活，因為恐懼兩手空空地走向末路。

關於小鎮上的女孩的故事該如何進展，全得仰仗某種添油加醋的本事，還有運籌帷幄的能力。

是的，她那雙火葬場一般、富有魔力的眼睛很快地盯上了高高瘦瘦、穿著緊繃牛仔褲的吉他手，吉他手操一口柔軟好聽的普通話，頭髮長長的，富有詩意地耷拉在額頭。

記憶的門敞開著，潮濕的樹葉的氣息彌漫進來，那是一個春雨綿綿的夜晚。她等在舞廳外的一

塊陰影裡，陰溝裡的果殼糖紙和污黑的穢物靜靜地散發出腐殖質的氣味。

不知過了多久，燈光忽啦一下從裡面傾瀉出來，散場了。她踮起腳尖，終於看到那個年輕男人背著一把吉他，輕輕咳嗽著，他的旁邊還有兩個同伴，都沒撐傘。

她猶豫著，然後像隻兔子一樣一陣疾奔，攔住了吉他手，她生硬地浮上一個笑容，臉色蒼白，牙齒打戰。他顯然吃了一驚，有事嗎？他問。她把傘收起來，雨絲飄到臉頰上，給了她一種勇氣。她告訴他，他的歌她已聽過好幾次了，她喜歡那些歌，也喜歡唱歌的人。

他笑起來，是嗎？他鼻音很重地說。她感覺到他的某種無動於衷，決定趁自己還有勇氣再說點什麼。

她今年十四歲了，以前喜歡電影上的佐羅，現在她喜歡上了他，說不出爲什麼，就是喜歡了。她絕望地盯著自己的腳尖，那會兒她肯定難看極了，頭髮粘在腦門上，雙眼發直，鼻尖通紅。

他沉默了一陣，然後伸手撫摸了她的臉。他們一起來到了他住的小旅店，他用毛巾給她擦乾了頭髮，然後泡了一杯麥乳精遞給她，她激動不安地盯著他，看他脫下濕衣服時露出來的漂亮身材。她跳起來，哆哆嗦嗦地從背後抱住他，那一刻她緊張萬分，覺得自己快要暈過去了。

他輕輕掰開她的手，試圖要解釋點什麼。可她死皮賴臉地纏上了他，希望他對她做點什麼。這個節骨眼兒上不能放開他的身體。

他讓她鎮靜下來，從一只小皮箱裡取出一疊照片給她看。照片上的姑娘各有韻味，大部分比她漂亮，這讓她難過極了。他告訴她這些是他在各地演出時碰到的。她們一到晚上就來找他，臨別前

還送他照片，約好幾年後再見面，當然這都是些鬼話。他需要的只是在旅途上像水滴一樣轉瞬即逝的歡樂，但他所碰到的幾乎都是像恣肆的大海般的依戀，她們一個比一個難纏，而他並不愛這些人。

他其實是個很普通很簡單的男人，智力平平，沒有驚天動地的夢想，對生活的要求也微乎其微，只想彈著心愛的吉他到各地走走看看，對各類艷遇也不會執意拒絕，在時刻保住自由的前提下追求寧靜致遠的境界。這一路上來，他走東到西，見聞頗多，生活本身是極其乏味、毫無意義的，但流浪四方總歸也是生存的一種形式，儘管流浪也是毫無意義、沒有條理的，無窮盡的奔波，一場接一場亂哄哄的表演，但這一切比久居一地有趣得多。永遠只在同一個地方，生活就會越來越懶散、呆板、滯固，沒有變化。

總而言之，他是要在不同的地方來來去去，一路上有音樂有姑娘，還有一次因爲借用了一輛放在路邊的自行車被當地公安拘留了一天，可又有什麼不好呢？一切都在正常地運轉。他說著，開始親吻她的頭髮，她激動得直打哆嗦，他的那一番話簡直道出了她的心聲，她早就嚮往這種裝在溜冰鞋上的生活，像風一樣無拘無束飄蕩四方。

她請求他帶她走。他態度極其堅決地拒絕了她的設想。他只能一個人走東闖西，除非有一天老得走不動了，他才會心甘情願地被一個女人拴住。現在還不能。

她賴在他那兒不肯回家，他沒有辦法，和衣躺在她的身邊。黑暗中，他說你這女孩多奇怪啊，我連你的名字都不知道呢。她就告訴他她的名字。這一夜，她一直沒法睡著。

第二天晚上，她提著一個旅行包敲開了他的房門。他看起來非常吃驚，覺得她太倔強了太任性了。

他們躺在床上，她跟他說了她家裡的事，她的生父如何在水泥地上跌破了他的腦袋，她的繼父會踩縫紉機、會做一手好菜還做一些莫名其妙的事，她母親動不動就發火一發火，就撒尿，她自己喜歡做夢，做夢都想能跟上一個人到處跑。他一邊聽她絮絮叨叨地說，一邊不停地拍她的肩膀，哦！哦！睡吧睡吧！他輕輕地說。

後來他們都不說話了。他們在床上像打架一樣扭在一起，她瘋瘋癲癲地，又哭又笑，一定要他那樣做。她渴望那件事的發生，而他卻渾身冒著冷汗，瘦弱的身體彎成一面弓的形狀，任她怎麼拉怎麼推，都不想碰她。她只好說他是僞君子，還說自己不夠好看。他則堅持說自己不行，因爲她太小是個處女，他害怕血和尖叫，在處女面前他變得軟弱無力，這是天生的條件反射。

他們兩人從床的那頭滾到另一頭，齒輪般銜接在一起，又如同上了鉤的大魚蹦蹦跳跳。她突然起身離開了他，把燈拉亮，讓他看仔細了。

她咬牙切齒地微笑著，拿起桌子上的一支鉛筆，把它塞進自己的身體。她來回動作著，臉上掛著殘忍而痛苦的微笑，血淋淋的激情和暴力使她的身體在柔弱的燈光下看起來像一具引人入勝的魔鬼之軀。

下等旅館裡的一間骯髒的房間裡，此刻已空無一物。她的憤怒和羞愧已將四周洗劫一空。一切都隱去了，只剩下她那自我肢解的身體，和一線幻覺的希望。他跌跌撞撞地跑過來，奪下她手裡的

鉛筆，一把抱起她。沒有狂喜，沒有奇蹟，沒有夢境，沒有徵兆。他把什麼都給了她，他把她扔進了一條無以倫比的激情之河，他把她舉上了無處不在的天堂。

傅亮，我和你在此時此刻，在此時此刻你比我更瘋狂。你摹擬了各種各樣的關於全世界父親的姿態，你讓我忘掉疼痛和貞潔的陰影，冰涼的夜晚只有你穿過夢境呼嘯而至把床板弄得吱呀作響，讓女孩的頭腦徹底毀於瘋狂。情人，愛人，偷歡者，苟且者，同性戀者，強姦犯一股腦兒在最後的想像中到達了統一的高潮。

女孩愛他勝於自己的生命，她的幸福已操持在他的手中，可是有一天他還是跑了，像一條鰻魚，像一顆子彈，像一個氣泡，或者像一個雜種一樣從女孩身邊溜走了。

以後的日子裡，女孩一想到那個陽光明媚、靜寂無聲、空空蕩蕩的早晨，一想到那個飄雨的彌漫著樹葉清香的春夜，一想到他的長髮，他的蒼白，他的激情，她總是感到一陣陣麻木的恨，還有一種失去自我的甜蜜。後來她一步步走向無情無義、冷漠自私，同時她也更爲清醒地領略到青春年少時那段初戀的重要意義。

當愛情第一次以巨大的衝勢開啓孩子們稚嫩不安的心靈時，相伴相隨而來的，總是一些莫名其妙的迷失與恐懼。世間沒有一成不變的愛情，世間只有古老的憂傷，古老的愁緒。這就是徵結之所在。

【貳拾】

阿碧媽媽因爲參加由她們學校組織的退休教師廈門旅遊團，暫時得離開一陣子。家裡只剩下阿碧和我。

又一個休息日到了，阿碧勸我不要老是寫個不停，該出去散散心。因爲生活中有許多妙不可言的樂趣只有在年輕的時候才能領略得到，而我又是這麼地年輕，與其塗脂抹粉地坐在屋子裡面給稿紙看，不如出去找點樂子。我告訴她，寫東西的時候自然還有一種樂趣，獨處時全身心的陶醉，一個白日夢，就跟——我停下來想了想，比方說就跟做愛一樣，是全身心的擁抱，沒有謹愼，沒有隱瞞。她咯咯咯地笑起來，花枝亂顫，模樣動人。她讓我給她開張書單，看看達達主義、超現實主義、垮掉的一代、憤怒青年是怎麼回事，這樣我們之間就會有更多共同感興趣的話題。我對此表示懷疑，因爲她看書總是缺少熱情，除非給她一疊原汁原味的英文原版書，而我開不出英文書單。

她跑到衣櫥前，取了一套細麻布套裝，手腳俐落地換上，催促我也收拾收拾，一起去個好玩的地方。我決定相信她的鼓動之詞，「好玩的地方」，聽起來不錯。打開她的衣櫥，挑了件黑色低領T恤，又套了件牛仔上裝，我們倆一起噴了點香水感覺良好地出了門。

那個地方在市區西南面，是家洋人出沒的酒吧。遠洋而來的水手、生意人、留學生晃著色澤鮮艷的腦袋，雲集一處，操著嘔啞嘈雜的各國語言，在那裡大杯喝酒、大口吸煙，以此打發他們漸漸滋長的思鄉病。

我們沿著一排排枝葉茂密的梧桐樹慢慢走。這一帶車輛不多，是難得的清靜之地。初秋的夜晚給人似水般的溫情。街燈下的老洋房、小花園、麵包坊、服裝店靜悄悄的，像童話裡的房子一樣可愛。

我們商量著，想在一家麵包坊裡買兩盒牛奶。店鋪燈火通明，透過玻璃櫥窗看去，一排排放在貨架上的各式麵包散發著誘人的光澤。剛走進店鋪，阿碧突然怔住了。我順著她的眼睛看去，看到黑狗一手抱著一個小女孩一手拎著一袋麵包，站在收銀處。他的旁邊還有一個漂亮的圓臉女人，想必是那個買了幾打雞蛋往丈夫腦袋上砸的妻子了。

黑狗也看見了我們，愣了一下，接著臉上浮上一個像被閃電擊焦的苦笑，使我感到滿嘴苦焦味。他很快就找了一種姿勢抱孩子，這樣他的臉就得以遮掩，圓臉女人一臉狐疑地看著我和阿碧，急匆匆地跟在丈夫身後走出了店門。

我推了推阿碧，她半晌才反應過來，走到櫃台前要了兩盒牛奶。走在路上，她沒精打采，沉默無語。我都能聽到她太陽穴上的脈搏跳得有氣無力，而且越來越微弱。我想說點什麼，比如眞遺憾，比如都過去了，別去想了，可覺得說這話沒多大意義。事情發展至此，只能靠時間沖淡往事，並且繼續開拓新的故事。夜色死氣沉沉地伸向城市的四面八方，人們爲了打發無休無止的時光總是在不停地折騰，連夜晚都像條母狗一樣騷動不安，到處充滿神奇的偶遇，傷心的往事，和不可預料的前景。

阿碧已經恢復了正常，剛才那一幕已慢慢消融了。至少表面上是。她又興致勃勃地講起聽來的

一些庸俗笑話。有一個笑話是我們倆共同熱衷的保留節目，講的是一隻雌螞蟻跑到一頭大雄象面前，羞答答地眨巴著小眼睛，樣子還很輕佻，她仰視著大象開了口，親愛的，我已經有了。每一次說到「我已經有了」，我們倆就捧著肚子笑個不停。而這樣的笑話總是意味著生活永遠不缺少找樂的佐料。

裘德酒吧就在眼前了。現在這時候正是營業高峰，裡面擠滿了顧客。我們一進門，就嗅到形形色色的騷味兒迎面撲來，那是洋人身上特有的味兒，再多再好的香水也壓不下去。

我們走到了裡間，一個高大的男人正在一下下地衝著牆壁玩飛鏢，靠左側的桌子上還空了兩個位子，我們便坐下了。同桌的兩個男人跟我們搭訕起來，他們的英語帶一種口音，語速又極快。我只聽得懂一半，而阿碧已磨拳擦掌地和他們幹上了。她那一口流利純正的口語可眞讓我驕傲，彷彿有了靠山似的。這兩壯傢伙來自丹麥，北歐寒冷的天氣使他們一律長得高大，並且鼻子特別長。他們來上海做巧克力生意，一個叫LANGE，一個叫DAM，我們同樣也回報了兩個名字，阿碧成了漂漂，我成了亮亮。他們哈哈笑起來伸出毛爪搔著耳朵，津津有味的樣子，說中國女孩漂亮，上海姑娘最迷人。他們又殷勤地爲我們叫了酒和開心果。

我們不停地嚼著口香糖，抽著薄荷煙，呷著好酒，這些東西特有的清涼味兒使人浮想聯翩，彷彿已經進入極樂世界的門檻，旁邊一桌上的一個中國女孩穿著一身富有傳統特色的藍印花布做成的旗袍，兩邊的衩開得出奇的高，黑亮的長髮披到了臀部。她穿著這身販賣國粹顯示東方風情的裝束，眉目之間肆無忌憚，大聲地浪笑著，伸手把一個洋鬼子的頭髮搞亂，又慢慢地用手指梳理，洋

鬼子幸福得呻吟著，看起來調情是如此這般的容易。

阿碧正準備哄LANGE他們帶我倆去「統統」跳迪士高，發現媚眼兒正朝我們走來。他邊上還有一個高個女人，臉上的妝化得很濃，眼影塗得很重，眼睛像是開在陰影裡的兩條縫兒。這是個北歐種的女人，長著一個英格麗·褒曼似的高鼻子，五官呈現出一種往下耷拉的老態。媚眼兒向我們介紹了她，她叫達柔（說到這兒，媚眼兒彎腰下來在我們耳邊輕輕說想想「大魚大肉」就記住這名字了）。

達柔的眼睛總是很風騷地瞄來瞟去，眼角的魚尾紋被扯動得分外忙碌。令人驚奇的是，達柔的手裡抱著兩只毛茸茸的小棕熊，她用生硬的中國話說，它們是她的小寶貝，她在學校上課的時候也抱著它們。媚眼兒補充說，達柔是復旦歷史系的博士生，他又俯下身來低低地說她出生於闊佬之家，父親據說是地產大王。

他跟我們打過招呼後就摟著女朋友到了另一張桌邊坐下來。我們還在跟兩個丹麥佬有一句沒一句地閒扯，卻已經沒有什麼興致了。

音樂漸漸吸引了我們的注意力，那是一種讓你一頭栽下去的爵士樂，輕軟如絲絨，豐厚如仙人掌，如此肉感地挑逗著你，又彷彿是從各色美女那蠱惑人心的小嘴裡嘶嘶嘶嘶發出來的五顏六色的音符，這些音符既飽蘸毒汁又有玫瑰般的魔力，總之這音樂讓人心蕩神搖，酒鬼們已經搖搖晃晃地擺弄起來了身體，在燈光的幻影中就像一顆顆行星脫離了軌道狂亂飛舞，我和阿碧也扭在一起，手掌相擊，屁股相撞，感到難以置信的痛快。

透過幢幢人影，我看到的媚眼兒和達柔像兩條痛苦的鮎魚一樣搖頭擺尾，達柔已經脫去了外套，來自拉斯維加斯的舞女一樣激烈而淫蕩地晃動上身。這些看起來都像是熟悉的廢墟上不祥的嚎叫。

【貳拾壹】

馬格一連Call了我十幾次，一副不達目的誓不罷休的架勢。我撥了電話過去，問有什麼事。他簡潔明瞭地表示，想找我談談，然後又自作主張地約了時間，至於地點，還是第一次跟他見面的那家咖啡店。

從車上下來往前走，走過路口，向右拐進樹蔭深深的茂名路，我一眼就看見了那家咖啡店。馬格就站在門口，手裡倒提著一枝紅色的玫瑰花，他殷切的目光遠遠地投過來，在我心裡喚起了初次相遇時的那種新奇感。那種奇異的感覺再次降臨了。

他已經向我迎過來，五官端正，微笑動人，頭髮整潔，一件淺棕色的外套質料柔軟，在秋日的陽光下令人感動地閃著溫和的光澤。他握住我的手，我裝作從來不認識這麼個人似地跟在他身後，走進咖啡店，臉上不作任何表情。

一坐下，他迫不及待地向我道歉，爲上次的事情。他覺得自己的舉動實在有失風度，特別是把雨果扔進浴缸，那是虐待寵物，在國外是可以被指控有罪的。他當時也不知道爲什麼，頭腦混亂。

他應該理解像我這樣的人自然有獨特的生活志向，毫不庸俗的審美情趣，有些事我永遠不會苟同，除非在萬分絕望的時候，或者一時胡塗的時候。比如我不會隨便嫁一個人，即使有人在苦苦哀求。所以他逼我嫁他是粗魯愚蠢的行徑，我有我自己的選擇，有選擇的自由。任何來自外界的壓力都是毫無用處的。總之，他在我面前失態了。如果可能的話，希望我能盡釋前嫌，充滿樂觀地對待我們之間的關係。

他毫不費勁地說著這些，聽來像外交辭令，接著又把那枝玫瑰恰如其分地遞上來。玫瑰總是人們表白心跡時的漂亮道具，可我並不討厭他這樣做，畢竟他不是那種很糟糕的男人，只是偶爾會衝動，但仍有足夠的理智，就像現在這會兒他衣冠楚楚地拿著花兒在一家氣氛高雅的咖啡店裡向我表示歉意。如果有錯，那麼就是我們倆都有些自以為是。可說到底，我們還是般配的一對，曾經和諧地住在一起，不由自主地相愛。

我接過花，問他有什麼具體打算。他讓我不用擔心，他正在籌劃和幾個朋友合夥開一家房產代理公司，包括建築裝潢。計畫進展得挺順利，辦公用的寫字樓也聯繫好了，下個禮拜他們還要去崇明島求一個有名的老法師給公司取個大吉大利的名字。

他頭腦清晰地向我描述當今房產行業所處的大氣候以及整個市場背景，像個天才的商人那樣向我展示新公司的營銷策略、運作方針。我覺得他的理想主義氣質總是多於實際的行動成果。事實上，他似乎也不太相信自己能夠真正地做成一樁驚天動地的事業。從八年前燒毀一大摞詩稿開始，他就進入了一種持久而飄忽的遊蕩狀態，失敗過一次就不會去做第二次，打一槍換個地方，所謂廣

種薄收，他必須用不停地轉移陣地來克服自己的不自信。

也許與他相處越久，他身上某種不成熟的東西就像暗礁一樣越來越清晰地浮出海面。我覺得我已看準了這一點，可不知道如何讓他從幻夢中醒悟，他不應該幹投資大的買賣。看看他的神情，我決定不提這些。好吧，向房產市場進軍，你要成爲上海灘上數一數二的後起之秀。

從咖啡店裡出來，我們不知道該去哪兒共度重新和好後的這段有意思的時光。陽光暖洋洋地照在身上，兩旁懸鈴木上的葉子正以令人心碎的美發黃發皺，然後在輕風中徐徐凋零。他拉著我的手，輕聲哼著歌。而我，則在重溫同一個模糊而微妙的主題。它包括某種喧嘩和騷動，沒有聲音的語言，在內心裡從未停止過演奏的旋律，某個念頭，某種情趣，和這樣一個男人走在同一條街道上，身處熟悉的環境，熟悉的縈繞於心的微妙體驗，這些淩亂而轉瞬即逝的東西必將在筆下一一留下痕跡。它們組成我的全部生活，它們就是我的血肉，一待時機成熟必將落入我的文字陷阱，被埋葬被祭祀，被唾棄被讚美。我發瘋似地記錄著這些街道，這些人流，這些生活，而我本人看起來卻像一架空洞無主的機器，當他摸摸我的頭或摟緊我的肩膀時，我像來自外星球的人那樣傷感而孤獨。

我突然請求他不要散步了，帶我去一個房間。他肯定明白我在說什麼，但是原先我們住的地方已被那位謹慎如公文包、機警如捕鼠夾、乏味如居委會的房東收回去了。我們摔摔打打鬧翻後的第二天，他就接到鄰居舉報，當機立斷地轟走了馬格。

我向他提出也許有那種房間，房間裡有舒適闊氣的席夢思，有柔軟漂亮的織花地毯，有厚窗簾，暗暗的燈，熱水浴。我指的是一個上星級的賓館。我想在那種地方和他過一夜。

我會對著鏡子有趣地舞，我會在床上接二連三地翻跟斗，我會在午夜給他背誦不朽的詩句，在恍恍惚惚中和他重溫舊夢。

多麼有意思的夜晚。無論時光匆匆，風雲變幻，相愛的人總是能在夜裡準確無誤地尋找到對方的氣味。情愛故事中的插曲像點燃的爆竹一樣霹霹啪啪地出現。多虧這時不時發生的戀人邂逅，它使生活免於平淡、單調。

我們提著一些酒走進了一家賓館的一個單間。

房間如想像中那般舒適、幽靜，尤其是充滿了令人嚮往的陌生感，是一個適合墮落的陌生天堂。

在浴室裡坐在襯著墊圈的抽水馬桶上，我突然感到一陣憂鬱。當然這是如閃電般劃過的短暫感覺。我低頭看看自己那消瘦的肚子上憔悴的肚臍眼兒，那玩意兒像個磨破的補丁。為了讓自己舒服起來，我忙不迭地爬進浴缸，渾身塗滿香噴噴的泡沫。

當我站起身來的時候，一身流光溢彩的肌膚使我感覺自己像個盛裝的演員，正等待大幕徐徐拉起。而觀眾已密密麻麻地躲在四周牆壁上的任何一道縫隙裡，口乾舌燥地盼著一出高潮迭起的私人表演。

他已經脫得一絲不掛，像隻待烤的青蛙一樣貼在潔白的床單上。我開始圍著席夢思慢慢踱步，像哲學家，像兀隼，像母狗，一切都在正常進行當中。充斥房間的幽暗和陌生感在保護我們。來自

城市所有污穢的下水道的幽靈在祝福我們。在寂靜中，黑夜花園裡的黑色花瓣滴下了濃濃的液汁，像煉乳一樣直逼呼吸的液汁。

總之，戀人們夢想成眞。一切都準時地開始，又準時地結束。

在以後那些簡單的日子裡，如果馬格的錢包湊巧是鼓的，而我又有時間有心情，我們就打電話一起跑到某家賓館，在不同的房間裡神采奕奕地上下折騰，頻頻的高潮足以讓一隻弱不禁風的貓昏死一百次。

這不禁使人想起某位古聖賢的名言：生活的秘密就在於永不停止地吮吸其自身的精髓。

【貳拾貳】

小說《污穢的夜鳥》像片新鮮麵包一樣出爐了，塗著黃油，撒上各種芥末，模樣可人地放在貨架上，正式等待顧客們的惠顧。

之前，我去過一次杭州，和責任編輯，一位長相斯文的中年女性商量了小說某些段落的細微修改。離開的時候，她拉著我的手說你那麼年輕，是什麼時候開始寫作的呢？看得出來，你在文字上已經沒什麼問題了，將來的發展也許難以預料。她說著，由衷地握著我的手，我爲此而受寵若驚，滿臉通紅地想說點謙虛的話，可說出來的卻是幾聲嗯嗯啊啊，忽然想起包裡有一瓶下了大決心才買下來的法國香水，便手忙腳亂地翻出來，情眞意切地放在她手上，說是一點點謝意，口氣輕描淡

寫，彷彿我已是個富翁。

總之，小說出版了，我的心情是如此之好，渾身輕飄飄的，走過我旁邊的人都能聽到我身上的每一塊骨頭，都在吱吱嘎嘎地歡顫、歌唱。我臉上的五官也像一朵雛菊一樣精神飽滿舒展開來。

在這種高興得發暈的時候，我傻裡傻氣地想，如果能讓我再見一見一直在夢中出現的那個男人，那麼我所有的心願幾乎都已實現，即使現在死去也了無遺憾了。

我對阿碧說，這一次我肯定能漂漂亮亮地賺上一筆，這樣我就不用再像寄生蟲似地住在你家了。至少我可以回到涼城去，找一處每月只需二百塊錢的廉價房子。反正我現在不要同居，不要寄居，只想一個人像頭奶牛一樣悠閒地踱來踱去，不時地坐下來鋪開稿紙，擠出滴滴香濃的奶汁。

外界條件不好又有什麼呢？沒有音樂，可以自己來唱，沒有鏡子，那就找一片月光下的碎瓷，沒有取暖器，記住用力摩擦身體，沒有幽默，請摹仿一下雨果抬起後腿撒尿的姿勢，沒有思想，那也沒關係，打個電話帶上幾百塊油污發黑的人民幣找個床單白得刺眼的房間，給身體充電把頭腦挖空，思想就會在黑暗中懸浮翩躚。

生活就是如此驚人地生動，時光嗖嗖而過，一切都在撕碎的空氣裡迅疾後退，什麼都是即興的歡樂，歡樂只是短暫的存在，而文字，只有走火入魔的文字像激情的野馬一樣在草地上留下被永久毀壞的痕跡。

而我，只想在馬尾巴上做一只陶醉的虱子。

【貳拾參】

小說賣得還不壞。

我坐在一張桌子後面，像流水線工人一樣給一本本書簽上名。我注意到有三個年齡不一的男人，年老的一臉嚴肅，毫不下流，買這書也許是爲了尋找抨擊的靶子；中年男人頭頂微禿，眼珠在眼鏡後面直勾勾地盯著你，買這書也許是爲了滿足窺私癖；年輕的表情豐富，像匹小公馬一樣不停地扭動脖子，對著我說一連串的恭維話，這書對於他就像一場拳賽，一瓶烈酒，一個姑娘。

我的活幹得不賴，幹到一半時，突然有一些人把書還回了貨架，跑到對面的一家書店。後來我才知道對面書店來了一個有名的足球教練，爲他的自傳簽名發售，更有噱頭的是，國內最有名的幾位球星也都趕過來捧場了。我跟他打了個時間差，只是他應該來得再遲一點，等我賣完我的書後。

有人把書放到我面前，我低頭揮筆疾書。剛要把書還給他，聽到笑聲，連老朋友都不認識了嗎？我一看，是我的朝鮮族朋友金揚。以前常吃他的乾魚片，現在一看到圓圓的臉、細瞇瞇的小眼、紅紅的小嘴巴，我的嘴裡又泛起了味美無比的魚肉味。

仔細一看，他身邊還有一個姑娘，長相跟他雷同，叫金英子，剛從延邊老家辭了職出來，到上海找份新工作，然後結婚。金英子說話聲音很沉穩，臉上掛著淡淡的笑，眼神從容，似乎是個挺有主見、獨立性強的女孩。但我沒有立即喜歡上她，說不出爲什麼，也許圓臉蛋的姑娘不應有如此深思熟慮的說話神態。

我問金揚工作有沒有變動，他說沒有，還在復旦的國際文化交流學院教外國留學生的課。他說著，微微笑著。

我們是多年的老朋友，只是最近一直沒聯繫，想不到現在已經有了一個未婚妻。金揚給人印象是本分、認眞、乏味，說話喉音很重，但笑的時候就會發現他其實有一顆孩子般的心。

他在復旦的宿舍裡放了一架史特勞斯牌鋼琴，因爲在他眼裡投資鋼琴是保值的，比把錢存進銀行好得多。儘管他是個音盲，從未碰過那鋼琴，但他期望於未來的孩子，他的孩子也許能把巴哈、莫扎特的曲子彈得爐火純青，自小就是長在鍵盤上的音樂神童。金揚是我的朋友當中最循規蹈矩的一個，從不贊成婚前性行爲，也不贊成在公共汽車上逃票。

我們的共同話題並不多，可我們隨便聊聊就能聊得挺愉快。

他一會兒就告辭了，說是還要帶未婚妻去南京東路逛逛，看看人民廣場和外灘。

我很快幹完了活，離開了書店，深秋的陽光黯淡而加倍溫暖地照著街道和行人，稀薄的空氣裡鴿群呼啦啦地飛過。大型熱氣球拖著廣告語像被放逐的天使一樣，孤獨地在城市上空游蕩。而飯店裡的酒菜香味開始從門縫裡向外飄瀉，誘人食慾，讓肚子嘰嘰咕咕響個不停。

在漸漸逼近的暮色中，我願意成爲一條想家的小魚。在太陽最後折射出來的柔和光亮中，在充滿肉體芬芳的漩渦中游蕩。

朝著母親巨大的子宮游蕩，朝著那個姿色平平、拘謹守舊的南方小鎮，我的家游蕩。

回到阿碧家，阿碧媽媽在廚房燒菜，雨果在客廳裡乖乖地打瞌睡，阿碧正趴在床上打電話，看

見我進去，衝我做了個鬼臉，過了幾分鐘，她放下電話，告訴我是那個北京人打來的。

哪個北京人？我問她。

就是在日本碰到的那個。她的語氣很平淡，都過去了，她說，至少在電話裡聽他說話的聲音，我就有感覺。他一說「喂」，我就已聽出那裡面沒有多少愛的成分了。

我把一本書遞給她。說好要送你一本的。我儘量用平淡的語氣，既然她是個對聲音很敏感的傢伙，我不願意顯得太驕傲，太自豪，儘管事實上我在為自己拚命叫好。

她跳起來，匆匆翻了幾頁，然後就跳過來抱住我，你眞了不起。她說，也讓我嫉妒。她哈哈笑著，伸手摟住我，跳起一種很滑稽的搖擺舞。我喜歡你。我輕輕地咕噥了一句。什麼？她問，可能是在裝蒜。有很多人喜歡你，我提高聲音說，這勝過寫一部小說。

她蹦蹦跳跳著，頎長的雙腿令人眼花繚亂地晃來晃去，圓圓的結實的小屁股像水果一樣飽滿誘人。女人的屁股總是能顯示一切，某種意義上也是靈魂的窗戶。她的憂傷、她的健康、她的欲望，以及是否眞誠是否惡劣，都能從屁股上顯示。而阿碧的那玩意就像一個芬芳優雅的水果，隨時等待著被狠狠咬一口。

晚上，我們想找一處地方尋點兒開心。可琢磨了半天，也想不出一個有意思的去處。

全市一半的酒吧我們幾乎都去過了，剩下來的也是大同小異。一律是燈紅酒綠，滿屋子的煙霧、香水味、女人的眼風，黑髮紅唇或紅髮黑唇的時髦女人，加一打或溫柔如水或冷酷如鐵或愚蠢得要命的男士，黑燈瞎火裡推推搡搡、拉拉扯扯、吱吱嘎嘎。連酒吧最角落裡的老鼠，渾身都洋溢

著頹廢、糜爛之風度。

我們不去酒吧，寧可在大街上隨心所欲地逛逛。

街上霓虹如星斗閃閃爍爍，乞丐們躲在陰影中躲開了城市華而不實的喧嚷，但卻以另一種令人心煩的聲音打攪著過路行人。他們可以從爺爺奶奶叫到先生小姐，外加一只破碗裡喳喳喳的硬幣抖索聲。只有那種沉默的老乞丐才讓人心懷敬意。我的口袋裡總是裝著幾只一毛、五毛或一元的鋼蹦兒，為的就是隨時奉獻給那些有德行的老乞丐，而沉默就是乞丐的德行。阿碧甚至會被那些衣衫襤褸、頭髮花白、目光祥和的老人家感動得流下眼淚。

我們走到了一家花店外面。我拉住阿碧站在玻璃櫥窗邊，打量裡面那些五顏六色漂亮得像假的一樣的鮮花。你想要這個？她問我。我有點難為情地看著她，問她願不願意為一位新出爐的作家送一束花，就像電視上的那種鏡頭。她笑起來，頭上鬆鬆的髮髻像果凍一樣隨笑聲而抖動。為什麼不呢？儘管我討厭鮮花。可你是我最好的朋友，我們像左腳與右腳那樣心心相印。

她走進了花店，問我要什麼樣的花。我指了指養在水桶裡的一大捧深紅色康乃馨，她抽出一張大面額的鈔票，結果店主把那捧花一枝不剩地包紮起來，笑容可掬地送到我們懷裡。我們像懷抱嬰兒一樣小心翼翼地推開門，走在路上還得提防過路人碰壞了哪個花骨朵。

她一邊走一邊說，她從不喜歡鮮花，因為它們凋零的時候總是讓她感到萬分傷感，對生命充滿晦暗悲觀的預感。沒辦法，她心地柔軟，害怕花開花謝，也害怕男人的眼淚。

我們笑了一陣，抱著花在街上茫然地竄來竄去，一點也不想回家睡覺。我要阿碧好好回憶一

下，眾多的朋友中有沒有家住附近，又適宜上門拜訪的人。她首先想到了媚眼兒，他的單身宿舍就在附近。我們找了個電話亭給他打了傳呼。

他回電很慢，並且說的是上海話。他說剛才正在達柔的床上，才把她咂舒服，Call機就響了，一看是我們打來的，跟那女人好說歹說才下了床。

他嘆了口氣，可以想像他做了個苦臉。我已經身不由己啦，他說，這女人難纏，可她的前任男友更難纏。那是個身高馬大的黑人，一看就讓人懷疑得了愛滋病的那種。他改了主意，想與達柔重歸於好，幾次來找碴，還晃著拳頭威脅說，如果我不自動滾開他就要我的小命。嘖！他似乎搖搖頭，沒話好說的樣子。

我在電話裡叫起來，那就把達柔讓給黑人好了。那老女人有什麼好，不值得。他連忙說，不！不！她已經答應跟我結婚了，再過幾個月就去漢口路登記，然後她結束學業後我們就去丹麥。他的聲音有些得意，不一會兒他說，好吧，改日再跟你們聚聚。他說著，擱下了話筒，大約身上沒穿什麼又一骨碌跳到床上去了。

阿碧繼續苦思冥想，突然想起有一個老頭。對，她興奮得眼睛閃閃發光，還是一個百萬富翁呢。在一次酒會上認識他的，他看起來一點不擺富翁的架子，像爺爺一樣和藹，像沙發一樣可親，自始至終拉著我的手，問我有沒有男朋友，還要把他的兒子介紹給我，可他兒子還在英國念書。我們可以去看看這老頭，他家似乎就在附近，讓我翻翻包裡的通訊錄。

她把花遞給我，一本正經地拿出一個小本本，檢查上面的地址。

他家果然就在附近，我們興致勃勃地找上了門。那是一幢外表很普通的樓房，富翁的家住在頂層。

很幸運的，他正在家，聽到門鈴聲，打開門，看見一大捧鮮花和兩個姑娘，顯然有些吃驚。我靈機一動，碰碰阿碧，示意把花送給他。我只偷偷地抽出一枝放進包裡，算是留給自己的。

老頭家裡裝修得舒適而有氣質，上下兩層樓面的復式結構使空間陡然開闊，走上螺旋形上升的樓梯，他把我們安置在柔軟闊氣的沙發上，一個老阿姨過來送上了兩杯咖啡。

老頭始終笑眯眯的，他不讓我們稱呼他爲杜先生，他說他有個英文名字，BOO。

阿碧跟他說了一大通可有可無的廢話，聲音輕柔，笑容甜蜜，老頭似乎聽得很入神。

我在旁邊打量BOO，有種直覺，覺得他骨子裡透出一股花花公子的氣質。即使頭髮花白了，但寶刀未老，甚至愈老彌堅，輪廓分明的五官在皺紋的簇擁下像午夜星辰那樣閃著和諧的光芒，身材適中，衣著得體，只戴一只鑽戒，具有穆罕默德般的堂堂風儀。

我一眼就喜歡上了他。他坐在華麗的沙發上，眞摯而貪婪地享受著對面兩個姑娘身上的肉體芬芳，和她們青春的臉龐。表情如此謙遜，如此寬容又如此自信，萬幸的是，他還沒有禿頂和發福的跡象。

當他聽說我還是一個立志於文學的作家，安於貧窮安於寂寞，他明顯地受了感動。恰好他青年時代也做過作家夢，可鬼使神差地，他做起了電腦生意，並成了百萬富翁。他要我把剛出版的書送給他一本，我立即答應了。

我們還談了當今的文壇動態，談了古今中外的名家名作，他一口氣報出了：《伊利亞特》、《項狄傳》、《天路歷程》、《好色一代男》、《瘸腿魔鬼》、《城堡》、《飢餓》、《僞幣製造者》、《裸者與死者》、《鐵皮鼓》這些名字，使我五體投地。

那邊，阿碧正在看BOO找出來的家庭影集。上面有他年輕時代的留影，穿著中山裝，鬢角高高的，英氣逼人。還有他已故的妻子的獨照，她滿頭髮鬈，穿著葡萄酒顏色的長裙，透出蓬蓬勃勃的美麗。他兒子則顯得很文弱，眼睛很大，但卻無神，像茫然的小羚羊一樣圓睜著。我看到BOO的小兒子這副模樣，就知道他不是眞心給阿碧介紹的，BOO這老滑頭應該看得清阿碧身上那種執拗而又萬分脆弱的特質。她不該找與她同樣脆弱的男人。

老式的掛鐘很有情調地敲響了十一下，我們得告辭了。臨走前，BOO送給我們一大籃洋水果，車厘子、油桃、提子、蛇果等等，色彩繽紛，形態誘人，還有坐出租車的本票。他證實了作爲一個百萬富翁應該具備的慷慨美德，就如乞丐具備的貧窮美德。我暗暗打定主意，必須像水蛭一樣叮著他，以備於再次落魄時可以從他身上得到花花綠綠的資助。

他一直送到樓下，替我們攔了一輛出租車，又替我們打開車門。他對阿碧輕輕拍拍肩膀，提醒她睡前不要聽很吵的音樂，對我揮揮手，邀請下次帶上書和阿碧一起過來。

車子一溜煙地跑起來，透過後車玻璃看去，他又站了一會兒，然後才上樓，眞是一個風度翩翩的老紳士。

BOO，我喜歡這個名字，阿碧喜歡那棒極了的水果。我們不停地說笑著，談論著那個老富翁的點點滴滴。今夜又有點像一次奇遇，或者說，我們像在一座異域花園裡採摘到了無花果。那房子有點神秘，那老頭有點意思，富有、蒼老、大智若愚、愛好文學、不缺少熱情。生活總是充滿偶遇，在戲劇性的經歷中不停地前進吧。我頭腦裡有數不清的金屬碎片，正在一刻不停地撞擊我，我要統統寫出來，獻給BOO，獻給有錢的闊佬，獻給世上所有的白髮老頭獻給黑夜裡的瘋子和天空中的翅膀。

為了這些，我願意做一頭優秀的鬥牛，向著一塊呼啦啦的紅布毅然前行。

【貳拾肆】

我打了馬格的Call機，他回電很拖沓。等了好久才聽到他的聲音，有些懶洋洋的，像是在床上。

我告訴他小說出來了，他說他已在一張報屁股上看到這個消息。我說我想送他一本，並請他吃頓飯。他沉默了一會兒，叫了一聲我的名字，阿慧，他說，情況有些變化了。現在我們還是不要見面的好，我吃了一驚，問他為什麼，因為目前生活看上去完美無缺，他又破產了嗎？

他聽了這話，在電話裡笑起來，又過了一會兒，他說生意上比較忙亂，但還不至於破產。只是他現在想結婚了，也就是說，他有了另外一個女人，因為她一門心思地要給他做飯洗衣、生兒育女，況且他的年紀也不小，該是時候了。

我的腦袋開始亂了。他想結婚這個事實無聲而雄辯地說明我得對他有所放棄，甚至全盤放棄。我打起精神，笑了幾聲，說這沒有什麼障礙，只要我們依然相愛，我們應該繼續約會。我說到這兒覺得自己厚顏無恥，可我沒法兒控制自己，我說現代社會有鋪天蓋地的自由，婚姻不再有任何權威性，一切可以以愛的名義進行。我們的回憶一個接著一個，每一個細節都不會淪落。那些讓人傷感也令人鼓舞。我們吃過的飯菜，我們聽過的曲子，我們雙雙入夢，這中間發生過多少事？我們應該繼續約會，沒關係，我只是做你的情人，我不連累你的婚姻，因為我們比人們想像中的還要恩愛。儘管曾經爭吵曾有誤解。我現在正看到好日子一步步走來，我們要共同享受生活的每一刻，不，你不會離開我，我只是想偶爾見見你，那樣對雙方沒有壞處。

我抖抖嗦嗦地演講著，一邊講一邊摸自己的嘴直怕它合不起來。

他最後打斷了我。他的語氣顯得很冷靜。他說你這樣表白是因為你的佔有欲。其實你並不曾真正愛過我。我只是你孤苦無依時的庇護所。現在你並不真正地需要我，反正有不少人會開始追求你，跟我當初迷戀你那樣。你對於我也是一種傷心而美麗的夢，當你用那樣的眼神注視我的時候，我總是相信我們終於在茫茫人海中找到了對方。我們會結婚會恩愛一輩子。當你熟睡的時候，我迷戀於你的呼吸，那呼吸純正而低柔，像粘了金色的花粉，像清水流過藍色的玻璃。我就想天哪這就是我的天使我竟然能夜夜與她相擁而眠，這是我的非分之福。可是你也知道，你沒能答應嫁給我，雖然我曾想在飛黃騰達的時候娶你，可我也許一輩子都不會暴富。而我的年紀也不能讓我再等下去了。我渴望一個家渴望有孩子，天哪，他痛苦地呻吟著，我們不能再見面了。事情變化得很快，我

馬上就想結婚了，所以我不能見你，一見你我就會猶豫不決，你像水中的幻影一樣勾引我，說到底我一直愛著你，算了算了，不談這些了。反正決定早已下了，我們不能結婚也不是了不起的悲劇。可我說得太多了，像一個喜劇小丑。

他安靜下來，說好吧！再見吧！你可以把書寄給我，寄到我父母家。好吧！我是個軟弱的人，以後難保不會想你，那時候別笑話我。

他嘆了口氣，把電話掛了。那一番像莎翁某齣戲裡的主角那樣的念白使我的耳膜一直在鼓蕩，彷佛面臨世界最後的時刻。

我摸摸臉，發現臉上竟掛著感傷的淚水。這些冰涼的東西像螞蟻一樣讓人不自在。不管是事實還是假象，懷念他的紅燒鯽魚，懷念他的唱片他的感冒他的失眠他的一切病痛和他亮晶晶的眼珠，那些纏綿共度的夜晚，這一切像一首古老而憂傷的歌，在我的腦海裡飛快地閃了一遍。我吃驚地感到在無窮無盡的淚水衝刷下，我的身體痙攣著自動到了高潮。上帝，我願意就這麼濕漉漉地死去。

紅色的血，白色的粘液，無色的淚水，黑色的毒汁，黃色的臭尿，我不再是我，而是鼴鼠、母狗、罌粟、百合、陰溝、絞肉機、行星、蛆蟲、墳墓、恥毛、黎明、病房、戰爭、鋼琴、達達、夢境、凶兆、宗教、謊言、國際歌的結合。這種結合像痔瘡一樣粘住創造的屁股不放。我繼續在陰影裡面手淫不止，生命不息。

我給他寄了書，書上簽了我的名，印上雨果的爪印，請他覺得有必要時，一定來找我。我是那麼想念他。

我永遠是他的小天使，他的妓女。

【貳拾伍】

我繼續寫作，寫小鎮上的女孩，和她那折磨人的故事，一邊在稿紙上亂塗亂畫，放任自流的想像混雜著陣陣哽咽。火紅的天空，扭曲的人臉，陰暗的森林，偏執的街道，情欲的父親，亂倫的玫瑰，不可企及的歌手，獨一無二的雜種，嚎叫的傳亮。

第二部小說必將橫空出世，帶著脫衣舞孃的夢囈。不停地脫。引起騷動。這讓我終生遺憾出賣靈魂出賣組織的垃圾。

【貳拾陸】

夜夜都有夢。

在黑暗裡，一種看不見火星的燃燒在房間的四壁投下怪異的影子。或許那是微不足道的東西，或許那是我永不再來的祇在灰燼裡再生的過去。

它用千萬條觸角爬滿了我的眠床、我的稿紙、我的夢境。夢境是一種災難，也是一劑嗎啡，是狂歡的前奏。我的夢是一齣齣無聲無息的戲劇，出現在裡面的往往是我無辜的繼父，和帥氣動人的吉他手。他們構成了我生命中最具原始意義的情欲之夢，陰暗、熾烈、絕望是這些夢的主色調。這些夢像我那無法評說的小鎮上那些蛛網般盤旋的街道，從夢開始，開始通向過去通向生命的痛苦之旅。

夢是黑白的，夢是無聲的。可有一種不可聞聽的音樂在意識最深處回響時，我們知道過去的已過去，現在的還不屬於自己，未來的卻更不可知。

【貳拾柒】

我又做夢了。我夢見我的前世是居住在義大利的小皮鞋匠。

我看到自己走在空空蕩蕩的拱廊街道。時間總是在令人恐懼的下午。這種下午總是有種不可想像的事件突然發生，那些裝飾華麗的拱廊散發著不祥的氣息，兩旁的高房子低房子犬牙交錯地在我身上投下幽靈的影子。我的手裡拿著一個拱鐵環，像小鎮上許多孩子曾玩過的那種。我急匆匆地趕著鐵環向前跑，四周一個人都沒有，義大利成了一個不可居住的孤島，我孤獨而迫切地向前跑著，影子們追著我也向前跑。

這個下午像一個謎一樣困住了我，我聽到貓的哈欠聲，聽到踩縫紉機的嗒嗒聲，聽到剪刀剪在我劉海上的卡卡聲，聽到自己的心跳聲，聽到自己的尖叫聲。果然、我眞的醒了，從一個恐怖的義大利下午驚醒了。

阿碧抱住了我。我怔怔地盯著她看了一會兒，輕輕推開她，跑到鏡子前面，我沒有看到自己，

只看到夜色如潮水般上下升騰。一陣無聲的音樂從遠方的山峰從遠方的海底飄出，像是世界的耳語，這會兒我希望自己能被上帝擁抱，拯救我，從那些夢境中拯救我。

一隻手輕柔地伸過來，我的注意力被這隻手吸引。它柔若無骨，富有表情，貞潔神聖。

我抓住它，放到嘴唇邊，音樂又輕輕響起來了。我不知道這種鬼怪的聲音是音樂還是天使振翅的聲音。

我對自己說，吻它吻它，然後就下地獄。

【貳拾捌】

這會兒已是冬天了，大雁紛紛往南飛，民工們也準備回家會老婆過個年喘口氣。城市湧動大片深沉晦暗的色彩。只有姑娘們的玉腿依舊火熱，彷彿是塑料做的結實又耐寒。

老紳士BOO邀情我們去打高爾夫球。我對阿碧說怎麼辦我們都不會啊。她不以爲然地表示會不會是其次的，主要是講個情調。那老頭肯定想我們了。

我們叫了輛桑塔納，口袋裡揣著BOO給的出租車本票感覺心安理得。我帶上了一本書，因爲上次有約定，現在書就在包裡，它們被當作名片或別的什麼四處分發，我這樣做就因爲想表明我是他媽的作家。

我們到了一處室內高爾夫遊樂場。老BOO脫了皮外套，只穿了件洋紅的毛衣，下著淺棕色燈芯

絨褲，一雙耐克便鞋配著他花白的頭花，煞是好看。

接下來的整個過程中，我們幾乎沒怎麼動球杆，喝著飲料，我們眉飛色舞地分坐在BOO的兩邊，一會兒聽我們講，一會兒聽他說。我注意到他肥厚鬆軟的手頻頻地扣在阿碧的左膝蓋上，動作自然，都發生在一陣笑聲中。結果我們成功地把BOO哄出了球場。

這會兒，我們三人儀態萬方地徜徉在上海最著名的百貨公司，巴黎春天。正如我們預料的那樣，他的慷慨使我們擁有了一大瓶CHANEL香水，和一頂可愛的絨線帽。我們戴上帽子在他眼裡簡直是孿生的小仙女。老BOO心滿意足地點著頭，其地道的富翁派頭令人起敬。

等我們告別的時候，他已經成了我的乾爹。以後將有義務在我生活窘迫的時候加以資助，而我的回報，只需一本又一本出類拔萃的書。在他眼裡，它們不啻於是一塊塊金磚或漂亮的擺設。

至於阿碧，他沒提這個建議，阿碧就是阿碧，他不想給他加個乾女兒頭銜。他這樣做，頗有見地。

【貳拾玖】

轉眼間，又到了春天。

這會兒單身住在鬧市中心的一間老式房子裡，在高架橋上哼哼唧唧的汽車馬達聲中埋頭寫字。沒有任何人上門打擾，雨果也因爲變成了一條又大又凶的公狗而被我遺棄了，現在由阿碧媽媽來照

管它。

這間屋子是李非——我新認識的一位朋友託人找到的。租費是一月五百元，現階段乾爹一月給的生活費是一千五百元，所以我總是酒足飯飽，滿面紅光。我所要做的就是時不時地把寫好的幾章在周末喝下午茶的時候送到他家客廳。他總是一臉滿意地翻閱那些稿子。不管什麼內容都能使BOO著迷。他曾經疑惑地問我，一個年輕女子怎麼會產生這種念頭，這種形象，你的小腦瓜裡裝的都是些什麼？這就是你們年輕人眞實的想法？總而言之，我巴結有方，把BOO哄得很好，他的錢每月按時送來，我總是在月初的時候去飯店擺一桌，老朋友新朋友大家一齊來，月末的時候我只吃麵包和卡夫甜蜜醬。

天氣總是潮濕多雨的，鳥兒漸漸多了起來，三·八婦女節也已過去，我學會了偶爾織一織棒針以放鬆神經，並且，萬分幸運的是，這屋裡連電話也沒有，我總是在半夜時分安然入睡不用想著電話鈴聲會不會突然大作。

我接到了母校學生會的邀請，他們要搞一個「復旦人」節，包括組織一個文化周舉辦一系列講座。「因爲《污穢的夜鳥》在青年學生中產生的某種影響」，我也被列在其中，眞是三生有幸。我甚至開始考慮那一天該作何種髮式，何種著裝，何種微笑。你瞧，面對這種可笑的虛榮心我對自己無能爲力。

我不知道這些學生最最感興趣的是哪些方面，也許他們會對我的文章裡頻頻出現的「欲望」、「下水道」、「高潮」感興趣，也許不。現在的年輕孩子對什麼都興致勃勃，對什麼都無動於衷。

那一天，我把阿碧和BOO也請去捧場。我對那個圓臉戴眼鏡的主持人介紹說他們一個是舞蹈家，一個是航海家，都是了不起的人。

主持人在開場白中把我恭維成色香味俱全的女作家，是復旦才女。話音剛落，學生們一陣哄笑，吹口哨，鼓掌，復旦人的幽默由此可見一斑。這個一臉學生氣的混蛋又把阿碧和BOO按我說的那樣介紹了一遍，他們身上的那種氣質使學生們深信不疑，以至於在演講臨近尾聲的時候，他們一致要求舞蹈家和航海家上台說兩句話，談談他們眼中的衛慧小姐。

整個會場熱鬧有餘，認眞不足。我事後都記不起跟他們說了些什麼，我的開場白似乎是：假如我講得不好，你們可以把我轟下台。這話一聽就是嘩眾取寵的。

接著我也許說，生活，在於一個人的整日所想，而我們的生活，注定是孤獨難耐的。人們因爲不得不在某些時候沉默不語而趨於瘋狂。我們的想法太多，實現的可能太少，這種障礙使我們的熱情只關注於那把短暫的欲望之火，我們對生活的全部追求，也許就是一堆書、一堆夢和成群結隊的姑娘（男生們似乎大聲喧笑，女生們不以爲然，事實上台下坐的大部分是男生）。

我嚥了口唾沫，繼續說。年复一年，月復一月，實際上我們的一生都在期待著發生點什麼，發生些足以改變生活現狀的內在的事件。可到了最後，更多的人還是決心隨波逐流，對命運不作絲毫抵抗。即使這樣，我們看起來依舊毫髮未損，被毀的只是幻想。而到了這種時刻，人們感到的依然是越來越眞實的孤獨，沒有辦法，人得孤獨走完一生，即使有朋友有家人有異性有夢想。一旦想到了這一點，那麼很多事情會變得簡單起來，如果生活是至高無上的，那麼就生活，如果死亡是不可避免的，那麼就安然倒下去，如果你想成爲作家那就像條水蛭一樣吸乾生活的肉汁，如果想成爲名人，那就不計手腕毅然前行，如果你只想做一個普通人，那麼就在天冷的時候說天冷天熱的時候說天熱，下雨請帶傘睡前請檢查煤氣，對小孩呵護對老人鞠躬，米價打折時去搶購股市不穩時得小心，發射衛星時請歡呼同事得癌或雲南地震時請掏錢，永遠別忘記自己不是詩人不是廢物只是個普通人。

偉大的生活，喜劇的生活，從未有過比這更來勁的生活。

這就是我們的生活，我們的全部思想，這就是誘人寫作的最好理由。

講座近尾聲的時候，學生們遞了條子上來。有一張引起了我的興趣，衛慧小姐，你對拍寫眞集有什麼看法？寫這條子的人在台下晃了晃手，我發現是一個長得特別幼稚的男孩，眼神卻挺執拗，並且不知爲什麼還讓人覺得有些髒。我突然就興味索然，老老實實地說不知道。

結束後，我和阿碧、BOO、主持人又站著聊了一會兒。那個遞條子的男孩子向我們靠過來，他想說點什麼，可又沒出聲。後來阿碧和BOO決定先回去，因爲最近阿碧的臉上長滿了小痘痘，BOO堅持說是內分泌不調的表現，並要向她介紹一位德高望重的老中醫。

這時，那男孩徑直上前跟我打了個招呼。衛小姐，我，我是個復旦附中的學生。他在我的注視下臉微微發紅，這才顯出一點中學生的模樣。接著他報了個名字，我沒記住，他又斷斷續續說了一段話，聽到最後我才明白這男孩子是個小流氓。

大約他們那兒有個秘密組織，提倡眞眞實實地裸露自己包括靈魂和身體。以大膽出新、瀟灑輕

鬆作為生活宗旨。主要活動方式包括一絲不掛地拍寫真集，歡聚一堂比賽誰的字眼兒最髒，孜孜不倦地招攬十歲出頭的女孩按不同等級冠之以仙女、聖女、王后的頭銜，乞求每天都有新鮮的折磨。

我詫異地打量著男孩的嘴臉，兩腮圓鼓鼓的依舊顯得幼稚，可他說的話散發出一股股爛菜葉的味兒。

我必須得保持警惕，不然我擔心他會把我騙到某個角落裡擰我的屁股。看情形，他們那一夥也許已找到了他們心目中的導師、偶像、鼻祖、鬥士，他們從那本該死的書裡讀到了他們想讀的東西，並且以為那些字眼兒就是我想要表達的全部意思，而書的作者顯然就是專寫欲望和高潮的下流作家。作者已經用文字給自己設下了一個未曾預料的圈套，無形之中使自己腹背受敵。這是一場混戰，對付這班歪門邪道的小孩我該如何取勝？難道應該噴著香水衝向勝利嗎？

我開始微笑，這會兒是傍晚時分，我提出請他吃一頓飯。我們應該坐下來好好談談，不是嗎？他欣然答應，兩隻小眼睛像螢火蟲一樣閃閃發亮，細舌頭來回舔著嘴唇，這骯髒的小孩。

我把他領到五角場地區最好的一家飯店，一坐下，他就動作嫻熟地從口袋裡掏出煙來，我毫不見外地接過一支，爽爽氣氣地讓他點上火。他看起來喜不自禁，也許下面那東西脹得像根胡蘿蔔。眼前這個女作家如此容易得手，他也許樂不可支地想著。

我已經叫了滿滿一桌好菜好酒，專挑貴的點，他更是受寵若驚。席間又說了我很多恭維話。然後他直截了當地講明了他的用意，他們想請我充當他們的頭兒，定期組織他們搞聚會，因為作家肯定富於想像力，創造力。或者我還可以開一張有趣的書單給他們。

我不置可否地埋頭吃菜。小赤佬吃得很少，卻精神抖擻得很，繼續大放厥詞，說他們那兒有一個傢伙攝影技術非常好，還得過市青少年攝影賽的銀獎，問我是否願意嘗試拍個寫眞集。你肯定會萬分滿意的。他說。我微笑著謝了他，因爲那聽起來不壞。

小孩得意的話題一個接一個。等我吃到差不多的時候，我抱歉地打斷了他的話，順手拿起小包想去一趟盥洗室。無疑，這並沒有掃他的興。他趁這個空檔開始低頭吃菜。

我走到門口，扭過頭又打量了一下，以確信他毫不起疑，至少還可以獨自坐上十分鐘，然後我徑直走出了飯店，叫了一輛車子回家了。

回到家不久，李非過來了。他是那種需要男人愛的男人。五官漂亮，黑髮如絲，穿著頂尖時髦。他的愛人們大多混跡於這個城市的藝術圈，智商普遍高於常人，缺點也多，時不時地還傷他的心。

今夜，他無疑又碰到了什麼事，帶著陰鬱和五瓶啤酒走進了我的小屋。我看到漂亮男人傷心就會跟著不自在。所以我喝酒喝得比他多。我打著嗝批評他的心太軟，所以總是被人傷害，這不行，心不夠硬就不行。他像貓一樣神經質地咳嗽著，說你也是嘴硬心不硬，主要是你現在春風得意，一切順心所以就像青蛙一樣跳來跳去冒充上帝的代言人，其實不是這麼回事。我們的喜悅和悲傷一樣一錢不值。

我們不停地喝，不停地上廁所，大約到了挺晚的時候，他說他要走了。

我把他送出了門，關上門往床上撲去的時候不知被什麼絆倒了。小茶几和菜几上的幾個空瓶子

一起在我的身下粉碎。

我摔得太重了，躺在地上動彈不得，渾身靜靜地散發出血腥和酒精味兒，那味兒奇香撲鼻。如果不是疼痛越來越厲害我是不想從那兒爬起來的。後來，我把自己從碎玻璃上弄了起來，像隻鳥一樣跳到穿衣鏡前，左跳右跳地察看傷勢。黑色羊毛衫上粘上了一些碎玻璃末子，脖子、手掌和腳踝那兒的裸露部位都在淌血。我打開所有的燈，把自己從上到下地扒光，用拔眉毛的小鑷子一點點把嵌進肉裡的碎末子取出來，又跳到一個裝藥片的抽屜前，取出些碘酒和紗布，給傷口塗藥，用紗布結結實實地捆住自己。然後我上了床。

我毫無怨尤地做著這些，因爲我知道明天一早起來我就會沒事。這是種猶太式的冷靜。我知道我在成熟，像蛹在一點點變成蝴蝶，變成智慧的象徵變成搧著翅膀的尤物。

晚安你這小可憐，晚安你這操來操去的城市和操來操去的鴿子們。晚安。

【參拾】

一個陽光燦爛的日子，天氣正在轉熱。人們正在做下一個季節的準備。我繼續在埋頭編故事，一切看來和以往任何一個好日子一樣平常。

可到了晚上，天下起了雨，故事的某個重要片斷鑽進了山窮水盡的死角。我只好從椅子上起來，像個倒霉蛋一樣地來回踱步，心裡充滿陰霾。

桌上的Call機響了。我心不在焉地拿著零錢走到弄堂口，在一個電話亭打了回電。阿碧的聲音讓人心驚肉跳，不好了不好了，她說。我振作起精神讓她慢慢說，是不是要地震了。見你的鬼，她大聲尖叫起來，媚眼兒，不，唐明讓人捅了好幾刀，正在醫院呢。記住，是華山醫院，你快點滾過來吧。他要死了。她粗聲粗氣地說完，啪地把電話掛斷了。

我失去了所有靈感，只想起回屋把錢包帶上，把房門甩上，在街上攔了一輛出租車跑到了醫院。

病房的走廊上站著不少人，他們從酒吧裡七手八腳地把媚眼兒弄到了醫院，其中一個朋友給阿碧打了電話，阿碧又給我打了電話。她這會兒像一個壓扁的荔枝一樣縮在一角，眼巴巴地看著我，我走過去握了握她的手。這時，一個醫生從手術室裡急匆匆地跑出來，我們連忙跟上去問情況怎麼樣了。他不耐煩地說了句還不知道就跑了。他會死嗎？我衝他的背影叫起來，他沒回頭，像個無動於衷的混蛋一樣消失在走廊盡頭。

不一會兒，媚眼兒的寡母和姐姐也從郊區趕了過來，兩個女人看起來都是如此蒼老如此憔悴。她們紅著眼睛忍著哽咽聽我們說些空話廢話，我們必須不停地說話，她們必須不停地聽我們胡說八道，這樣才能忍受結果未明前的煎熬。

可是這一切最終都沒有用。他還是死了，像一條泛白肚的魚癱在手術台上。漂亮的親愛的一身好肉騷勁十足的媚眼兒還是死了。死於一個骯髒的黑人之手，而那個丹麥老女人那個大魚大肉卻縮起了頭，連醫院都沒來一下。這一切來得措手不及。

這一切只是讓人憎惡。

從酒吧裡來的那夥人站在死者躺著的手術室外面群情激憤，他們準備用一把把快刀把那黑人碎屍萬段，他必須得償命。那黑人把正在喝酒的媚眼兒叫到角落說了幾句話，然後就乾脆俐落地拔出刀子送進媚眼兒的身體，連刀都沒抽出來就轉身跑了。死亡的降臨直截了當，面對它，即使在最超然冷靜的時刻都來不及作出反應，來不及浮想聯翩。死亡就是即興的傳奇。

只是我不知道親愛的媚眼兒本人是否在死亡降臨的那一刻，就在那一刻看到了浪漫的巴黎沉睡的倫敦瘋狂的紐約和他一心嚮往的丹麥，是否看到了一碧如洗的晴空，看到了金碧輝煌的天堂之門。

也許他什麼都沒看到，只是吃驚於自己走得那麼快，那麼快地走進了另一個世界。

親愛的，閉上你那雙魔鬼般綺麗、被幻想窒息的雙眼，親愛的，抓緊你手心裡的那把鑰匙，親愛的再見。

在媚眼兒的喪禮上，我見到了馬格。他一身黑衣，神情肅穆。他的身邊站著一個像蘋果一樣嬌小的女人。她眼中眞摯的悲傷之情使她看起來楚楚動人，一定是個溫柔體貼、富有同情心、沒有任何野心的良家婦女，他所眞正需要的那種女人。

我的眼淚止不住地往下掉。這一刻就是兔死狐悲，還有嫉妒心在作祟。這一刻我覺得自己虛弱無比。別人都有世俗的快樂和悲傷，別人都比我幸福比我好看比我健康比我實在，連媚眼兒的死都比我的生實在。我不知道自己是個什麼東西，關於我那以前的記憶沒有來龍去脈，形跡可疑連我自

己都時時受騙，我的夢境眞眞假假沒完沒了矯揉造作一錢不值，我的小說嘩衆取寵自以爲是拙劣模仿一堆垃圾。

我唯一在行的除了狂想還是狂想。抓住脖子飛離地面，向上向上，抓住上帝的尾巴不放。

【參拾壹】

參加完一個喪禮，之後過了一個月，我又榮幸地參加了一個婚禮。

阿碧嫁給了BOO。也就是說，我最好的朋友跟我的乾爹結婚了。我該如何稱呼她，稱呼這個天鵝般美雅的女孩兒，這水果般芬芳的女孩兒，這朵我永遠不能侵犯的、我所無法企及的深夜花園裡的玫瑰？

我們長相酷似，從同一個子宮降生。我們惺惺相惜，友誼長存。

她出嫁的前夜，我們說了一整夜的話，說了些什麼都不值得記住，我只記得我們倆在各自的被窩裡輾轉反側，而席夢思在身上悄無聲息，這個夜晚也終於沒有任何奇蹟地過去了。

第二天她黑著眼圈披上了婚紗，那黑眼圈使她所固有的美的特質以更加炫目的光澤傾瀉無餘。

她不久有了身孕。

她和她丈夫雙雙移民英國。

這些事發生得很快，也極富戲劇性，與夢想家的審美情趣相符，與這個日益刺激的世界特徵相

符。

【參拾貳】

很平常的一天，我收到了一封信，從出版社轉來的。從郵戳上看，此信發自北京。我沒有拆開它，把它與別的來信放在一起。直到我再次搬家並準備回一趟小鎮看寡居的母親時，才有空整理信件。

我拆開了那封北京來的信。發現上面只有一首詩，或者確切地說，是一首叫《夏日最後一朵玫瑰》的歌的歌詞。

夏日最後一朵玫瑰，還在孤獨地開放，所有她可愛的伴侶都已凋謝死亡，我不願看你繼續痛苦、孤獨地留在枝頭上。當愛人的金色指環，失去寶石的光芒，當那忠實的心兒憔悴，我把你那芬芳的花瓣輕輕埋葬。

我收起這封信，我已知道這人是誰。我知道他曾經離開，我還知道他又回來了，用一種夢遊般的靜謐，用一種鳥翼般的滑翔。

爲此，我的腦袋異常清醒。

晚上，我去了家酒吧。

音樂很猛，橙紅色的燈光下，有個黑人在角落裡跳舞。他扭動得像一條痛苦的蛇，在即將到來的高潮中，我看見我的生父我的繼父（願他們在地下安息吧），我的母親，我的吉他手，我的媚眼兒，我的阿碧，我的馬格一個個粉墨登場。

我愛他們。這種愛與黑人扭動時的瘋狂不相上下，與狄蘭·托馬斯的房間裡那個女孩的瘋狂不謀而合。

是的，這都是眞的。

愛人的房間

沒人輕念我的名字
沒人來摸我的膝
我獨自一人太久了
我坐在床上想像無愛的日子太多了

女孩

1.中午醒來的時候，她看到陽光像金色的匕首挑過窗簾的縫隙插入了她的房間。不遠處的高架橋上有汽車的喧囂聲時高時低，空氣裡有絲甜腥的藥水味兒，城市在中午十二點的時候像沃野上的一朵有毒的花，正閃閃發亮。

2.她躺在床上，睜著眼睛，手指摸到了一盒煙，煙就放在枕頭邊上，還有打火機，和煙缸、酒瓶、一本書。在這個房間裡這些東西總是隨處可見，在一種奇怪的秩序裡井井有條。它們像她所賴

以進入某個白日夢的觸鬚，爬滿了整個房間。

3.電視機像沉默的鴿子，晝夜不分地在一個角落裡無聲地閃爍。頻道固定在CHANNEL V，那上面所有的音樂節目都會重複地播放兩遍，一次在白天一次在深夜。屋裡沒有電話，確切地說是她拆了電話。睡榻、衣櫥、桌子、沙發、墊子、唱片架，還有一些莫名其妙的漂亮家具都放在柔軟的地毯上。躺在地毯上仰面看著四周的擺設和頭頂上的天花板有時會有種不平衡的感覺，彷彿身處一個不停升降的舞台，或者處於一個永不安寧的思想漩渦裡，一旦從床上起來，這種晃動感就會結束，她也許會像水面上的氣泡一樣破滅。當然，不是死亡，只是破滅。

4.抽完煙，從床上起來，打開唱機，SONIC YOUTH的第一首歌GREEN LIGHT低低地傳出來，她的光芒是我的夜晚，她的光芒是我的夜晚，嗯嗯嗯。房間裡殘留著昨夜的味道昨夜的陰影，它們會一直持續到白晝的結束，直至另一個夜晚的來臨。而在夜晚來臨之前你將永遠不清楚白天存在的意義，不清楚太陽底下的影子和乾枯嘴唇裡的渴念為何物。是的，不清楚。

5.外面的陽光總是讓她暈眩，她幾乎確定自己再也不能在太陽下愉快地行走，也無法找到自己在太陽底下的影子。

6.在醫院的時候她度過了一段冬眠般的日子，而出來以後她發現自己已像嬰兒一樣脆弱，像一面鼓那樣敏感，身體裡充滿了某種奇異的元素。她想把這種元素稱之為故事，是的，某種故事的成份一直存在於她身體的內核，也許她所需要做的就是等待一個完整輪廓的出現。她最終會成為一個小說家她深信這一點，尤其在經歷了精神病院的生活以後。精神病院裡歷來埋伏著一大批不得志的

天才。

7.關於天才，這個城市裡正出現他們越來越多的脆弱的身影，有人稱他們爲精神分裂者，妄想狂，偏執狂，焦慮者，自戀者，抑鬱症患者，他們酗酒、流淚、閱讀、自慰、失眠，他們提著很少的行李在車站徘徊，他們像孩子似地住在有家具的房子裡，他們穿黑色的衣服扎紫色的領帶，他們在霓虹燈下淹入無愛的人群，他們在浴室裡摸自己的臉想像鮮花如何盛開在自己的墓地。他們有病但都是漂亮的寶貝，哦，寶貝。

8.她坐在抽水馬桶上打哈欠，看著露在睡袍外面的一小片雪白的肚皮，那上面的肚臍眼就像小孩哭泣的嘴或一塊蹩腳的補丁。她走進浴缸，水不燙也不涼，她躺下來，像一朵麻醉的水仙。新的一天總是這樣開始，平靜、重複、老套，沒有任何意外的打擾。沒有。

9.自從父母雙雙毀於一場墜機事件後，她的生活就再沒有出現過一絲多餘的波瀾。航空公司的賠款加上父母畢生的積蓄使她覺得自己除了錢就一無所有。而那些錢來得如此突然像一陣晴天裡飄起的毛毛雨打濕了她的生活，可幸福不是毛毛雨，她在那一段日子裡像個噴霧器一樣地消耗著她的眼淚。她恍恍惚惚地覺得連自己的頭髮裡都長滿了哭泣的蛾子。儘管那一時刻她都不確定自己究竟愛不愛父母，她也不知道他們是升入了天堂還是墜入了地獄，她只是感到生活像一堵牆猛地推到了她的鼻子尖上。她被毫不含糊地驚嚇。

10.她有一架很棒的高倍望遠鏡，架在窗前，有相當一部分的時間她就在那兒度過。她看到街上的行人車輛像行星一樣撞入她的視野，它們沿著無序的軌跡來回穿梭，偶爾也有碰撞。有時候街道

像一截患了嚴重便秘的直腸，交通毫無指望地陷入癱瘓。遠處的高樓大廈盛氣凌人地在陽光下閃光，一幢比一幢更接近上帝的腳趾。再轉換一下角度，她看到了銀白色的一幢樓房和樓房裡那兩個熟悉的窗戶。

11. 樓房就在不遠的地方，跟她所在的樓隔著一個不大不小的花園。窗戶也沒有什麼特別之處，位於第13層東邊的位置，幾乎與她的視線平行。沒有窗簾或其它任何妨礙物，透過那窗戶，她用夢想家的眼睛進入一個陌生的房間。玻璃般的大海在接近呼吸的腹地輕輕晃動，一種安靜、透明的東西抓住了她，並慢慢注滿了她的骨頭。她總是能聽到一陣優美的金屬般的聲音，那是滴滴答答神經質的鐘擺，那是叮叮噹噹來自陌生的房間的歌唱。

12. 房間裡擺著很少的家具，衣櫥、圓桌、唱機、CD架和一張席地而放的床，幾個扔在地毯上的胖乎乎的漂亮墊子，一圈貼在牆上五彩斑斕的格子布使房間看起來像一個老式餅乾箱，顯出某種孩子氣的單純和古怪的自信。牆上掛著照片，是一個長頭髮的漂亮男人，那種模樣就是讓女孩子們心跳加速讓她們輕易就中毒的模樣。他在牆上冷若冰霜，安靜而病態的眼神，也有一張是戴著墨鏡哈哈大笑的樣子。這個時候他似乎是快樂的，一把吉他抓在他的手裡。當她一看到他的時候她就愛上了他，並且模模糊糊地覺得似乎在哪兒見到過他。也許是在一個酒吧，也許是在一次搖滾樂PARTY上，也許只是在繁忙的街頭他們匆匆地擦肩而過。也許也許，生活中什麼都是可能的，奇蹟和巧合雖然不太多可也不算少。當然在你深深地愛上一個男人的時候，會問自己的第一個問題總是，我是不是在哪兒見過他？這是愛的公式。

13.她猜想他是個樂手，VOCALIST，或SOLO MAN，一個有著華麗嗓音，敏感手指，迷幻肌膚和柔軟舌尖的藝術男人，像JIMMOR RISON和AXL，他們都存在於性冷淡的主流社會之外，在音樂和想像中單純如另類的藍色玫瑰專門開在天堂的腹部。藝術男人離生命和上帝最近。

14.兩扇窗戶中的另一扇裝著毛玻璃，看樣子像是一個浴室。在偶爾的幾個夜晚，她看到有燈光在那兒亮起，一個朦朧的身影緩慢而有力地撫摩自己的身體。通過他的手勢你能感受到肌膚的光滑和柔韌。是的，他在洗澡，在潮濕的霧氣和想像的溫情中發出微光，就像午夜的街燈。

15.這個男人像一種秘密的小蟲躲避著陽光和公眾的視線而生存。她從不曾在白天見到過他的身影，而即使在黑夜，她也很少有機會捕捉到他出現在房間裡的訊息，更不用說能眞眞切切地看清他的臉，或是身體。

16.她默默地抽煙，在煙霧縹緲中理解身後唱機雖JIM MORRISON的歌聲。死亡給了我天使般的翅膀，天使的翅膀，黑夜裡開始的滑行，我聽到鎖孔裡轉動著邪惡的聲音，他唱著。她看到那兩扇窗戶正在黑暗中沉睡，像兩只沉重的冷淡的眼睛。她陷在她氾濫恣肆的想像力中奄奄一息。

17.在頭腦趨於紊亂的時候，最好的辦法就是仔細整理自己的房間。罐頭、酒瓶、煙盒、煙缸、麵包屑、蘋果皮、濕紙巾、髒襪子髒內褲紙片兒，一大堆的垃圾在她的房間中央散著腐朽的氣息，像來自超現實主義畫作的陰影。她分不清她的生活有哪些部分是處於藝術的不幸哪些是不幸的藝術。她懶於思考，人生是那麼虛弱，放一把火它就能燒著，踩一腳它就會碎掉，挖出內臟它只能作一張哭泣的空皮囊。多想無益，只有等待，而等待什麼我們並不知道，閉上眼睛，想像在緩慢流

動。

18. 天黑的時候，她把垃圾帶下樓，順便去信箱拿積了好幾天的晚報。管電梯的老頭神情和藹地衝她微笑。

19. 他是這幢樓裡唯一不讓她緊張的人，總是把自己包在一件破爛的軍大衣裡，讀著去年發黃的報紙來打發無盡的時光，一個好老頭，總是及時地提醒她該付水電煤費用的最後期限，並且幾乎替她包攬了這些碎事。她曾經請過女傭，不是鬼鬼祟祟地喜歡摸她的眞絲睡袍就是大大咧咧地邀請她在每天晚飯前玩三副撲克，無一例外地助長著她的神經質和偏執症。

20. 有時候她會一大早起來，趕在清潔工人來打掃之前跑到垃圾箱裡，翻找前夜丟下的垃圾，重新撿回那些紙片兒。

21. 紙片兒上塗著密密麻麻的詩句，和一些形態各異的符號，大部分是爲那個住在對面窗戶裡的可愛男人寫的，當然也有不少是從詩集上摘抄下來的。

你的呼吸飄落，在泥濘、未死的夜色中，令我無法看見，惡夢的房間，迷離恍惚，像死屍一樣自由，你飄蕩在我想像的海洋上，你像暮春一樣瘋狂奔跑，奔跑在我潮濕的痙攣的悲哀的肚皮上，我已失聲我已陶醉我不知道柔軟的蛆蟲以什麼樣甜蜜的姿態在你的嘴唇我的床單緩緩蠕動我已陶醉你沒有理由不讓我陶醉。

22. 她在中午十二點的時候醒來。她抽著煙在房間裡走動。城市像一朵有毒的花在她的世界之外閃閃發亮，瘋狂而無意義。她在窗台前通過一架很棒的機器窺視那個陌生的房間，從來不曾在白天看到那個男人的身影，也不曾在夜裡見識他的眞切面容。在偶爾幸福的時刻，她在夜色中凝視浴室的玻璃上映出的身影，那會兒空氣正像糖漿一樣稠密。她開始成把成把地疊著紙飛機，在每一只紙飛機的翅膀寫上最美麗最性感最令人咋舌的詩句。她把這些像小精靈似的古怪信物用力地擲向那個房間。它們紛紛揚揚地從空中墜落，像一隻隻死蝶，有那麼幾只小東西幸運地飄向窗台，並且停住了。她聽到自己的心在快樂地尖叫。如果這像白癡那就算是吧。

23.夜很深的時候，她坐在桌前寫著一些優美陰鬱的詩句。一種似乎亙古已久的空虛感又占據了她的胸腔，她放下筆，試著咳嗽幾聲，聽到自己兩個乳房深處發出一種古怪的回音。對面的窗子沒有一絲燈光，桌上的煙盒也已空了，她站起來披上一件外套，推開門出去買煙。電梯已經停了，她從旁邊的樓梯走下去。馬路對面的百式便利店依舊燈火通明，像一艘自顧自航行在黑夜裡的華麗大船。店員帶著瞌睡的表情找了她零錢，她拿上一條PARLERMEN往回走。經過樓下小花園的時候她抬頭望了望那兩個窗戶，頓了頓，她發現自己在往那幢樓房走。

24.門的樣子挺普通，緊緊地關著，但沒在外邊裝一道防盜的鐵門。她伸出手，放心地在門上敲了幾下，因爲確定裡面沒人。

25.她試圖能找到一條極細小的門縫，透過門縫她想讓目光溜進房間，但最終沒找到。把臉湊在光溜溜的門上，那種涼絲絲硬梆梆的感覺給人一種絕望的眞實感，像廢棄已久的機場跑道像沉淪在歲月中的墓地石碑，在你的感官中散發出有毒的寧靜。她取出香煙盒裡的一層閃閃發亮的錫紙，在

背面畫了一幅自己也不太明白的畫，最後她把她的房間號碼抄在一個角上。

26.敲門聲。居然聽到有敲門的聲音。她用一隻手按住胸口，那兒正激烈地振動著，另一隻手本能地抓起遙控板關掉電視機。她摸了摸自己的臉，一種辛辣而令人窒息的東西使她有一瞬間無法站起來。她吸了一口氣，用力地捻滅煙蒂，從沙發裡跳起來，跑到門邊。

27.隔著鐵門她看到的是一個陌生的年輕男人。他穿著白襯衫，打著領帶，渾身上下收拾得像把嶄新的雨傘。他對她高興地微笑著，報了一個保險公司的名字，問她是否有時間聽他介紹一下公司最新開發出來的險種。他說著把手伸過柵欄，遞過來一張名片。有好一會兒她怔怔地看著他，他還是那樣微笑著，彬彬有禮，把名片往她的手邊挪了挪。她沒去接，搖搖頭，轉身把門關上了。在門合上的時候她聽到那年輕男人說了聲對不起，那張依舊微笑的臉在門的縫隙裡像熱帶魚一樣閃亮而過。

28.只是一個常見的有些惹人煩的小插曲。是的，總是與期待的有所出入。

29.天下起了輕輕柔柔的小雨，下雨會讓一些像針尖一樣敏感的人緩緩悸動，並陷入幻想。透過望遠鏡能看到街上的雨景，城市因爲濕淋淋而顯出一絲安靜的氣質，空氣裡有種腐殖質的味道飄來飄去。她長久地盯著對面的窗戶，感覺到肚皮上一陣陣空蕩蕩的痙攣。

30.浴缸裡的水不冷也不熱，沐浴露產生的無數泡泡像雪似地堆積在身體上。她閉著眼睛，看到一些模模糊糊的影像，像電影鏡頭一樣閃動。她感覺到有個故事一直在她的身上發生。皮膚，毛髮，腳趾，黏膜，這些都是那故事的重要組成部分。這故事沒有一個清晰的開頭，也沒有一個急轉

彎似的結尾，只有最直覺的想像和最盲目的等待，一個獨一無二的長篇。

31. 泡在水裡淋浴噴嘴一動不動像條死蛇一樣地躺在她的手邊，她慢慢抓起它，像話筒一樣放到耳邊，聽到自己的心跳聲。嗨，她輕輕地說，你是誰？你是誰？你是說不出的難受，過不完的日子，你是見不到的美麗，摸不到的幸福，還是月光下的恐懼太陽下的謊言玻璃上的血跡馬桶裡的蛇，你是我的男人我唯一的男人僅有的愛如果看不到你的身影瘋狂或冷靜就沒有意義我的男人我該怎麼辦怎麼辦你說我該怎麼辦？

32. 她笑起來，這是一首完美而衝動的詩和一個永遠無法接通的電話。她閉上眼睛，皮膚上滾動著一些水銀般圓潤的水珠子，在珠子滑過的地方有一種親愛的甜蜜的淡紅。身體浸在水中而對無法呈現的欲望醉意朦朧，在自己的手指擺布下呻吟，扭動，噴發，溺水而去。

33. 天又下起了雨，沒完沒了的雨變得毫無詩意而且惹人厭。她從書櫃裡翻出了一本蒙著灰塵的旅遊指南，趴在地毯上翻了一會兒，那些絢麗的風光毫不真實地在眼皮底下一一掠過，一合上書它們就又消失了，像某種無法到手的東西。外面的世界就像水果夾心還撒了許多越桔干的蛋糕，你對它的接受程度取決於你的飢餓感。

34. 她從地毯上起身，點上一支煙，走到窗戶邊。已經有很長的時間沒看到對面樓房裡的那個男人了。他的房間裡存在著一種奇怪的氣氛，一層類似月亮表面上的氤氳籠罩在四個角落。那裡面的擺設似乎總是一成不變，一塵不染，讓偷窺者時刻處於失望和期望的臨界點，搖搖擺擺地等待奇蹟或者幻滅。唱機裡來來回回地放SOMETHING IN THE WAY，令人心碎的KURT COBAIN一遍遍地唱著自殺的序曲。煙草和香水的味道在皮膚上飄來飄去皮膚在黑暗中閃閃發亮是的是的寂寞愛情靈魂陰影是我們所有的問題。

35.她似乎聽到走廊上有腳步聲，然後有人敲響了她的門。敲門的聲音很優雅，適當的節奏，有分寸的聲響。但是她沒有動。

36.晚上她提著垃圾袋打開門的時候，看到防盜門的柵縫裡裹著一張名片。名片上寫著一家保險公司的名稱、地址，還有一個人名以及聯繫電話，她想了想，慢慢記起了那張帶著健康的微笑，渾身上下收拾得像一把嶄新的雨傘的男人。他曾上門向她推銷保險，而她毫無餘地地拒絕了他。那麼幾個小時前來敲她的門的大概也是他。她又細細地摸了摸這張名片，紙質似乎很普通，放到鼻子底下聞一聞，也沒有什麼特殊的香味。她不知道該拿它怎麼辦，扔掉或是放進兜裡。結果她手裡緊緊捏著一張名片，走進了電梯。

37.電梯裡坐著一個吃著瓜子穿綠色毛衣的中年女人。她不知道那老頭出了什麼事，想向那女人探問一下，但還是忍住了。她猜想他生病了，或者家裡有事。扔了垃圾，走到信箱前取出又積了好幾天的晚報，她在猶豫是不是馬上回自己的房間還是別的什麼。

38.那個男人的房間已經有好長一段時間不見燈光，他像天外來客偶爾闖進她的視野她的頭腦她的身體和她的夢，然後就像永遠消失了一樣。她試圖控制自己的理智（如果還有一種叫做理智的東西存在於她的體內的話），正常地去看待眼前的一切，可能的話她要跟那個男人談一談，面對面地，告訴他她對於他致命的好奇的迷戀，問他會不會喜歡她，有沒有可能娶她。她十八歲，大學只讀了半年，但非常愛好音樂、文學、哲學，以及所有藝術化的東西，所有ROMANTIC、CUTE、UNDERGROUND、FREE的生活。她脾氣不太好，小時候就會拿著一把棒棒糖離家出走，現在她沒家，但有很多的錢。她是有些神經質，可愛情會讓人溫柔健康人們都相信這一點。她是那麼喜歡他，他們會幸福美滿自由自在。她安靜地想著，微笑著，慢慢朝對面的樓房走去。

39.從電梯裡出來，在他的門口停住，懷著一種古怪的柔情她把自己緊緊貼在那扇門上。

40.電梯門不經意之間開了，等她意識到這一點的時候，她看到一個男人從裡面出來，她屏住呼吸，感覺到小腹上一陣陣的劇痛。

41.那是個蓄著漂亮鬍子的中年男人，短頭髮，穿一件黑色的皮夾克。他用奇異的目光打量了她一會兒，轉身朝走道的另一頭走去。

42.她閉上眼睛，肚子裡空空的，身體軟綿綿地貼著門慢慢滑了下來，臀部感覺到一陣從地面傳來的涼意。她穿得並不多，只有一條薄薄的細格長裙。需要幫忙嗎？她聽到一個聲音在問。她睜開眼睛，那個男人不知什麼時候停住了腳步，站在走道中央轉過了身問。

43.她記不得自己是如何跟那個男人走進了一個陌生的屋子。

44.屋子很大很舒適，那些裝飾和布置甚至可以說是奢華的。床大而柔軟，人在上面的時候像置身於一個黑暗起伏的海。她有一種奇異的類似於暈船的感覺。潮水一陣陣地從夜神秘的腹地湧來，她能聽到自己瀕臨窒息的呼吸聲。寶貝。她聽到男人在黑暗中發出模模糊糊的聲音。寶貝。他這樣喊她的名字。肌膚在空氣裡像藍色的火苗幽幽燃燒，舌苔上有種大雨過後的味道，清涼而微苦。

45. 她自始至終都被一首從不知名的角落傳來的搖滾樂誘惑著，與其說這是一場隨機的放縱的身體體驗，不如說它更像一種聽覺歷程。在魔幻的音樂旋律中她找到了從未有過的高潮，在高潮的強光下她看到了一個披長髮的彈著吉他的男人的臉，攫人魂魄的臉，她的愛人。她終於看到了他，摸到了他，感覺到了他的溫度、呼吸和潮濕的存在。

46. 在翌日的清晨，她痛哭不止。蓄著漂亮鬍子的男人溫柔地坐在她的旁邊，遞給她一張張的面巾紙。等她終於停下哭聲的時候，他抱住她，用舌頭舔她的臉。她吃驚地感覺到那種感覺又慢慢襲上了她的周身，她的身體是如此地濕潤，像泡在酒精裡的一朵惡之花，劃一根火柴就可以幽幽燃燒。他的舌頭又點燃了她。在那張讓人頭暈的床上，她放逐她的身體就像踐踏一塊浸潤著精液的抹布。他們彼此陌生，對對方一無所知，他連她爲什麼會出現在那扇門前也不曾問起，而她也從不問他爲什麼會在過道上停下腳步，是什麼讓他對她產生了欲望又是什麼使他確定她會跟他走進他的房間。什麼都不知道什麼都不用多問，該來的來該去的去這是生活全部的喜劇性。陌生的房間迷離的呼吸各種各樣的神秘中是誰第一個帶著回憶之光醒來？美妙的愛情不貞潔的靈魂如何才能在天眞中忘卻他們的病痛？

47. 她和那漂亮鬍子幾天幾夜沒有出門。這聽起來像一種奇遇。她總是在從所未有的高潮中和那長髮的彈吉他的男人相遇，每一次性交就是穿過一首只有她才能聽到的搖滾樂的長長的黑道。她用這種過程消解著她對那個從未謀面的藝術男人的渴望、幽怨、恐懼和死心塌地的忠誠。這種方式比再一次進精神病院好得多。她不想再爲什麼人走進那個人間煉獄。是的。

48.在她終於打算要離開那個房間的時候，漂亮鬍子遞給她一個厚厚的紙袋。她一下子緊張起來，她大致能猜到那裡面裝著什麼，但她還不清楚自己該如何對自己這幾天的所作所爲下個定義，她扮演了什麼角色她還來不及想這個問題。男人看著她的神情也猶豫起來，但他似乎決心已定，所以他輕輕地把紙袋塞到她的手裡。這舉動突然惹惱了她，她猛地抽出了手，那東西啪一下掉到地上。爲什麼？他冷靜地問。你錯了。她靜靜地說。什麼？他又問。她笑起來。她知道這幾天其實是跟另外一個男人在一起，那是她的秘密愛人。對於眼前的這個男人，她幾乎沒有感覺到他過多的存在。

49.他看著她，也莫名其妙地笑起來。你挺怪。他說。她點點頭。我很喜歡你。他說。她眼睛看著別的地方，只是微笑。我很想爲你做點什麼。他又說。

50.她指指那個房間，你認識住在裡面的人嗎？

51.男人皺了皺眉，那好像是個空房。從來沒見過有人進進出出的。

52.你確定嗎？她輕聲問，感覺到心裡空得厲害，身體被一陣陣寒意侵襲著，彷彿那個長髮男人一下子從她的肚子她的胃她的肺她的心臟她的血管裡面逃跑了。或者更確切地說，她聽到一個早已隱隱約約地浮在她腦海裡的預感由另一個人清晰地說出口。這很糟糕。

53.男人溫柔地看了看她，不知道。他搖搖頭。如果你很想知道這一點，我可以打電話去問物業管理公司。不。她急促地打斷他。不需要。我不想知道得太清楚。那反而不好。不不。我得回去了。她幾乎是逃一樣地跑下電梯。

54.接下來的幾天裡，她得了嚴重的失眠症。即使一連幾個小時地泡在熱水裡也不能讓身體放鬆下來，身體就像一架越過極限的機器在慣性的作用下不由自主地滑動。所有男人的臉都化作一個鐘擺在模糊的印象裡搖擺不定。

55.她坐在盥洗室的梳妝台上，吞吃一片片的安眠藥，觀察鏡子裡的黑眼圈和被過多藥物損傷的小小的乳房。一些骨頭的形狀透過蒼白的皮膚清晰地顯現出來，像古怪的街道布滿了她的消瘦的身體。她赤裸著，抽著煙，在屋內走來走去，順手拿起一本書又放下，喝幾口啤酒，讓胃變得暖一點。在睡榻上橫倒，看著頭髮在枕頭上滑來滑去的形狀。天花板上什麼也沒有，而她覺得自己的一隻腳已踩在雲端裡，腦袋裡有什麼東西快要失去平衡了。她想她該出去走走。是的，走出這個暖如墳墓的房間，走出藍色冥想的幽閉症和熱烘烘的狂想症，走到大街上購物消費吃面目全非的食物看場不痛不癢的電影觀察男女老少汽車房子跟在陌生人的背後隨地吐痰像片樹葉混跡人間。

56.她走進電梯的時候看到了那個可親的老頭。他對她微笑，卻從不多說一句話，他埋頭讀著去年的報紙來打發時光，像一座逐漸風化的石像。

57.走到街上，她戴上墨鏡，像過時的洋娃娃在路邊發了一會兒呆。手在衣服口袋裡摸到了一張紙片，拿出來一看，是那個保險代理人的名片。旁邊就有一個電話亭，她按名片的號碼撥了一個電話，沒人接。她放下電話，不清楚自己想幹嘛，又撥了一個手機號碼，電話通了。喂，一個年輕男人的聲音。她擱下電話，有些心跳，像做了件不應該的事。一輛TAXI慢慢向她駛來，她跳了上去。隨便兜，她說。

58.車子像匹老馬在蛛網似的馬路上穿行，車窗外的景象令人陌生。城市是這麼繁華，可她一下子還找不到她與這個城市的聯繫。收音機裡的流行歌曲空氣裡化學物的氣味讓她昏昏欲睡。她閉著眼睛在TAXI上安然入睡。是的，無法遏制的睡意終於降臨。她睡著了。

59.不知過了多少時候，司機忍不住叫醒了她。他問她有沒有足夠的錢來付車費。她的腦袋脹得厲害，經歷一場深沉的睡眠就像在海底泡過。付了車錢跳下車，她看到街邊有一連串商店的霓虹燈，像碎銀一樣迷人的眼。

60.在電梯上她把幾個紙袋子遞給老頭，老頭吃驚地看著她。她有些尷尬，送給你的。她說。

61.昏昏沉沉的夜晚，電視機一聲不響地在角落閃著光。螢幕上是一首MTV的一個片斷，裸著半身的吉他手拿著一把銳利無比的匕首在琴弦上快速地撥，一個黑女人在浴缸的水底像魚一樣慢慢地吐著泡泡。

62.她穿著一身新買的裙子，裙子是黑色的，緊身，露背。她抽著煙，呆呆地盯著對面的那兩個窗戶，窗戶沒有一絲燈光。她徒勞地想聽一聽那窗戶裡的動靜，可聽到的卻是自己的耳鳴。她想像那片黑暗中有竊竊私語的聲音，一個男人，可能還有女人，他們呼吸的節奏和粗重，他們的輕笑和呻吟。於是她想也沒想地跑出房門。

63.一路匆匆地跑過去，腳步不停，是因爲怕自己會突然失去勇氣。一會兒功夫，她又站到了那扇門前。她的手裡拿著一把很大的水果刀，刀子的形狀和電視上吉他手手裡拿的那把很相似，一樣的銳利一樣的堅硬。以前它一直放在她的抽屜裡作防身之用。她在一種音樂的迷醉裡用刀子撥動那把討厭的門鎖，她越來越用力，耳邊聽到一種走向激越的吉他聲，然後，刀鋒下的弦猛地斷了，眼前的門突然開了。

64.她靜靜地在門口站了一會兒，然後在身後合上門，揿亮燈的開關。

65.房間不大，基本上就如她通過望遠鏡看到那般布局。灰色的地毯上擺著很少的家具，衣櫥，桌子，唱機，幾個胖乎乎的漂亮墊子，一張席地而放的床。她在地上發現了一張香煙盒裡的銀箔紙，背面有一幅畫還有一個地址，那是她的筆跡。

66.她徑直走到牆上的照片前，把臉貼在他的臉上，一絲冰冷的感覺從玻璃鏡面上傳過來。她睜開眼，和他的眼睛靜靜對視。他們的距離是如此之近，她幾乎有種錯覺，彷彿他的眼珠就長在她的眼眶裡，而她此時此刻的眼淚就輕輕地從他好看的眼睛裡流出來。

67.房間裡非常整潔，圓桌上沒有擺任何東西，衣櫥裡幾乎沒有衣服，一件舊汗衫揉成一團扔在一個角落。拉開下面的抽屜，裡面有一些白紙，幾本舊音樂雜誌，幾支彩色筆，一瓶染髮劑，一瓶維生素C，兩節電池和一張過期的游泳卡。從卡上她看到了他的名字，但卻是一個英文名。整個房間沒有一點點垃圾，也沒有多少人氣，置身於其中卻不能感受到更眞實的東西。

68.她在房間裡走來走去，試圖能找到更多的對她有意義的東西。那些放得整整齊齊的CD都是她喜歡的一些歐美樂隊的音樂；還有一雙拖鞋，她在不顯眼的地方發現了一雙拖鞋，塑膠做的，樣子很一般，她用手輕輕地擦去一些浮灰，放歸原位。

69.在浴室裡她有了更大收獲，那是黏在瓷磚上的幾根長長的頭髮。顯然這正是他的頭髮，她把

頭髮揉成一撮，放在鼻子底下細細地嗅著。她不能確定她聞到了什麼味道，但是一種像幽靈一樣的情緒慢慢攫住了她。他又重新回到了她的身上，在她纖弱的血管和敏感的肚皮上。他的影子無限地擴張，布滿了整個房間。

70. 裙子上沒有兜，她匆匆地把頭髮塞進自己的胸口，貼在左乳上，在那兒心正怦怦地跳著。走到鏡子前，她看到一張蒼白的臉，鮮紅的唇微微張著，眼神卻很空洞，她閉上眼睛的一瞬間看到另一張臉，同樣的蒼白，同樣的空洞，她低低呻吟了一聲，蹲在地上。

71. 等她有足夠的力氣的時候，她重新回到房間。從衣櫥裡取出舊汗衫，從牆上取下他的照片，她把它們抱在懷裡在床上躺下來。

72. 她閉上眼睛，在一種莫名的滿足和悸動的絕望中昏昏沉沉。你是誰你是誰？什麼東西在遙遠的地方咕噥著，嘆息著，輕笑著，呼喚著。我的愛人爲什麼聽不到你說你愛我，像我那樣地愛。因爲遙遠因爲陌生因爲虛幻因爲不可能才讓我們靠得如此之近才讓這愛變得驚魂懾魄無與倫比。她墜入一個深淵裡，溫暖輕柔像一個子宮，神靈們在夢中相遇，在鋪滿鮮花的通道上閃電般的命運交相碰撞，過去和未來像羊水一樣令人窒息使人狂熱又讓人最終歸於沉默。

73. 當一縷陽光像金色的匕首一樣挑入窗簾的時候，她睜開了眼睛。

74. 不遠處的高架橋上有汽車的喧囂聲時高時低，空氣裡有絲甜腥的藥水味兒，城市在中午十二點的時候像沃野上的一朵大花熠熠生輝。她呆呆地看著天花板，電視機像沉默的鴿子在角落無聲地閃爍。她不知道自己身處何方。然而她已經認出了這個房間，她自己的房間。

75.她慢慢地從床上爬起來，打開唱機，音樂一起來她的知覺才有所恢復。當她坐在抽水馬桶上的時候，她努力回憶昨夜的情形，那個房間，她魂牽夢繞的地方。她輕輕地摸了摸自己的胸口，那兒貼著乳房夾著一小撮頭髮，她把它放在嘴唇上，一動不動。

76.當她重新來到那門口時，發現有兩個穿工裝的男人正在修門，他們拿著工具發出很響的聲音。是物業管理公司的工人。她一聲不響地看著，透過門打開的縫隙她看到房間裡，那些擺設似乎原封未動，還是像她昨夜看到的老樣子。工人發現了一旁的她，問她有什麼事嗎？她搖搖頭。這兒有小偷進來過嗎？她問。是有人進來過，門都撬壞了，但看裡面的情形倒不像是偷東西。挺奇怪。工人說。

77.她沉默了一會兒，問這屋裡沒有人住嗎？工人搖搖頭，好久沒人住啦，聽說屋主是出車禍死的，一年前的事了吧。

78.她長久地泡在浴缸裡，喝著萊姆酒。燈光柔和，水溫適宜，想著那個陌生房間裡的陌生男人，她劇烈地咳嗽起來，漸漸地她聽到自己的哭泣聲。這哭泣對她來說一點用都沒有，隨著時間的推移各種各樣的死亡在她的身上以不同的形式刻下烙痕。無論是父母還是那個長髮男人，他們從地下傳出的腐爛的氣味一點點地從她的頭髮梢上散發出來，陽光透過墳墓照在她的夢魘地帶，她透過墳墓看到自己生病的壓抑的表情。沒有人輕聲念她的名字，沒有人過來摸她的膝，她獨自一個人的日子太久了，她坐在夜裡想像無愛的日子太多了。是眞是假，是夢是罪，是黑是白，是甜是苦，是死是活你管不了那麼多，你要愛這是你今生的宿命所在。

尾聲

1.看電梯的老頭已經有很長的時間沒看到那女孩了。關於這個瘦弱蒼白的女孩，他知道的並不多，但平日裡卻也挺留意。記不清是在什麼時候他在報紙上看到過一則飛機墜毀事件的報導，後來他聽到一則消息說是那女孩的父母正巧也在飛機上，接下來那女孩總是很少出門，除了那段住院的日子。她並沒有像有些人想像的那樣不可捉摸，至少在他的眼裡，女孩的笑容總是那麼靦腆、善良。現在她好像已不在這兒住了，她房間的水電煤費用單他也已好久沒接到。在她消失的幾天前，是在一個晚上，已臨近電梯關閉的時間，他注意到她帶著一種十分古怪的像是夢遊般的表情匆匆走進電梯又急急走出電梯朝著自己的房間一陣快跑，手裡似乎還拿著鏡框還有一團舊衣服似的東西。這之後的不多久她就再也沒在這樓裡出現過。

2.有一天，陽光很好，天氣暖烘烘的，看電梯的老頭裹在一件陳舊的軍大衣裡昏昏欲睡。電梯下到底樓，門打開的時候，走進來兩個年輕人。他吃驚地發現是那女孩回來了，她的身邊還有一個神態開朗穿著西服渾身上下收拾得像一把嶄新的雨傘的男人。她對老頭微微一笑，問他身體好不好，還說她是回來收拾東西，過兩天就要搬到一個新的地方去了。

3.電梯門關上的時候，老頭拍拍腦門，搖搖頭，情不自禁地微笑起來。

4.是的，生活總是這樣的，在你們身上什麼都會發生而又什麼都像沒發生過。比如一條緩慢向前的河，每一粒砂子都服從神秘而複雜的衝力，然而卻又獨立成一個世界，內在，溫和，無法描繪。是的，無法描繪。

說吧說吧

1.我坐在他的面前，玩著一只名叫「午夜光」的瑞典煙的空煙盒，煙盒的顏色帶點髒，茫然地在我纖長的手指間轉來轉去。我的手指上戴著一只能在暗光下變成紫色的螢光戒指。這是我的前夫從巴黎給我捎來的一樣禮物。有種女人總是喜愛她們的男人送些便宜而有情調的小禮物，我正是這樣的女人。

2.他像隻貓一樣頻頻打著呵欠。這個男孩說他老覺得自己滿頭都長滿了虱子或別的什麼小寄生物。總之他似乎不太喜歡自己。

3.燈光暗暗地照在我們臉上，我們像來自深海的兩條魚一樣睡意朦朧。我們都不看對方，周圍那些人，那些擺設也提不起我們的興趣。

4.夜已深，空氣裡有絲甜腥的東西，像罪惡，或者一種薄荷糖的味道。這氣味麻醉著我們，我們是依靠這一絲甜腥生存的小蟲子。

5.幾個黑衣人出現在酒吧裡。他們扎著油光光的辮子或者剃著光頭，其中一個還叼著 根粗大的像槍筒般的雪茄，人們紛紛注意起他們，我們還是坐在那兒，沒有人認識我們，也沒有人理睬我

們。

6.我看了他一眼，我覺得疲倦。我知道這會兒我正腫著眼睛，我的黑眼圈總是使我顯出一種疲倦而異樣的美。我愛自己的這種美。說吧，我輕輕說，再說點什麼。隨便你。

7.他對我笑了笑，笑得挺空洞。正是他身上的這種冷淡的氣質吸引了我。他似乎對目前的局面缺乏控制力，臉上帶著貓一樣又溫柔又厭倦的表情。

8.我們在這個熱烘烘香噴噴的酒吧相遇。我從吧台那頭注意到了他，他是個個子不高頭髮剃得短短的年輕人，有著乾淨的五官和虛無的表情，衣著簡單而時髦，是發生酒吧艷遇的理想對象。然後我向他走過去，臉上不帶一絲笑意。我身上的這襲黑裙像一隻大手一樣緊箍著我的腰，那般的緊，彷彿我的身體隨時會從腰際處一折爲二。我知道自己這麼做沒有任何預謀，只是一瞬間決定的。可能我只是想找個人說說話。恰巧他看上去並不笨。

9.我先問他借打火機，然後是沉默。我能感覺到他在我打量他的時候打量我，我的臉色永遠是蒼白的。你喜歡說話嗎？我突然問。

10.後來他就在一直不停地說話，還不停地打哈欠。我暗暗，猜想他是不是那種「MONEY BOY」，在這酒吧裡往往寄生著這樣一種職業男孩，他們以陪你說話可幹點別的爲生。

11.酒吧裡偶發的遊戲並不讓我覺得討厭。那個男孩已經談了天氣、食物、愛滋病、柯林頓訪華、TAXI漲費、美美和錦江迪生全面ON SALE，還有失去抽水馬桶的生活是不是無法想像。我們

正處在繽紛混亂的世紀末，所以他的話題也是繽紛混亂的。

12.再說點什麼吧。我說著，溫柔而疲倦地看著他。於是他又把話題轉向我。他說我五官秀氣，但算不上驚艷，有種在不自覺的神經質的控制下透露出來的美。這種美脆弱而不可靠，一陣風吹過它會輕顫，一把刀刺過它會凋零，而一旦它侵入一個人的心，那個人會甘心爲它死。

13.這些話讓我心動。你得承認這是個很會說話的男孩，他腦袋裡的思想開始引起了我的注意。我是個不得志的作家，我對任何一個有個性的人都有觀察的欲望。包括我的前夫，要了解他那像蜘蛛網一樣複雜的思想體系的欲望讓我做了他妻子，結果那鑄成了一個致命的錯誤。一切從愛開始一切又以恨而告終。我再也不能從黑夜的夢境中將那個男人抹去，就像受傷以後留在肚皮上的一條疤痕。還有手上的這枚戒指，我看著這枚戒指像一種毒素那樣閃亮，我生命中的某一部分也隨之潰瘍壞死了。

14.說吧，我這樣請求著，像一個瀕臨蒸發的小氣泡，再說點什麼吧。我盯著他，他的眼睛裡已經出現了某種潮濕而迷惑的東西，我不知道他是不是喜歡上了我。這感覺很奇異，我伸出一隻手，從桌子底下慢慢地觸到了他的膝蓋，然後慢慢地向上摸索，最後在他的牛仔褲的褲兜邊停住，把兩張人民幣輕輕塞了進去。

15.這時我注意到男孩的臉上突然顯出一種尷尬的表情，他的臉和我一樣蒼白。我口渴，所以我得喝水。他說著，對我微微一笑，跳下吧凳，大步走向吧台。

16.在他走向吧台的時候，周圍的人群中突然爆發出一聲女人的尖叫，緊接著很多人都大叫起來，那聲音像一〇一條狗的狂歡聚會。一會兒功夫，老板和幾個保安模樣的人陪著勉強的笑容，把剛才走進來的那幾個壯如銅像的黑衣人送出了酒吧。那些黑衣人個個都具備十足的黑社會氣質，他們在我身邊經過的時候我嗅到了刺鼻的氣味，那是從歹徒們的胳肢窩裡散發出來的味道。

17.我的感覺變得模糊不清，喝完了杯裡剩下的酒，突然我發現我找不到男孩的蹤影了。幾乎沒來得及多想，我跟在幾個黑衣人的身後走出酒吧。

18.酒吧裡的氣氛興奮而血腥，被黑衣男人攻擊的女人正在哭泣、呻吟，其餘的人則在回味黑衣壯漢帶來的神秘和暴力意味。我也暫時放鬆了對男孩的注意，我想他是比較聰明地挑選了一個比較合適的時機逃走了。

19.是的，換了我是那個男孩，我也會從一個疲倦而美得怪異的女人身邊逃走。如果對這樣的女人產生眞正的興趣，就像跳進一個能吞噬任何東西的漩渦。他不能扮酷，所以他在嗅到一絲來自黑夜躁動的氣息的時候逃走了。我笑起來，這樣的念頭是可愛的。

20.街上亮著霧一樣的燈光，法國梧桐的枝幹在我臉上留下斑駁的花紋。我看到了男孩的背影，在他前面不遠處匆匆走著那幾個黑衣男人。黑衣人在一個路口拐彎了，其中一個人扭過頭來看了後面一眼，於是男孩停了停腳步，我也停了停腳步。因爲不想讓這些凶悍的黑豹誤以爲我在盯他們的梢。

21.男孩站在原地似乎發了一會兒呆，然後他開始穿越馬路。馬路對面是一家小雜貨店，他的手緊緊捂在褲兜裡，那兒應該正裝著我塞給他的錢。按照我的估計他是想把那些錢一下子統統花掉。他顯然不是我原先想的那種「MONEY BOY」，所以他不會太喜歡我給他的錢。於是我向他靠攏。

22.他似乎一下子就感覺到了我的出現，飛快地扭過了頭。他呆了一會兒，像枚冷冷的金屬針一樣佇立在我面前，在夜色中凝固。我不帶一點微笑地凝視著他，這一刻我是喜歡他的。

23.你忘了你的打火機。我緩慢地伸出一隻手，手掌心裡正放著他丟在桌子上的銀質TED LAPIDUS牌的火機。

24.我拉起他的手，感覺到那手是冰涼的，他像一團恍恍惚惚的氣流飄在我身邊，不由自主，不論對錯，無法拒絕。我們穿過高樓穿過樹蔭穿過城市在夜晚留下來的霓虹和陰影，我們走得很快，像兩條無路可走的狗，幽幽的月光像粉塵一樣黏著我們的頭髮，一陣陣若有若無的音樂從陰溝和下水道升起，我們和我們的影子被淹沒在午夜夢魘的完美時分。我累了，我聽到自己低低地呻吟著，累了累了，帶我去你的家我只是想休息一下。我的手冰涼地拽緊了他的手，像兩條金屬的蛇。

25.房間很大，燈光很暗，音樂很飄，黑啤很苦，水溫很適中。

26.我們一起躺在一只綠色而奢華的大浴缸裡，往對方的身上撩水。沒有挑逗，沒有燃燒，什麼也沒有。我們喝著酒，平靜而疲倦地給對方洗澡，像兩個沒有性別的人。眼睛對著眼睛，身體對著身體，花對著花，謎對著謎。在另一個人的臉上我們看到了熟悉的痕跡。

27. 那就是一種酷味。在工業時代的物質城市裡我們用這種味道搜索我們的同類。我和年輕男人從浴缸裡爬出來，肌膚在燈下閃光，像古代最昂貴的緞子。

28. 我徑直走向他的床，輕輕地放平自己的身體在暗花織錦的床單上，閉上眼睛。一種放鬆的感覺從我的指尖傳到全身每個地方，我不知道將要發生點什麼事，或者根本不會發生，總之我現在舒服、安靜、純粹。很快睡意覆蓋住了我的眼睛，床像一個巨大的花蕊一樣托著我輕晃，還有幽幽的芬芳。

29. 朦朧中，我能感覺到他在我身邊輕輕躺下來。我聽到他的咕噥聲，他希望我能說點什麼，現在輪到他來聽了。他說他的身體舒適而空虛，像一個等待被裝滿的瓶子，在入睡前他想聽點什麼否則他會睡不著。他必須要讓自己弄得疲倦不堪才能入睡，他曾經有一段時間吃大量的安眠藥曾經不小心昏睡三天三夜所以他害怕自己睡不著或永遠醒不來。你能說點什麼嗎？他悄悄地問。

30. 一陣沉默。我覺得自己已經入夢了。你想知道什麼？我低低地問。我的聲音像冰點以下的水銀汞柱。

31. 隨便說吧。他的臉放在我的頭髮上，輕輕地呼吸著。

32. 我想睡覺，我累了。我說著，轉了個身，聽到自己發出低柔的鼾聲。

33. 我恍恍惚惚地感覺他從床上起來，在屋子裡來回走動了幾圈打開了唱機，很低的TECHNO音樂。然後我似乎聽到他打開了通向陽台的玻璃門。這時候的城市應該正像一艘航行在黑暗中的大船

一樣燈火通明。在深夜保持清醒的人不是不幸的，他會覺得沮喪覺得空虛他會被隱藏在模糊背景下的一種暗示攫住。

34.他似乎又走到床前，沒有聲音，好像在看我。我透過夢的反光也看到了此時躺在床上的女人。我看到我的皮膚在幽暗的燈光下閃著銀質的光，在他的指尖下無動於衷。我的臉帶著沉船般的寧靜，還有那麼一股頹敗的陰影。是的，我像一艘來自神秘海域的沉船突然地出現在陌生的地平面上，用莫名其妙的咒語鎮壓著他的感官。他用手滑過她的全身，品味著那種美的每一細節。

35.然後他拿起了他的相機，那只相機看上去很漂亮，他把玩相機的熟練手勢似乎表明他是個職業攝影師。他從不同的角度拍下了她的身體她的五官。每一次快門的按動都給人一種強烈的生理刺激，閃光燈亮起的瞬間女人被侵犯而男孩卻也被淘空了。我甚至感覺到他已經出汗了，他飛了。我對眼前一切一無所知一無所求但我知道我是喜歡他的。

36.他把相機丟進了柔軟的沙發，他從背後抱住我在床上躺下來。我像死去一般任人擺布著，而另外一只無形的手擺佈著男孩的欲望，我相信那正是我的手。兩個人看上去都帶著痛苦、詩化的表情，突如其來的噴射刺痛了我的小腹。他慢慢地起來，從床頭櫃上抽出紙巾擦著她的背。然後他飛奔入浴室，嘩嘩的水流聲讓我覺得自己正在腐爛，可我太累了，所以我又陷進了夢的迷霧。

37.一個男人，我的前夫的臉被埋在一堆碎玻璃下，我赤腳走過去的時候他向我做著鬼臉。我的腳在流血我寫的小說在腐爛而那個男人曾經構成了我生活和寫作的全部動力。我無數次地夢見自己殺了他，但最後被夢扼殺的還是我自己。然後我醒了。

38.現在是清晨，沒有窗簾的遮擋，一片金燦燦的陽光漫在地板上，像一種末世的幻覺。

39.年輕男人睡在我的頭上，他的模樣像柔軟的嬰兒，一點都找不到夜間的冷淡和酷味。我輕輕地推開他的臉，下床，走來走去。直射進來的陽光讓人頭疼，我拉上窗簾。打開浴室的門，走進去。

40.坐在馬桶上，我抱住頭，每天的清晨我總是被類似憂鬱症的東西傳染，我永遠不知道在新的一天裡該做點什麼。我爬進浴缸，用熱水放鬆身體。洗臉的時候我注意到了手上的戒指，我把它脫下來，放進一只肥皀盒。希望他洗澡的時候會發現這樣禮物。

41.酒吧還是那個酒吧，香噴噴熱烘烘亂糟糟。我坐在角落裡，看著不遠處的一個女人熟練地向一個美國佬拋著媚眼，抽煙的姿勢也很妖，像國軍女特務。酒吧裡彌漫著一股唾液、狐臭、香水、人民幣、香煙和獵槍的氣息。而那個陪我說話的男孩今晚不在這兒。

42.走出酒吧的時候，我又碰到了那幾個滋擾生事的黑衣壯漢。其中一個人走過去的時候有意無意地碰了碰我的胸。這樣的方式有些滑稽。

43.很偶然地，我在一份時尚雜誌上看到了一篇關於那個年輕男人的專訪。我知道了他的名字也了解了他的職業和大致經歷。記者稱他是這城市美的捕手，而他自己則認爲攝影師的職業使他具備了一雙與衆不同的眼睛，他的瞳仁總是隨著美麗獵物的出現收縮或放大。但這只是出於一種職業的

本能，而非性的本能，他不止一次地預感到他最終將變成中性人，一個蒼白的敏感的中性人，女人或男人都可能愛上他，而他卻要喪失愛的能力，就像一個在一堆美食的惡性刺激下喪失味覺的人那樣。他覺得自己是個稱職的攝影師，他的存在是這個城市在工業時代敏感而病態的縮影。

44.文章寫得很漂亮，但我卻有一絲失望。再往下翻一頁還附著他的作品，我吃驚地發現其中有一張正是我。這肯定是他在那一夜拍下來的，我閉著眼睛躺在暗花織錦的床單上，在鏡頭前露出美麗的肩和脖子，看上去像海底艷屍。他眞正抓住了那種美和死亡的感覺，某種意義上他也眞正占有了我。

45.我心神不寧。忐忑不安。我的手裡握著電話話筒，我不知道該不該給他打個電話。

46.最後我放棄了。一旦當我感覺到工業時代的暗影重新在我頭頂凝聚，我就不會再做什麼傻事。何況他也是那種類型的人，甚至還在那篇文章裡表明了做中性人的目標。我不會做中性人，但我會做酷女人。

47.一個下午我徜徉在繁華似錦的淮海路上，不經意地，看見了那個年輕攝影師。他似乎正在美美百貨前拍攝街頭即景。

48.幾乎在我看到他的同時他也看到了我，他似乎愣了一下，然後很快地他向我跑過來。我的全身肌肉緊張，我加快了腳步，跑過報亭跑過街心花園跑過五彩繽紛的櫥窗跑過那些令人絕望的廣告牌。密密麻麻的人流像一條黏稠的河一樣包裹著我，我感到安全我感到窒息我感到不能控制地要撲進他懷裡。最後我甩掉了他的跟蹤，一陣虛脫使我緊貼在牆上，一動不動。

49. 我知道我還是喜歡他的。

50. 接下來的很長時間我都在一個幽閉的屋子裡寫小說。沒完沒了的文字，徹頭徹尾的幻覺，一個黑眼圈的女人，漸行漸遠的時代列車。我不知道自己是不是還活著。

51. 一年以後。

52. 在一家著名雜誌的酒會上我和那個攝影師不期然地相遇了。這時的我已出了一本狂銷三十萬的熱書，大大小小的報刊上頻頻出現我的美人照。從朋友那兒我也斷斷續續地得到過關於他的消息，似乎有一段時間他住進了一家環境很好的精神院，是他自己一定要住進去的，他把那兒當成了一家療養院，並且聽說有一個個子嬌小的短髮美女跟他來往頻繁，那美女是一個黑社會頭目的妻子對他的藝術天賦迷戀不已，後來他受了傷那段情緣不了了之。

53. 在酒會上我們面對面靜靜地站著，很長時間都不知道說點什麼好。這就像一個經典的電影鏡頭，暗底裡湧動著抽搐的記憶和說不盡的謎。在對方的眼睛裡看到了自己，沉默，還有輕柔的私語，一股看不見的氣流挾著此時的感覺飛升。

54. 他突然笑了笑，對我伸出左手，左手的食指上戴著我的螢光戒指，這戒指在燈光下幽幽地閃著紫光，像一隻小動物的眼睛。

55. 喜歡嗎？我問。

56. 他點點頭，露出一個開心的表情。非常喜歡。他說。

神采飛揚

【壹】

在我最難忘的一個夢中，我看到我的孩子們像雛菊一樣精神飽滿地在庭院的丁香樹和石椅的陰影中玩捉迷藏，黃昏降臨的時候，他們一個個走到我的身邊安靜地打著呵欠，小臉蛋上一層細細的茸毛在落日的餘暉中散發出純潔的光澤。此情此景留給我一個近乎深沉華美的印象和對溫暖子宮的想像。

而事實上，我是一個渾身上下沒有多少母性光輝的年輕女孩，迷戀於工業電子舞曲、黑色高幫靴以及偶爾的占卜靈感，不僅事事愛挑剔，還非常懶惰，尤其對擁擠的人群感到心煩意亂，更不要說對那些嗜好在周末快餐店吃炸雞腿的現代小孩有什麼好感了。不，我討厭這些越來越不天眞的小孩，也絲毫不想要個自己的孩子。

我的母親阿雅曾一遍遍地對我說，女兒啊，寧可相信一個乞丐的胡說八道也不要相信一個男人

的花言巧語，男女之間的事到頭來總是女人吃虧。這話有好幾次在我的腦海裡像首歌一樣飛過。我親眼目睹大學同班的一個女孩在體育課上捂著肚子倒在體操墊上，大股大股的鮮血從她的下腹湧出，她像天鵝一樣掙扎著昏迷過去。後來她被開除，她的男友，一個蓄小鬍子的校醫連送也沒送她。我也曾看到無數踟躅在街頭的孕婦，她們的臉頰因爲腹內一個腫瘤的寄生而醜陋憔悴雙腳因爲浮腫而格外肥胖。我還見過電視上那血流一地的產房、殺豬般嚎叫的產婦。我母親很早就教給了我一種恐懼，對男人對嬰孩的恐懼因爲他們都會吞噬你的精血。

總之那個夢是純粹的夢，夢總是荒謬而華美的。雖然生活更空洞也更沒有理性感。

【貳】

星期天的早晨，我醒來的時候，滿滿一屋子初夏的陽光，簡直是讓人詫異的刺目。阿雅穿著粉紅色的眞絲睡衣，神采奕奕地拿著一把長柄梳子在刷她那一頭保養得當的濃髮。無數的梳齒在髮際劃出輕微的撕裂聲。她總是在九點鐘的時候準時闖入我的臥室，把厚厚的黑絲絨長窗簾呼啦一下撕開，像撕開一包速食豆漿的口子。那些白晃晃的陽光嘩嘩地流到了我的床上，使我再無法閉上眼睛。

你這條懶蟲。她飽含責備地看著我，一邊用輕柔的手勢梳著頭髮，每天梳頭五百下是她的養顏秘訣。看你這麼沒精打采的，貪睡又厭食，哪裡有小姑娘的朝氣？她轉而又提到她們年輕時的神氣勁兒，走起路來兩根大辮子一抖一抖的。

我笑起來，現在滿街都是塗黑嘴唇、神思恍惚的病美人，哪裡還有大辮子一抖一抖的壯姑娘呢？

豐滿、宏亮的審美年代遠去了，現在只剩下喧囂動蕩的心靈和難以形容的時尚。

隔壁的房間裡響亮地播放著英語新聞。那是方菲的一只伯舊龍收音機，她從高中聽到大學又聽到現在，在大眾傳媒如鼠疫般肆虐的環境中她只勉強接受收音機，而且只聽英語新聞。

現在的她是一所著名大學的現代文學專業博士生，我親眼看著她背一只薄薄的書包（那裡面幾乎不太裝書因爲書全在她腦袋裡了）從一個學校讀到另一個學校，學位越來越高，架在鼻梁上的眼鏡片越來越厚，嘴角邊開始出現白皙而冷淡的小皺褶，而唯一不變的是她那一頭驚人的長髮。

長髮得自於阿雅的遺傳，也是唯一的遺傳。阿雅把精緻的五官和優美的前額給了我而只把一頭美髮遺傳給了她。那長髮或者被緊緊地編成麻花辮一直拖到臀部上，或者被隨意地用髮夾夾住，堆在那聰明絕頂的腦袋上，或者如瀑布般飛散開，一縷縷亞麻色的細絲在陽光下閃著令人感動的七彩柔光，使人想起德彪西的樂曲《亞麻色頭髮的少女》，5167悠揚的旋律。

長髮和博士生頭銜是姐姐能留給認識她或她認識的人的全部印象。除此之外，她像一股無聲無息的氣流遺世獨立在絕崖峭壁之上，毫不起眼，脫離大眾。她不好看，臉色蒼白布著星星點點的雀斑，鼻子稍尖一副排斥溫情的架勢，眼睛和嘴唇則缺乏女性特有的光澤。

可不管怎麼樣，她是我從小就崇拜的了不起的高智商女孩。

我穿著鬆鬆垮垮的大襯衫起了身。這件男式棉布襯衫本是我送給我父親的生日禮物。他半年前退休後在廣東東莞一家大型建築公司受聘任財會主管。上個月我們全家為他過了六十大壽，阿雅把他收拾得渾身上下油光鋥亮，一副老紳士的派頭。他對小他十二歲的阿雅言聽計從，她在他眼裡永遠是知書達禮的小嬌妻。過完生日他又飛走了，行李箱裡只塞了件阿雅買的洋紅色襯衫，而我買的這件因為「顏色太素」，讓阿雅否決了。所以只好自己穿。

走進方菲的臥室，她鬆散地盤著頭髮，沒戴眼鏡，眼睛斜斜地看著窗外，坐在一把藤椅上喝牛奶，一隻勾著紅色繡花拖鞋的腳搭在椅子一側的把手上，看上去隨隨便便的。

我在她邊上來回走了幾步，試圖跟她搭訕幾句，可她只顧聽著新聞一副愛理不理的樣子。我覺得她在早晨的慵散模樣很迷人，可她是個對「性感」一詞打心眼裡感到厭惡的女孩，所以我從沒跟她說過這詞。比如：「早晨好博士，你知道你這會兒的模樣有多性感嗎？」

我走進衛生間，馬桶抽水的聲音和盥洗盆裡滴滴答答的流水聲是標誌一天開始的二重奏。大鏡子裡的人瘦骨伶仃，適合穿風格前衛的衫褲，那種閃光面料的緊身襯衫尤其適合平胸窄臀長腿的女孩。我也有一件，專門在夜晚出門時穿。穿著它我就像一柄傘骨收得緊緊的黑傘，能使人聯想起墓地、超現實主義、花骨朵、謎一樣的氣息布滿了傘面。

「面對偉大的黑夜，你就是一把收得緊緊的無比尖銳的彈之欲出的黑傘。」這是我的男朋友達達對我的讚美之詞。言下之意，他熟悉這把黑傘的機關奧秘之所在。

我的頭髮像新生的小鼠毛那樣稀疏而柔軟，後來在達達的慫恿下，我乾脆利落地剪了個洋蔥

頭，頭顱上布滿染成淺棕色的僅留毫米之長的發茬，腦門上是一小撮稍長的髮絲。

阿雅爲此三天不願正眼看我，這也是繼一年前我在雲夢賓館辭了職後第二樁最讓她傷心的事。早飯桌上擺著豆漿、牛奶、黑麥麵包和果醬，母女三人依個人口味各取所需。客廳的唱機裡開始放出旋律流暢、迎合大眾的輕音樂。

阿雅一個人在那裡絮絮叨叨，說著天氣、中飯、同事的婚禮、報上的奇聞，她一早梳完頭髮就如此容光煥發，口若懸河，那些話題像音符一樣一個接一個地冒出來，她既是單人樂隊的演奏家又是指揮。

我從不懷疑如果飯桌上少了她，我和方菲將以怎樣令人喪氣的沉默吃完這些食物，消化不良地走進各自的房間互不搭訕。

我是阿雅從小就偏愛的孩子，儘管我每學期的考分會讓她失望有時和男孩子打架遍體鱗傷地回家令她心碎。

而她和方菲之間不知爲什麼卻顯得過於疏遠。如果阿雅是閃電，那麼方菲就是避雷針，如果阿雅是火焰，那麼方菲就是泡沫式滅火器專門掛在失火的牆壁上。我說不出這是爲什麼。方菲天生就似乎有種孤僻冷淡的天性。

只有一次我見到過她那種失去常態的窘迫。這窘迫使她的小白臉一下子漲得通紅通紅的，眼神裡有一種羞怯和恐懼的掙扎，彷彿在向看不見摸不著的空氣求救。那是她十三歲時的一個上午，我驚奇地發現了她白裙子上的紅色污漬，我後來才明白比我大五歲的姐姐已經有了從小女孩到少女的

成長秘密。阿雅炫耀似地從一只木櫃底層翻出了一根不可思議的布條兒，胸有成竹地把姐姐拉進廁所在裡面折騰了一會兒。而我事後才知道可憐的方菲在這之前塞了四條手絹以阻止不停往外滲的血。那眞是令所有女孩難堪的時刻。

方菲從廁所出來的時候換掉了白裙子同時臉上恢復了平淡的神氣，像翻騰的茶葉重歸於杯底似的。

多年過去了，那白裙上的鮮紅色還印在我腦海裡，我對方菲在那一刻臉上的神情抱有無法言明的好感。

她的脆弱和羞怯像美妙的天鵝一樣掠過記憶的湖面倏忽而逝，而我認定這幾乎是她隱藏起來的具有極大眞實性的自我，也是她作爲眞正意義上的女孩的一種美德，堪與那頭驚人的美髮相匹配。然而她是如此固執，一心一意只讀那些無意義的書，忘卻了四周空氣中的熱力，忘卻了雨後樹葉上的愛意、摩天大樓上的瘋狂、秘密陰溝裡的飢餓和我們每一寸肌膚上的哲學。而這些，恰恰就是生活的精髓。

【參】

達達是這樣一個人，一個從前的詩人，現在什麼買賣都幹的半撇子商人。

從我們相識以來，他近乎偏執地把他那作爲詩人的恥辱——那些永不再來的靈感歸咎於我們眼

前有這種「眞正的生活」，這種使人成為「可惡的擺設」，「冰冷的機器」的生活。

我們在雲夢賓館初次相識。那會兒我還是個剛從旅遊專科學校畢業，彈一手蹩腳古筝的漂亮女孩。

那天我穿著一件假模假式的梅紅色織錦旗袍，化著妝，像一隻從屛風上走下來的五彩雉雞一樣，在一群港台同胞、歐美友人面前抖弄羽毛。

我感覺到那些穿金戴銀的闊佬們的眼珠像蒼蠅一樣盯著我的脖子和其他富有詩意的地方，而從不在意彈奏中間或出現的低級錯誤。

達達混在這群人當中，他當時正跟一個姓高名仰山的台灣文化商人合作在上海某出版社印刷幾種佛經典籍，那些《波羅多心經》、《金剛經》、《維摩詰經》的印刷需要有良好古文和佛經根底的人編校、操作。台灣人輾轉找到了達達，他畢業於復旦中文系，每學期的古漢語總是得優而且選修過所有跟佛經有關的課目。那些單純的歲月裡他總是身穿黑色大T恤腳拖一雙日本木屐，在林蔭道上緩慢地踱步。一個一心想成仙的人。

這會兒他坐在高仰山先生的身邊，衣冠楚楚，微鼓的臉頰上長著幾顆暗紅色皰疹，架一副樹脂眼鏡。這一切都是不起眼的表徵。只有他那不時用神經質的手指擠壓胸脯的動作顯示出與眾不同的氣質。手指極為白皙纖長甚至是美麗的，而他的胸脯和整個身體一樣偏於粗壯，像一只結結實實的保險箱，裡面曾經裝滿了才氣橫溢的美妙詩篇，發自肺腑的豪言壯語，深沉動人的憂傷之歌。

他決非傻瓜，那一刻他已覺察出彈古筝的姑娘撥動了他的心弦。他使自己輕易地愛上了她。

她那籠罩在分枝吊燈燈光下的臉越來越蒼白，比午夜屋頂上的月亮還要白。她的手指纖弱無力在琴弦上接二連三地出錯。這一切似乎在呼籲他採取行動。

在一陣雨點似的掌聲中我結束了演奏，鞠了一躬正打算轉身離去的時候，看到一個個子不高的男人大步流星地走了過來。他盡量使自己不顯得那麼可笑。

你好，他說，用著拉家常那種自然的口氣。我叫達達，是個好人。見我如他所預料的那樣笑起來，他便露出聰黠的笑容。

我們從相識到相愛的過程既快捷又簡短。在這座高節奏運轉的城市裡戀人們總是用務實的風格，以一夜暴漲的速度解釋什麼是現代愛情成長的秘密，不再是扯著自己的頭髮沒完沒了地空想啦。

那夜他提出請我吃夜宵。我們互相灌了一些酒，我臉紅耳赤地嘻嘻笑著，學著和他談論歷史和藝術。不久只有皮毛之見的我就被轟下台，只剩他一個人在那滔滔不絕。愛爾蘭的葉芝和喬伊斯，印度的辨喜，東方的佛陀是他的所愛。他的智慧和博學像歌劇詠嘆調一樣抓住了我這顆浮躁膚淺的心。

對一個搖滾樂愛好者來說，那是一種來自陌生領域的美感。他的眼睛閃閃發亮，漂亮的手指古怪地擠壓著健碩的胸脯，簡直令我著迷。

後來我們在雲夢的一間標準房裡折騰了好一會兒。他發現身下的女孩竟然還是處女時顯然吃了一大驚，問她是否被弄痛。她點點頭，小聲地哭了一會兒，跟他說了這些事，包括很久以來對性的

渴望和恐懼。他溫柔地吻她睫毛上的淚珠，說他理解她的每一句話，她無疑是個熱情的好姑娘只是在某些方面有點恐懼症。這他能理解。他喃喃地發誓他會永遠保護她珍惜她。她覺得一切都在好轉，至少現在她已不再是個幼稚緊張的小女孩了。第一次的經驗使她感覺自己迅速地成熟並強大起來，於是她說，再來一遍。

那個過程中她一直在笑，他說你笑得太厲害了，好了好了好了。他說著輕輕拍她的背。兩人都一聲不吭了。他俯在她起伏不平富有魅力的鎖骨上，大汗淋漓，幻覺頻頻。夜晚解救了他那一部分作為詩人的靈魂。他眼圈發黑，頭髮倒豎，處於半毀滅半得救的狀態。

等我們點上煙把煙圈平靜地吐向天花板，他又打開了話匣子。他是一個傾訴欲、演講欲極為強烈的男人，意志力強大，機智狡黠，有著雄辯的節奏感和變化無窮的話題。說到動情處，就用手指使勁擠壓胸膛，像是經受了靈魂的沉重一擊。

金錢是罪惡的，愛情是糊裡糊塗的，而我們的藝術卻又是令人垂頭喪氣的。利欲熏心的煙霧飄蕩在城市上空，誰還有心思把戀愛當一回事把關注靈魂的悸動當作每日必修課呢？他說。他又講了以磨鏡片為生的荷蘭斯賓諾莎，講了超現實主義者羅拍特·德斯諾在地鐵上對一位牧師說：早安，夫人！夫人，早安！講了莊子的《逍遙游》講了法國人的俏皮話：affairs de coeur。我滿懷喜悅地傾聽著，帶著作為女人第一次解放後的輕鬆。

也許我天生是個對天才感到好奇，對文化十分渴求的女孩。在他眼裡我十分「迷人」，「與眾不同」，更可貴的是還有「思想的回音」和「高尚的性感」（比如牙齒特別漂亮，因為我是牙醫的女兒）。

總之我們已經互相吸引，心心相印。

那是一年前的事。現在我們依舊和諧。

【肆】

和達達認識不久，我就從雲夢辭了職。再也不用手指上纏著膠布撥弄那漂亮的古董了。

當初阿雅堅持讓我學古箏就是爲了走一條出國的捷徑，以叮叮咚咚的國粹藝術叩開洋人孩子般好奇的心扉，堪稱是出奇制勝的一招。

我傷透了我母親的心，一個不要職業卻有著千奇百怪念頭的女兒，無疑增加了她作爲要強好勝女人的心理壓力，某種意義上我比方菲更不討她的喜歡了。至少方菲的博士頭銜和她曾經有過的一次對香港中文大學的訪問經歷使阿雅足以在醫院同事跟前說上滿滿三天而不氣岔。

可這又有什麼法子呢？每個成年人都有權利選擇一條他喜歡的生活之路。都有權利抓住他想像中的一切事物。我對將來和過去的日子絲毫不感興趣，我只願意關住此時此刻正吸引著我的生活的滿樹繁蔭。

我曾試圖跟阿雅提起我的男朋友達達。可看到她那種深深受傷的眼神我就說不下去了。因爲我從一開始就告訴她，他是那種男人，長相平平，錢包不鼓，擁有一個豐富淵博的頭腦和一張富於表

現力的嘴。

阿雅對這種類型的男人深表反感。成熟的男人應該用事業用實績來取得發言權，而一張能說會道的嘴卻只能開一些空頭支票，是不學無術、游手好閒的標誌。更何況「長相平平」。

她冷淡地起了身，布滿棕色小花點的裙裾很厲害地搖擺著。她走進了廚房，把洗滌槽上的水龍頭開得嘩嘩響。

她一不高興就洗東西，碗啊鍋啊銀匙啊，不管髒不髒。最後用舒膚佳殺菌皂抹得滿手泡沫，放在水龍頭下衝半天。

我覺得她有醫生的職業病，一種還不很糟的潔癖。

【伍】

夏夜特有的霧靄飄蕩在大街小巷之間，高高低低的房屋的輪廓長上了一層細毛。街邊梧桐帶著後期印象派的輕曼風姿偶爾發出一聲脆響。

我和達達慢騰騰地走在街上，今晚他的朋友葛軍家有一個生日聚會。

他牽著我的手通過吱嘎作響的樓梯走到葛家門口。門開了，嘩啦一下一股音浪迎面撲來。在屋子裡面的人面目不清，端著酒杯，眼睛和牙齒閃著濕津津的光。連沙發上肥軟的靠墊都散發出奇異的熏人的肉香。

葛軍是個出租車司機，五官端正，熱衷於結交有學歷有情趣的文化人，而且比一般文化人更愛好書籍和音樂。他總抱怨開車這行當占了他不少讀書時間，當然他還可以在那些長著聰明腦袋的朋友們身上時時得到教益。

「人總是孤獨的。」這話他經常掛在嘴邊，加上說話時那種誠摯而痛苦的微笑，使你意識到他那作為出租車司機身上所具備的不平凡的悟性，猶如扒開不起眼的灰塵一枚銀幣赫然入目散發著亙古已久的精神光輝。

他對達達拍拍肩膀說最近怎麼樣，還在跟台灣人出佛經嗎？聽說你又在搞廣告創意，你小子挺有想法的。他哈哈笑著，手掌拍著達達的肩啪啪作響，一邊衝我擠擠眼睛熱情地微笑。小寶你越來越有氣質了，他說。

達達遞給他一支煙，問他那新交的女朋友呢？他連忙轉了身，叫著一個女孩的名字，王一瓊王一瓊。今夜的生日聚會就是為她的二十歲而辦的。

女孩過來了，長著一張通常意義上的漂亮臉蛋，像節日的大街上隨處可見的熱氣球飄浮在昏暗的燈光下。

介紹一下，這是我朋友王一瓊，他對我們說，這是達達和小寶，他又掉轉頭跟女孩說。王一瓊接過我們送的禮物，一只包裝精美的粗瓷花瓶，用討人喜歡的模樣微笑著，道了謝。

我們端著飲料說了會兒話。葛軍問我想不想跳舞，我搖搖頭。

那一邊達達正在給王一瓊算命。他閉著的眼睛突然睜開，斷定她去年有過一次破身之災。他讓

她回憶自己是否被自行車撞倒跌破了膝蓋，被牙醫撬掉過一顆好牙齒，或者……他做了個曖昧的手勢不再說下去，而女孩的臉已經騰地紅了。接著他溫柔地微笑著，指出她還有那麼幾樁即將到來的好運氣。

音樂還在屋裡響亮地蕩來蕩去，我在達達那沒完沒了的神秘主義排練中昏昏欲睡，所幸他看出了這一點，我們很快就告辭了。

深夜的空氣有種甘涼的甜味，我們抽著煙打著呵欠從電車上下來。路燈照耀下的影子長長地拖在身後。一路上他都在談對未來的設想，對把握機遇賺大錢的各種可能性測算。他寫詩的才華已經枯竭了所以不得不考慮在物質上打一個漂亮的翻身仗。

他將和出版社就幾本中國古代算命術、養身術、房中術的書簽訂合同，和一家房產公司下屬的廣告代理公司洽談兼職事宜，同時他所在的那家報社眼下正實行個人能提成的廣告額承包制。他說著，背像野牛一樣強壯地隆起，這意味著他此時此刻壯志凌雲。

我沒說什麼，只是一個接一個打呵欠，對將來會怎麼樣我從不作過多考慮。「將來」這個字眼過於高尚，也過於僞善。我只爲眼前而存在，眼前這所有的一切，我爲了活著而窒息了的一切東西方能牢牢吸住我的目光除此之外別無存在。

這一點我們不同。眞的，達達是個本質上極其浪漫的理想主義者，一個精力充沛、傻裡傻氣、知識淵博得要爆炸的男人。瘋狂起來能讓你俯首稱臣，溫柔起來又能把人一口吃掉，興奮起來有一種毛骨悚然的狂喜，每晚得恣意求歡，重重的焦慮和詩人的思想殘渣在深夜糾纏著他的肉體。無數個夜晚，我們在精神內核的完美溝通中越過了彼此性的邊境。

我們在樓梯口告別。他吻著我，又問起一個老問題，什麼時候嫁給他？我搖搖頭，說不知道。說著這話讓我內心充滿了柔情，我看到他眼睛裡的渴望和一絲傷楚，這種柔軟的東西同樣也讓我產生了孩子般的傷感。我吻著他的頭髮，一聲不吭。

他說是不是你母親的緣故？她有她的擇婿標準，她喜歡另一種人，是嗎？他扳著我的肩膀語氣執拗。

我笑笑，告訴他那不是主要的，如果我們兩人都做好了心理準備，並且有一間房的話，我們不妨先住段時間。

他也笑了，試婚嗎？是個好主意，可你母親會怎麼想？

我不說話。我們抱在一起，不出聲地親著嘴，然後他離開了。

阿雅的房間裡還亮著一盞柔和的台燈，她還沒睡，手裡捧著一本書靠在床頭，手邊還放著一把大梳子，明明已聽到動靜她卻沒抬頭，她總是這樣一副沉默的姿態，以示對我遲歸的不悅之情。

我也不去理她了，一邊脫裙子脫絲襪一邊搖搖晃晃地往臥室走，一從外面回到家我就得把自己脫得只剩胸罩褲衩。阿雅生氣地責備了幾次之後也不再堅持什麼坐有坐相站有站相的淑女經了。

走過方菲的臥室時，透過氣窗，發現裡面燈沒亮，而她在每個周末回家的晚上總是看很長時間的書，她像一只上足了發條永不出錯的瑞士名鐘一樣遵從這些作息規律。

方菲沒回家嗎？我大聲地問。隔壁房間裡傳出阿雅那像被什麼抽空了的聲音，你們都大了，回

不回家也盡可以由著自己，我是管不了了，她說。乾巴巴的聲音。

看來今夜她眞的沒回家。這可是件蹊蹺的事。我停下腳步慢慢想了想，覺得她最近一段時間似乎是有些心事，一起吃飯時老愛走神，早晨的收音機也不開了，我還以爲是機子壞了呢。

可是我那冷淡逼人的博士生姐姐會有什麼樣的心事呢？

我領略到「微妙」兩字的確切含義。這段時間以來的姐姐就處在微妙的狀態中。我敢打賭。

【陸】

太陽像大燈籠一樣喜氣洋洋地掛在空中，無數的光和熱傾瀉下來，在這種火辣辣的季節，城市像興奮的鴿子一樣拍打著羽翼尖聲銳叫。這的確是個帶勁兒的萬物蠢動的夏天。

我找到了一份臨時工作，是旅專的同班同學林強介紹的，在本市最大的一家迪斯可夜總會萬高作DJ。

正式雇傭我之前，萬高先發了個通知讓我去面試一下。

那天我就穿著閃光面料的緊身衣，頂著一頭若有若無的棕色髮茬，穿一雙及膝的長靴，像眞正的唱片騎士一樣用充滿矯飾的姿態走進那間冷氣開得嗖嗖響的總經理辦公室。

總經理不在，副總經理，一個姓狄的中年男人接待了我。他的頭禿得很厲害，僅有的扎根髮絲從一邊耳朵梳向另一邊耳朵，兩頰深凹，我平生最不能容忍禿頭的男人，何況這傢伙還有一雙來自

沼氣池似的眼睛，很髒。那眼睛先在我身上滑翔了一遍，顯然對我的長腿感到一種信任。他問了我一些瑣碎的問題，年齡，家庭，履歷，爲什麼對DJ有興趣，買過什麼唱片，有夜生活恐懼症嗎，視力如何，對現代人易患的精神空虛怎麼看，等等。

回答這些問題讓我覺得自己很愚蠢。在他面前我是一只待宰的長手長腳的鷺鷥。這要命的脆弱差點讓我中途開溜。可我堅持下來了，甚至還跟著他走到位於下一層樓的迪廳。

這家迪廳據說是由某一位前衛設計師用後現代主義風格設計裝演的，充斥著巨大的鋼鐵車輪、縱橫交錯的不鏽鋼管、黑白掃貼畫、旋轉樓梯和隱約浮現在空氣中的精液味道。

接下他決定給我一個月的試用期，一周來三晚，並且兼做領舞。

我接受了。

第一次上台的那夜，我請了達達、葛軍和旅專的林強他們。

那天，方菲也從學校回了家，我試圖想說服方菲加入這支捧場的隊伍，可她二話沒說就拒絕了。她那雙高度近視的眼睛在鏡片後面顯出疲倦而冷淡的神氣，滿把滿把的頭髮像毫無生氣的水蜇沉睡在搖搖欲墜的腦袋上，她看上去像沉浸在一場無法喚醒的夢中，這二十多年來她在這方面一直毫無起色。

夜晚無比璀璨，每一粒灰塵都來自於天國深沉的呼吸。

迪廳裡放浪形骸的人們、醉死夢生的人們、聲色犬馬的人們、紙醉金迷的人們、蛇一樣交媾的人們、被幻覺玷污的人們操著千篇一律的姿態像黑色花朵一樣滋長、枯萎、腐臭。

我像魚叉一樣被扎在高高的音箱上，我的身體在音樂中興奮無比，每一粒細胞都在以超常於千倍的速度分裂、成長、衰老、死亡。

我挑選了「9寸釘」、「Tricky」、「U2」的曲子，這些曲子像絞肉機一樣，肆意地撕裂著台下那些空虛得要命的小孩，和氣喘噓噓趕時髦永遠趕不上的中年人。

我感到自身肉體的強烈痙攣，那些樂隊和他們鬼魅般的節奏讓我喜悅得五體投地。

我知道我有病，幹這種強消耗的體力活時居然還有如此一連串像鞭炮一樣炸響的高潮，這說明我是個有病的姑娘，渾身每個毛孔都偏執都亢奮的病人，一個徹頭徹尾在所謂後現代的哺育下得了狂躁症、歡欣症、機械症的姑娘，偶爾做做比老泰戈爾的詩集更溫馨動人的有許多小孩跑來跑去的夢的不切實際、不著邊際的姑娘。

跳到後來，有幾個瘋子開始借酒發威，動起了拳頭，女人開始尖叫。兩個保安像救火隊員似地跑過來。音樂換成慢拍。達達忙不迭地把我抱下來，一邊毫不客氣地推開那些試圖上來與我套近乎的陌生男人。

我感到一陣虛脫，達達並不說話，只是拍著我的背讓我喝點礦泉水，因爲我需要這玩意兒調整整個身體的生理機制。葛軍、林強他們坐在邊上抽著煙，不時咳嗽著。王一瓊端莊地坐在一塊陰影裡，膚如凝脂，搽著漂亮的口紅的小嘴巴緊緊地抿著。當她的目光掃過那些比她年長的成熟女人，那些女人用老練的風騷勁兒周旋於人群之中，她的心裡就一陣羞怯，嘴角就嫉妒而矜持地翹起來。

我笑眯眯地遞給她一支煙，她猶豫了一下就接過去了，一點上火就猛吸了一口，被嗆得咳嗽起

來。我捅了捅葛軍的肋骨，她會越來越棒的，總有你罩不住的一天。我嘻嘻笑著，低聲說。他假裝沒聽見，伸過手去摟住女孩，撫弄她的頭髮。

達達有些喝醉了，卻還不罷休，敲著桌子讓服務生再送瓶酒來。我坐在他身邊不知該拿他怎麼辦。

葛軍他們已經走了，而我還得跳上一陣。音樂重新響起來，鼓點、煙頭、膠姆糖、紙巾和污穢的呼吸，一切又捲土重來。

等跳舞的人都走散的時候，我用紙巾擦著汗走到達達的身邊。他的腦袋沉重地壓在手肘上，桌上一片狼藉。

我推醒了他，確切地說他並沒有睡著。他抬起頭，雙眼定定地看了我一會兒。結束了，走吧。我作了個手勢對他說。

他咕噥了一句，有些困難地站起來，步履不穩地朝門走去。我只好伸手扶住他，酒精味源源不斷地從他身上熱烘烘地傳出來。

走在街上，他問我餓不餓。我點點頭。一起到了一間還沒打烊的豆漿店裡，各要了碗豆漿，裡面打著一個生雞蛋、一些蝦皮和蔥花。他的眼睛被煙和酒精熏得紅紅的，吃完豆漿他一把抓住我的胳膊，小寶，別幹這活了。

爲什麼？我怔怔地看著他。

總歸不好，他說，使用著不尋常的語氣。跳舞的人大部分是無賴、阿飛和小癟三，你卻把整夜

的時間花在這些白癡上頭，一點也不值得。

爲什麼？我盯著他，寸步不讓。我剛找到份有點意思的活，至少我可以自由地播放我中意的音樂。

他聽了這話，眼睛更紅了。

我有表現欲，是個音樂妄想狂，在人群面前在音樂中表現我自己是我的快感之所在。這你能明白。我繼續說。

他瞪著我，眼神凶狠。我的話讓他非常不自在。他心愛的小寶貝得夜夜瘋狂，夜夜像雜耍演員一樣在男人們面前擺弄身體，這種想法讓他無法容忍。

夠了。他吼了一聲，一把拎起我，快步走出豆漿店。我們在馬路上扭打了一陣，最後我用長指甲抓傷了他的脖子。

他輕輕哼了一聲讓步了。好吧，他簡短地說了一句，替我攔了一輛正迎面而來的出租車，把我塞進車子後，啪一下關了車門。

隔著車屁股上的玻璃，我看到他遠遠地擺了擺手，另一隻手神經質地擠壓著健碩的胸膛。我知道我有點傷他的心了。我爲此也有點心疼，爲他。

【柒】

方菲又有好幾個周末沒回家了。以前如果碰到這樣的情況她會打個電話來，即使是說上短短的幾句也總是讓你知道她這會兒正忙，準備考試或跟導師開會公幹之類的。

阿雅本能地覺得這事情有些越出了正常的界限。她身上那種強大的母性力量這時候就顯露無遺。她立即派遣我去她讀書的那所學校探聽情況。就像當初她也曾讓方菲去我的學校探問我對某一男教師的單相思事件。

她幹這事就像牧羊者甩出套索牢牢地拴住離群的羔羊。

屋外面的太陽正熱辣辣地烤著，令人生畏。在出門前我給自己灌了滿滿兩杯冰水，正琢磨著要不要問阿雅討一點出租車費。

這時電話鈴響了。是葛軍打來的。我不由喜上眉梢。這電話來的正是時候。他提起上次跟我講起過的拔牙的事。他的左下牙槽上有顆爛牙，一碰到甜食就疼得要命，而他偏偏又是個愛吃奶油巧克力的上海男人。得知我有一個牙醫媽媽他就找上門來，說是哪天能陪他去趟醫院。

我連忙在電話裡跟他說沒問題，下禮拜阿雅上班的時候我帶他去一趟。我又不經意地問他這會兒有沒有空。在家裡呢，他說，午覺也睡不著，你有什麼事要我幫忙的？他態度很殷勤。於是我跟他約了時間，兩點半他開車過來接我，然後一起去學校找人。

他準時來了。聽到門鈴聲，阿雅開了門。我給她作了介紹，又順帶說了拔牙的事。葛軍漂亮的

長相和殷勤的談吐頗有迷惑性，至少很對阿雅的胃口。阿雅用左手習慣性地理著一頭標致的濃髮，滿面笑容地跟他敲定了周一拔牙的事，還爲他開車來接我表示了謝意。

路上很順，不到半小時就到了復旦大學。我來過這學校一兩次，還曾借了方菲的學生證去南區跳舞，兩塊錢一張舞票全上海只此一家。

我們把車弄進一條窄窄的小路，沿著這小路一直開到方菲住的三十號樓。車子一停下來我就蹬蹬地上樓，現代文學專業的學生都住在樓的頂層，這樓又沒裝電梯，我花了十分鐘爬到上面。

那房間的門上貼著藍娜·特納的黑白肖像，肖像下面用紙盒子作了個簡易信箱黏在門上。信箱裡斜插著一支鉛筆和一小疊紙片以供留言。我敲敲門，裡面也沒動靜，信箱裡似乎塞著一張別人的留言，我拆開來一看，「方菲，請到我處領取本月的助學金補貼」，署名是「老喬」。我拿著紙條想了想，又不甘心地敲了敲門，敲得震天響。

隔壁的門突然開了，出來一個戴眼鏡的姑娘，找方菲啊？她說，好幾天不見人影了。

那麼會在哪兒呢？我下意識地問了一句。

她不以爲然地看看我，搖搖頭，進屋把門關上了。

我在門口站了一會兒，又敲開眼鏡姑娘的門。她看著我，突然笑了笑，什麼事？我問她知不知道方菲導師家的地址或電話。哦，我給你找找。她轉身進了屋，一會兒工夫抄了張紙條出來。

這是電話和住址，她說，不過……她欲言又止的樣子。怎麼了？我問。她笑笑，最近老師可能有另外住的地方。我不禁皺皺眉，好吧，謝謝了，我誠摯地說。她還是那樣笑著，一雙滑溜溜的眼

睛在我頭頂和一只長長的銀耳飾上掃來掃去。

她可能想說，你是個帥男孩。

可她忍住沒說。而我也對她失去了多說一句話的興趣，急匆匆地躥下樓去。

我們還是抱著試一試的念頭，直接把車開到了紙條上所說的那個住址。

我站在門口，本能地有些緊張，把手裡的煙蒂遠遠地彈開，整整T恤，抹抹小臉蛋，舉手敲門。

一位老年知識女性出現在眼前，她有著一張白淨多疑的臉。我浮上純潔的笑容，叫了一聲「陳師母」。她放鬆下來問我找誰。我說找陳教授，我是他一個學生的妹妹。她搖搖頭，冷淡而禮貌地說他不在。門馬上就關上了。

我像一條疲憊的狗一樣夾著尾巴往回走。葛軍沒多說什麼，只問我現在打算去哪兒。我搖搖頭。他提議找個冰店吃冰去。這主意不壞。

【捌】

星期一我陪著葛軍跑到阿雅那兒，阿雅讓他在一盞聚光燈下整個兒躺下來，取了鉗子、鑷子、小榔頭叮叮咚咚地忙了一陣。好幾次葛軍痛得叫起來，阿雅勉強笑著向他道歉。

這兩天她心神不寧幹什麼都出點錯。因爲方菲不打一聲招呼地消失了。以前她在家的時候總像

片葉子似地無足輕重。現在一找不到她卻讓人強烈地感覺到她的存在。

阿雅好幾次想在電話裡跟丈夫提起這事，我總是勸她放棄這種徒勞無益的作法，讓老父親牽腸掛肚的幹什麼？也許本來就沒什麼事呢，說不定第二天她就回來了還給你一個冠冕堂皇的理由，只是臨走前忘了跟家裡說一聲了。

從醫院出來，葛軍用車送我到旭日房產公司，達達這會兒正在那兒的一個廣告代理公司忙碌呢。

走進電梯，上了十六樓，一推開門，就看到達達混在一群高談闊論的男人當中。他一轉眼就看到我了，立即朝我大步流星地走過來，臉上露出富於感情的笑容。

小寶，你怎麼來了？外面肯定熱得要命，瞧瞧你額上的汗。他湊過來拿嘴在我額頭上親了一口，毫不顧忌身後傳來的一片哄笑聲。

我們走進一間安靜的辦公室，他打開冰櫃找點我愛吃的東西。我順勢把身子埋進肥厚的老板椅裡，方菲不見了，你說奇不奇怪？

他轉過頭來，什麼？

沒什麼，我想搬到外面住，知道哪兒可以租到房子嗎？

我懶洋洋地看著窗外，外面熱得要命，這毫無新意的夏天。陽光如刀，街道如壞死的蛆蟲，房屋則是死氣沉沉的沉船。這種喧囂與燥熱幾乎讓人感覺不到某種自身之內的潛流活動。

這段時間以來，我經常會有懨悶的感覺，連做夢都有被枕頭窒息的可能，我不知道這是什麼樣

的狀態，可能天氣太熱，可能在迪廳裡把自己折騰得太厲害。

他觀察著我的表情，一會兒他說，怎麼了？

我奇怪地看看他，我想搬出來住一段時間，有什麼不對嗎？

他微笑著表示理解，好比魚兒想跳出水面透透氣，你總是喜歡翻新花樣的，誰都不知道你這小腦瓜裡究竟裝了些什麼。

他答應了這事，說過幾天給我一個消息。

不一會兒站起來離開了。那辦公室充斥著閃著幽光的桌椅和疊成小山似的文件，沒多少人氣，唯一的一盆龜背竹因而長得萎頭萎腦，半死不活。

晚上又輪到我當班，在出門前的半小時裡匆匆把自己收拾了一下，塗上一管新買的銀色唇膏，穿上銀色緊身吊帶衫。阿雅冷冷地坐在客廳的沙發上，臉朝著對面的電視機，自顧自梳著頭髮，偶爾抬起眼皮看我在幾個房間裡穿進走出。

你用不著等我了，晚上早點休息吧。我對她做出貓一樣討好的微笑，輕聲細語地說。

她盯了我一眼，我的打扮讓她的眼睛裡顯出一絲憎恨的神情。她放下梳子，把眼睛又轉到電視機上，你非得這樣打扮嗎？那份工作有什麼特別吸引你的地方？我不說話，笑容還在臉上，有些僵僵的，等著她再說點什麼。

這種謙遜的沉默讓她忍受不了。她啪一下扔了梳子站起來，你看看你像個什麼樣子？這臉畫得——這衣服露得——在街上人家會拿你當什麼看？整夜整夜泡在那種烏煙瘴氣的地方，好好的小姑

娘什麼不好幹，非得像個鬼一樣跟那些社會渣滓混在一起嗎？

什麼渣滓？我皺皺眉，不喜歡她用這種口氣跟我說話，像個陌生人。她是我親娘應該了解自己的女兒是怎麼一回事，而她的言下之意卻把我描繪成了一個女阿飛，一個街頭流娼。

什麼渣滓？把好好的時間泡在舞廳裡的人就是渣滓，而成天吹大牛卻幹不出一件像樣的實事的人也是渣滓。

我點點頭，明白她把達達也罵了進去。好吧好吧，我不耐煩起來，既然我的工作我的生活影響了你，我會馬上搬出去的。

她一聽，火冒三丈，往哪兒搬？跟什麼樣的人鬼混在一起？我從小就看出你這人沒心肝，就當爹娘白養了你一場。她眼睛紅紅的，繼續演講。我造了什麼孽？你有什麼資格這樣說話？她把頭向後一仰，像跟空氣說話似的。

我沒什麼感覺，除了一絲厭煩。好像她是上帝的替罪羊似的，她忘了生氣催人老。

我離開家，跳上一輛出租車，很快到了萬高。急匆匆跳進電梯，踩了一個人的腳。我向他道了歉，仔細一打量，似乎我踩到的是一個大人物的腳。他穿著名牌襯衫扎著漂亮領帶，頭髮一絲不亂，臉上浮著寬容的笑意。

這張臉我似乎在一份員工內部刊物上見到過一次，之所以我還有印象是因爲這張臉上有某種成竹在胸的氣度，沉穩、矜持、聰明，像一架閃著幽光的高性能照相機，眼神富於表現力。看來他就是前一陣子在香港開會的總經理兼董事長劉易遠了。

我的臉有些蒼白，因爲當時從家裡跑出來的煩躁心情和踩到大人物的古怪念頭讓我更不自在起來。電梯側壁上的鏡子明顯地反映出一張愈加蒼白的臉，頭頂上的一層髮茬也更難看了。

電梯門開了。我低頭走出來，他在背後叫住了我，方小姐。我轉過頭去，看著他，您叫我嗎？他點點頭，下班以後若有空請來一趟我的辦公室，好嗎？他的笑意在走廊頂燈下很清晰。我回報了一個禮貌的笑，說好的。

在燈光閃閃爍爍之中，我無聲地躍上前台，把外套一把撕開，一剎那音樂兒乎同時起來。跳吧跳吧。今夜我是你們的DJ。沒有愛情，沒有親情，沒有審美的眼睛哲學的心靈，沒有天長地久的幸福，沒有隨地吐痰像狗一樣大小便的自由，沒有別出心裁的疾病沒有創新出奇的痛苦，沒有，沒有！有的只是幾個臭錢，幾個臭窟窿眼兒，只是神經衰弱、賣身求榮、酒精、欺騙、謀殺、電影、快餐、時裝、機器的奴隸、不忠不潔不仁不義。跳吧。我是你們今夜的DJ，所有的小公牛和發情的章魚們。我愛你們就像愛整個腐爛的宇宙。

音樂軟不拉嘰地消失了。人群也消失了。除了一個患憂鬱症的男人照例在我走下台之前來騷擾，一切都很正常。

我擦著汗叼上一支煙走出大廳，留下酒吧領班老K，一個熱心腸的伙計與憂鬱的男人糾纏。走廊上和我的搭檔貝貝招手分別，又跟幾個保安幾個貯衣處的小伙子打了招呼，大家都像疲倦的夜游鬼一樣人影幢幢地走來走去，不一會兒都在出口處消失了。

我走到總經理的辦公室敲門，裡面說了聲請進。我推門而入，發現那個姓狄的討厭傢伙也在，

幸好他拎起皮包先走一步了。劉易遠坐下，又讓秘書倒了水給我，那秘書也走了出去。

我強忍住哈欠也不想抽煙，心裡只希望他能快快把事情交待清楚，有話就說。

你是個聰明的女孩，很有想像力，他說。我不知道他具體指什麼。我聽說你有些有趣的設想，他想盡量把語氣放得鬆弛，像鄰家大叔那樣跟你聊些電影、麻將、下鄉插隊之類的親切事兒，可他做不到。他是個成功的生意人，一個頭髮和皮鞋鋥亮的董事長兼總經理。我不知道他指望從我這兒得到什麼有用的創意。

他笑笑，比如在舞廳休息間隙舉行一些小小的比賽，男士們可以放開肚子喝啤酒，女孩們可以在台上站成一排跳舞。

我一下子就記起來了。我曾經跟貝貝說過，用的是開玩笑的口氣，評選啤酒先生、美腿小姐或者玫瑰皇后、水仙公主之類的鬧劇本來也算不了什麼，可是想到因爲這些玩話，我被深更半夜地召到十二層樓的總經理辦公室進行一場似乎一本正經的談話，我就感到一絲荒唐。

他鄭重其事地約見我就爲了那些「了不起」的主意嗎？這些用以塡補空虛的笨拙的主意，這些爲了打發漫漫長夜從陰溝裡撈起來的色情的皮毛、腦衰竭的霧翳、治花柳的劣招？

他遞給我一根煙，我猶豫了一下，接過來，氣氛輕鬆起來。這根煙似乎抵消了作爲上下級之間那種公事化的障礙。我很高興地看到他一屁股坐上了辦公桌，並吐出一連串漂亮的煙圈。他讓我放鬆下來了，這個聰明男人。

你幹得很不錯，接下去就把這些有趣的比賽搞起來吧，幹娛樂需要的是想像力，而你恰好具備

這種能力。他盯著我看了一會兒，眼神溫和，簡直比冰淇淋還能讓你的心癢酥酥的。我會給你加薪，希望你安心地工作，他說，又恢復了老板的嘴臉。

我謝了他，起身告辭。等一等，他說，我們一起走，我用車送你一程。

在車上他問起我的一些情況，什麼學校畢業的，家裡有些什麼人，平時愛幹些什麼不愛幹的又是哪些事，對歌劇有興趣嗎，如何看待今年時裝潮流。

他沒問我有沒有男朋友，只一個勁地說我很有獨特的氣質，與眾不同的個性，容易給人極深的印象，像是專門爲黑夜而生，一朵夜玫瑰！

下車的時候他緊緊地握了握我的手，我就當自己是木頭人，跟他揮手說「再見」。

【玖】

又是周末。

早晨，阿雅準時地拉開我的窗簾。我睜開眼睛看到她的粉紅色睡衣和一頭濃髮的同時，我的耳朵裡也聽到了隔壁的收音機又響起來了。

我奇怪地想了想，問阿雅是不是方菲回來了。她輕柔地梳頭髮，臉上是怪怪的表情。

我騰一下從床上跳下來，趿了拖鞋跑到隔壁。方菲坐在藤椅上，依舊沒戴眼鏡，手裡拿著杯牛奶，亞麻色的頭髮卻散亂地披了一肩，像石器時代亞得裡亞海邊穴居的野人一樣。

我站在她的門口，看了一會兒她，去哪兒啦？我問。她沒搭理我，可我卻把她使的這種沉默伎倆看成是她內心虛弱的標誌。

我去學校找過你，學校早已放假了，又跑到陳教授的家。說到這兒我盯了她一眼，她把臉輕輕轉了轉，撇向窗戶那邊。我得抓住時機，步步緊逼。

恰巧教授也不在，所以我們以爲你和你導師又去什麼地方開會宣讀論文去了。臨走前忘了跟家裡說一聲是嗎？這是眞的嗎？博士的腦瓜裡裝滿了五車八斗的學問，卻樂意扮成啞巴、聾子、盲人，不吭氣不吱聲假裝什麼都很正常。得了，說點什麼吧，我們畢竟是一家人，有什麼大家分擔點，說說話你會高興起來的，別一副拒人千里的模樣。

她轉過腦袋瞟了我一眼，彷彿我說的是外星人的話。你怎麼像阿雅似的，說這些話是什麼意思？你有資格這樣盤問嗎？她的近視眼眯起來，我看出我有點惹惱了她，這是好事，就得從心底裡觸動觸動她。

沒什麼意思。我的意思也許是說我有點失望，對這個家對你這位博士姐姐都感到厭煩啦。都假模假樣裝腔作勢的。我們缺少交流，缺少信任（見鬼，我都不知道「信任」是什麼樣的一個詞了），阿雅除了一頭漂亮頭髮渾身上下惹人煩，是個典型的更年期綜合症患者。而你卻是個貨眞價實的女博士，除了自己的夢囈聽不懂別人對你說的任何一句話，彷彿你跟別人隔了整整一條銀河，你到底關心什麼？你不關心這個世界上還有沒有最後一片樹葉，連你自己你都不關心。你是個膽小鬼（當然某種意義上我也是），什麼都不敢夢想，你的夢裡有男人嗎？

我刻毒地笑著，控制不住自己的情緒。上帝知道我有多愛她，眼前這個憔悴羞怯的老姑娘。可我還得接著往下說。

你怎麼了，你有什麼問題嗎？你愛上誰了嗎？是白髮蒼蒼的老教授還是修窗戶的小木匠？還是你根本不明白自己會不會愛？

她霍地站起來，臉色鐵青，長髮一根根直聳起來，像百蛇吐芯。她把牛奶潑到了我臉上，滾出去，她嘶啞著嗓子說，你以為你有隨便侮辱一個人的權利嗎？滾，滾！

阿雅慌裡慌張地跑過來，怎麼回事？造反啦？越來越沒有章法了，要滾你們兩個一起滾吧！她說著又急急忙忙拉起我往廚房跑，把我的頭揿在水龍頭下嘩嘩地衝，嘴裡嘖嘖地響。我知道她在心疼我。

可我真的有些受不了了。這段時間來我有病，方菲也有病，總之都有病，總之一說話就上火一碰上就開火。

方菲把門死死地鎖上了，我把臉貼在門上不出聲地聽了一會兒，無法判定她在不在哭。

上帝啊，我嘆了口氣，我寧可她能哭一哭，嗚嗚哭的老姑娘眞比一首月光奏鳴曲還讓人心碎。問題出在哪裡？

晚上，我又濃妝艷抹地上戰場了。

這天是選舉啤酒先生的日子，在勁舞結束的時候，我煽動了十位男士走上前台。美國百威啤酒的促銷小姐抹著鮮艷的唇膏，扭著水靈靈的屁股一字兒排開，手上捧著裝滿啤酒瓶的盤子。

音樂又起來了，彷彿從生殖腺底部升起來的音樂，男士們像海豹一樣仰著脖子呑吃那泛著泡沫的金色液體，不時用手抹著嘴，他們的肚皮在五彩燈光下生動地起伏著。百威小姐源源不斷地送上美酒，表情是那麼甜美。大廳裡有種令人陶醉的空氣。

我退隱在一角陰影中，不出聲地看著眼前的表演，貝貝在台前妙語連珠，不時把美酒和女人聯繫在一起說些曖昧的笑話，引得人群一陣哄笑。

我盯著這些遊戲者臉上風騷的表情出神。他們看起來個個都是老練的小丑。

啤酒先生最後評選出來了。他捧著鮮花，一手撫摩著肚子，一手摟住百威小姐中最漂亮的一位女孩，她的親吻就是對他光榮的獎賞。另外，他還得到了一千元的一張支票。

鬧劇亂哄哄地結束了。我正要離開，被總經理劉易遠叫住了。他和藹地微笑著，提出可以用車捎我一程。這話聽上去無可指責，所以我沒法拒絕。

我們跑到大樓底層的車庫，他找到了他的車，打開車門作了個邀請的姿勢，有點請君入甕的架勢。我順從地鑽了進去。

車子在路上開得很慢。他先是詢問了有關比賽的事，後來不知怎麼又聊起他的童年。他說他五歲喪父，十歲喪母（是個不幸的童年），後來寄居在一個阿姨的家裡，他比劃了一下手勢，住的就是那種小閣樓，老上海人家裡常見到的那種。他說他常常躺在小閣樓上看書，在外面下雨的時候捧著一本書尤其讓人感到心定，爲此他還養成了邊看書邊咬指甲的壞習慣，咬得指甲像小破鍋。

他說著笑起來，我也笑了。他描述手的樣子使他顯出幾分可愛來，是某種苦孩子身上才有的可

愛。

他還說他的童年和少年如果拍成電影，應該是用淡藍色底調的那種。而那個堆滿書本的閣樓至今仍是他心目中的一個小小天堂。

他這會兒沉浸在對以往歲月的回憶中，看起來五官舒展，儀態清朗。顯然他用童年的話題製造了一個溫和親切的氣氛。

我下車的時候，他沒再握我的手，而是誠摯地微笑著，向我告別，說跟我交談是件愉快的事。我揮揮手，車子開走了。

吃不准這位總經理站在什麼樣的立場上向我套近乎，也就是說不清楚他在扮什麼樣的角色。優越感十足的老板，啃指甲的孤獨少年，閣樓上優秀的書蟲，一個專門喜歡在車上談心的朋友，還是像鯨魚一樣潛伏在水面下的情人？誰知道呢？

回家霹霹啪啪把自己脫個精光，正要走進衛生間，電話鈴響了。

我走過去拎起話筒，是達達打來的。他的聲音很奇怪，有些含糊不清，幾乎可以斷定他又喝多了酒。小寶……喂，是小寶嗎？他用沉重的嗓音叫著我的名字。

我問他現在在哪兒，他說在外面一個公用電話亭裡。這麼晚了，還不回家嗎？我有些生氣起來，一想到他那副踉蹌在深夜街頭的酒鬼模樣我就不舒服。

回家……回哪個家？你什麼時候搬出來我什麼時候就有家了。他哼哼哈哈地說著，如果不是他那副醉鬼腔調，這些話足以能打動我數十回。

小寶，喂，你在聽嗎？我說小寶，房子已經替你找好了，地段不錯，靠近地鐵口，租金嘛，你也不用管，我來付就是了。萬事具備只欠東風。我的小新娘什麼時候能來……來到我身邊，你不說話，是爲什麼？我那丈母娘把你捆住了，老母雞不讓小雞四處跑嗎？哼哼。他笑著，像頭笨熊似地發出呼呼的聲音。

我讓他別鬧了，早點回家睡覺，有話見面再談，深更半夜的，又喝了酒，思維的混亂是顯而易見的。我也睏了，瞧瞧這些黑眼圈。我從包裡拿出小鏡子，顧影自憐。

別，別掛。他急忙叫起來，嗓子眼裡斷斷作響。還有話說呢。他的語氣粗暴起來。

有話快說。我哼了一句。他嘴裡的酒精味似乎源源不斷地通過電纜線傳到我這頭，讓我疲倦。

剛才那個拿車送你的男人是誰？是個闊佬嗎？這是顯而易見的。他自問自答。可以想像這會兒他正神情亢奮、虎虎有聲，眼珠瞪得能讓你脊梁骨冒涼氣。

他有輛漂亮的跑車，頭髮也整理得挺光亮，還有臉上那種笑，是飽食終日、不愁吃穿不缺女人才能滋養出來的笑。這我一眼就看出來了。我就在那該死的夜總會門口等著你，可你對我視而不見，走過我身邊的時候你們倆之間相距不到一厘米。你得告訴我這是怎麼一回事？

我噓了一口氣，明白這次又是他興致所至地跑到那兒，守在門口想給我一個驚喜，但他無意中看到的一幕卻傷害了他。

我告訴他根本不是他想像的那樣子，那是我的頂頭上司，順路拿車送送我。他的確是個闊佬，可我跟他沒什麼特別關係。我的黑眼圈都出來了，拜託你別疑神疑鬼啦。

我擱下電話，氣呼呼地往衛生間走，電話又響起來。我衝過去一把拎起話筒，你有病啊你！我一說出口，才發現達達正用滿含歉意的語氣向我認錯。

原諒我，我是個好嫉妒的男人，我一直等著你給我一個家……我愛你小寶。他小心翼翼地在電話裡撮了下嘴巴，發出吻的聲音，然後把電話掛了。

我躺在浴缸裡靜靜地泡了一會兒，想著他那句話，「我一直等著你給我一個家」，這話讓我茫然。

我覺得我其實不是他想像的那樣子，我無法承受一個家的含義，我必將在無所事事、游手好閒、毫無責任感的日子裡讓時光飛逝，讓生命一步步走向變脆變弱的地步，像秋天懸鈴木的葉子一片片凋零。這都是自然而然的生命進程，而唯一有問題的是，有個男人很浪漫地把我看作將與他長相廝守鍾煉他的肉體分享他的靈魂的女人，一個使他著迷讓他歡欣的愛人同志。

晚上我又做夢了。

夢見我的孩子們像雨點一樣一個個降臨人世。他們在庭院裡奔跑追逐嬉戲，黃昏的時候躺在我懷裡安靜地打著呵欠，小臉蛋上那層細細的絨毛在落日的餘暉中閃著純潔的光澤。

這情景讓我的心裡鼓蕩著一波波幸福的漣漪。母親這個字眼把我的胸口堵得滿滿的。我禁不住偷偷地哭起來。一個孩子叫著我名字，小寶，你怎麼了？

我看到的卻是達達那張飽經滄桑、粗糙寬闊的臉，那臉傻裡傻氣地朝我仰著。於是我在適當的時候醒了，跑到衛生間小便，心想，這夢多怪。

【拾】

我們這會兒都坐在一條快艇上，向一個小島漸漸靠攏。海水是渾濁污黃的，天空也是同樣令人氣悶的顏色，沒有一絲涼爽的風，沒有一隻拍翅而過的鳥兒。

達達和他那廣告代理公司的合夥人，幾個長相差不多的小伙子坐在船屁股上聊天。他們要去小島上的一座廟宇求簽燒香。這一陣公司的生意蕭條，有人向他們引薦了島上的一位有名法師，以指點迷津。

我也混在這群指望發財的傢伙當中。太陽曬得頭頂發燙。八月底的天氣還是酷熱難擋。隨身帶的塑料袋裡裝滿了汽水、龍眼、荔枝、布丁之類的美食，另一個箱子裡裝著一尊翡翠觀音和一把檀香扇，是用來贈送方丈的禮物。

我們抽著煙，腦袋上頂著塊毛巾或一頂帽子，眼巴巴地看著船前進的方向。島漸漸近了。下船後我們就分別叫了幾輛人力三輪車，一路上顛簸著，到了寺廟。方丈正等在門口，慈眉善目的一個老人，大熱天裡穿著厚厚的黃布袈裟自有一番沁人的涼意飄然而來。

我們用了素齋，晚上做了場法事，然後又跟方丈細談到夜深。老人精神矍鑠，操一口方言味很重的普通話在燈光下抑揚頓挫地講話。達達聽得入了迷，他盤著腿坐在一只瘸腿方凳上，嘴微微張著，眼神像仲夏夜海灘上的霧靄一樣出神入化。

第二天我們整裝向方丈告別，按照他的意見他們決定把公司的名字改為大倉，平日裡還要隨時

行善，心中有佛。我們念了聲「阿彌陀佛」鞠躬而別。

依舊坐了三輪車到碼頭，船很快就開了。我們坐下來，一會兒工夫都酣然入睡了。一直到船靠岸。

回到家我又睡了會兒，做了些難以記住的夢。阿雅下班回來的時候我醒了。起了身，跑到衛生間漱口洗臉，鏡子裡的臉因爲睡眠不充分而顯得格外蒼白。一絲傷感讓我情不自禁用手指一遍遍撫摩自己的臉蛋。

韶光易逝，春夢易老。

所謂的幸福所謂的激情、愛欲，都不過是轉眼而過的神話。面對生命的荒謬，我們唯一的合理姿態就是神采飛揚。

把自己收拾成一把抵擋夜晚的黑傘，我跑到萬高。

音樂如火肆虐。夥計們，我是今夜的DJ，從每一個手指尖開始，我們飄飄欲仙。

回家的時候，我又坐上了劉易遠先生的寶馬跑車，聽他講述他的人生經歷。繼孤獨的童年、少年後他迎來了一個奮發圖強的青年時代，考上了名牌大學，又在八〇年代初跑到美國讀了工科碩士，然後回國，深受香港一娛樂業巨頭的賞識，把女兒許給他的同時也把這家投資規模巨大的夜總會交給了他。

他說他越活越疲沓，在拉斯維加斯的賭場上玩老虎機的時候都提不起勁。他懷念那閣樓上的少年，也懷念讀本科時一道題熬通宵逢周末泡妞也被妞泡的時光。

他笑起來，一絲自嘲的神情，臉浮在柔和的暗光裡像昆蟲噤聲時的灌木叢透出的那份安靜。那種精細、準確的描述力，尤其對所珍愛的歲月那種輕柔敏感的把握，對逝水而去的青春的傷感，像一劑溶劑誘發了我的共鳴。他說他認爲我是一個值得一訴的聰明女孩，還有「活潑的思想」，同時我的想像力和別致的感應力也許會讓我成爲一個稱職的作家。

這是第一次有人告訴我，我可以朝寫作這個方向努力。我笑起來。

這時他把車停在一個拐彎角，一隻手伸過來摟住了我。這舉動猝不及防，結果他順順當當地摟住我。

喜歡你。他說。我沒吱聲。

你呢？願意嗎？他簡短地問，一隻手不停地揉弄我的耳垂。有人說一個女孩如果被握住耳朵達十分鐘就表明她對那男人心有所屬不作任何抵抗。我古怪地想著，輕輕掰開了他的手，自己捂住了耳朵。

他把腦袋湊了過來，我被一股乾淨、性感的氣味包圍，眼睜睜地望著車頂。突然我看到了一張傷心欲絕的臉，達達的臉，和他那只擠壓胸脯的纖弱美麗的手。這種幻覺適時地出現在我眼前，彷彿是宿命的一個鬼影。

我推開了劉。

怎麼了？他定定地看著我，一股矜持之情重又浮上他的臉。他恢復了老板的姿態，也是防衛的姿態。

我說我想下車。

他重新發動了車子，油門踩到一百四十的時速。我有些驚慌失措，但他只是把車漫無目的地繞著街道開來開去。

路過方菲所在的那所學校時，我瞥了一眼窗外，一個長頭髮的女孩映入我的眼簾。等等，我下意識地叫起來。他沒說什麼，把車子猛地停下來，我差點撲到了擋風玻璃上。

那女孩披著一頭引人注目的長髮，穿一條素淡的連衣裙，眼鏡片不時在幽暗的路燈下閃閃爍爍。女孩在校門口的陰影中站了一小會兒，接著一個老頭腰杆筆挺地從門衛室出來，顯然是打過一個電話或者拿了點信件出來。

老頭和女孩生硬地隔著一定距離，一起慢慢朝外走去。走下一條地道，一會兒在馬路對面出現了。我目不錯珠地看著他們走遠，看著那個姿態倨傲的老頭像牽一隻木偶一樣無聲無息地把我的姐姐拉出了我的視線。

你在看什麼？他點上一支煙，淡淡地問。

我姐姐，我疲倦地把腦袋倚在靠墊上說。

她在這兒念書？

我點點頭，是個博士生。

他「哦」了一聲，把馬達發動起來，車子又飛快地像隻瘋耗子一樣流竄起來。

剛才偶爾撞到的一幕有些傷了我的心，上帝作證，那一定是我沉默寡言的姐姐有生以來的第一

次戀情。黑暗的角落淒慘的路燈，夜深時候特有的倦怠，一個倨傲、虛僞、自私的老傢伙，和她那淒惶無主的一頭驚人的長髮。這幾種畫面輪番在我的腦海裡轉圈。這一刻正是我多愁善感的完美時分。

【拾壹】

我終於搬出了家，在達達找到的一間小屋子裡安置下來。

阿雅沒多說什麼，我又一次徹底地傷了她的心。她只是坐在沙發上，給丈夫打著毛衣，任我匆匆地走來走去收拾東西，眼皮也不抬一下，平靜的呼吸使胸脯緩慢起伏，那裡面正裝著一顆憔悴的心。

達達覺得自己的良苦用心和忠貞不渝的愛在這件事上起了關鍵作用。他終於讓我下決心挪了窩，這舉動幾乎標誌著我們之間關係的飛躍。

他面色紅潤，躊躇滿志地在那個他張羅起來的小窩裡踱來踱去。屋子的牆壁貼著廉價的印花牆紙，地上鋪著仿木圖案的塑料地毯，靠牆壁擺著一個衣櫥一台舊電視機，一張他趁辦公室裝修時搜刮來的寫字台，兩只請人免費定做的沙發，一只唱片架和一台索尼唱機。

整個屋子能引起關注的中心是一張豪華舒適的床，厚厚軟軟的席夢思，大得可以連打好幾個滾的床面，一條圖案時髦的床單。他知道我最缺少的是睡眠最需要的是一張可以放心睡的好床。以前

冰心逃難時姑且都扛著一張席夢思四處跑（他從一篇文章裡看來的），何況現在我們在這城市安居樂業生活有保障，那就更得有一張可以做夢、可以信賴、可以養傷、可以做愛的床。

我堅持要付給他一筆錢。這安樂窩是他費力張羅起來的，我沒出力那就出點錢，這也好讓我住得心安理得一點。搬出來住要的不就是獨立自主的喜悅感嗎？我不想讓自己覺得又依賴上了他。

他的神情卻顯得不悅起來，彷彿你要跟他撇清關係似的。我只好走過去，抱住他，兩個一起跌到了床上。

這是讓他倍感愉悅的時刻。作爲靈與肉雙重意義上的藝術家，勢利刻板的生活給予他的懲罰使他學會隨時地擁抱失敗，隨時地沉淪酗酒，隨時地維護虛榮和意志力，而身處這種得以暫時解脫焦慮的肉欲之夢中，他的藝術神力又恢復了。

在身體的舞動和靈魂的呻吟中，有何等的快樂，何等的天堂。

是你給了我一個天堂。他含情脈脈地說，小心翼翼地吻女孩的睫毛。

窗外陽光明媚，柔和的檸檬色光線滌蕩著秋天的街道，空氣裡飄著奇異的香味。這美麗的季節。

【拾貳】

父親從南方託人捎來了些新鮮的熱帶水果。阿雅打電話讓我回家一趟，因爲除了水果他還給我

帶來一瓶法國香水。我答應了。

這會兒是星期六的早上十點，我正舒舒服服地躺在床上，旁邊的枕頭上睡著達達那張在夢中顯得格外幼稚的臉。一會兒工夫，他睜開了眼睛，我們互相親吻了一陣。他突然記起今天要去華東房產公司洽淡售樓代理的有關事宜，而約定的時間巳快到了，連忙跳起來七手八腳穿上了衣服，扒拉了幾下頭髮，塞了塊口香糖權當刷牙，然後夾起鼓鼓囊囊的皮包衝出門去。

我也睡不著了，乾脆洗洗漱漱，又化了淡妝，爲的是盡量使自己精神飽滿地去見阿雅。

阿雅開了門，頭髮上五顏六色的髮捲還沒摘下來。她目光複雜地打量了我一眼，我看上去應該還行。

客廳的紅木茶几上放滿了荔枝、龍眼、芒果之類的水果，還有兩瓶香水，兩瓶維E精華素，精華素是給阿雅的，另一瓶香水送給方菲，這些都是老頭出差到香港順帶買的。

來人還捎來了老頭子的一封短信和一張近照。信上說他挺好，讓我們放心，關照兩個女兒照顧好媽媽之類的話。我匆匆瀏覽一遍，就把信折起來，再看一遍就更覺得辜負了老頭的期望。照片上老頭戴了副墨鏡，精神矍鑠地一手插腰，站在岩石上臨海憑風，極目遠眺。他那頭風采奕奕的銀髮在風中柔滑地飛舞著。

這頭銀髮讓我想起了那天夜裡在校門口看到的那老頭，不由自主地往方菲房間裡看，門虛掩著。人在嗎？我做了個手勢低聲問阿雅，她點點頭。

我悄無聲息地走過去，朝門縫裡覷了一眼，之所以做得如此鬼鬼祟祟是因爲我的姐姐在我眼裡越來越像個披一頭長髮的神秘修女，而且我們之間的確有一條因生活概念的差異而造成的鴻溝。而我們就像兩朵生長在壕溝兩邊的姐妹花隔霧相望，無法企及。

她躺在床上，背衝著我這邊，似乎伏著枕頭在寫什麼東西。頭髮像大朵大朵的黑雲盤在腦袋上，瘦削的肩和單薄的後背富於審美色彩，它們不時輕微地顫動一下。我不知道她在寫什麼，但看得出她很專注。我出神地看了一會兒，又悄悄退回客廳的沙發上坐下。

阿雅替我剝好一盤荔枝，讓我多吃點。她說這話的時候用著淡淡的口氣。她在掩飾對我的關切之情，之所以要掩飾是因爲至今爲止她還沒能原諒我的離家出走。這無異於是一種叛逃行徑，更可氣的是那屋子還住了一個誇誇其談、脾氣暴躁、其貌不揚、錢包不鼓的男人，我跟他沒有名分地混在一起，寧可傷她心也不願傷那人的心。

我默不作聲地吃著荔枝，嘴裡泛著奇異的甜味。一瞬間思維挺混亂，也許本來都不該是這樣子的，這我說不清楚。

電話鈴響起，阿雅起身去接，是住在附近的醫院同事打來的，邀她去湊一桌牌局，正三缺一呢。

阿雅臨出門前問我今晚回不回去，我一下子想不起怎麼說，這一猶豫又惹惱了她，她說你隨便吧，如果要走，廚房桌子底下有一包東西，是給你留著的，別忘了帶走。

她說著，把門很響地關上了。

我蹲在廚房桌子邊上翻弄著那個袋子，是些麥片、巧克力、果脯什麼的，另外還有一盒營養液，主治功能這一項上寫著清熱生津、潤肺止咳。是怕我抽煙多了傷肺。

我蹲在鋪著潔白瓷磚的地上，像一隻滿懷感激之情的青蛙，久久地不想起來，一個勁地想她爲什麼待我這麼好。他媽的眼淚都忍不住流下來了。這個老阿雅！從讓我學古箏開始，她就一直這麼有主張。

我聽到身後有動靜，是方菲站在門口朝我這裡瞧。我連忙站起來。她不顯眼地笑了笑，似乎在說：媽媽的小寶貝。

哦，她去打牌了。我說，臉上訕訕的，惟恐讓方菲看出我剛才的脆弱。她擰了個呵欠，朝衛生間走去，手裡提著件浴衣。

我又坐回客廳，吃著水果，又順手噴了點香水在鎖骨上。衛生間裡水聲嘩嘩，我心裡一動，鬼使神差地站起來，慢慢走到方菲的臥室門口，我想我是在對她剛才起勁寫著的東西感到好奇了。沒辦法，我那過分的好奇心使我養成鬼鬼祟祟的習慣，大學裡同宿舍的女生曾吹噓她那瓶由日本表哥送的嫩膚霜有快速去斑的神效，我就偷偷地跟著她擦了三個月，結果卻毫不見效。

這會兒我的惡習又陡然膨脹，一股無名的力推著我朝她房間裡走。

枕頭底下露出一個紅封皮硬面抄的一角，我斷定那是她用來吐露心曲的日記，我迅速地把本子抓在手裡，翻開扉頁，一目十行地看。

我的心劇烈地跳動著，爲偷得這麼個深入姐姐心靈幽徑的機會而激動。在愛的名義下，願她寬恕我。

看來事情在五個月前就開始了。

我覺得我愛上了他。她在5月5號的日記裡開宗明義地寫道。這說不清是怎麼發生的，一年前剛到這學校攻讀博士的時候，我只是把我即將在這所學校度過的三年看作是生命過程中極普通的一段插曲。然而，事情卻自然而然地發生了，在近一年的時間裡，我越來越感覺到自我的存在，從他看我的眼神裡。他的關注是我做任何事的動力，某種程度上甚至還決定了我的好惡。他說把徐志摩與Wordsworth相比是可笑的，張愛玲的玲瓏女人心遠比那些口號文學家來得可愛，等等。我完全同意他的看法。為此我翻閱了有關書籍。

5月20日

在他家（他早已與夫人分居）上閱讀課，我和同門師兄老喬為了一個小問題發生了友好的爭執。他微笑著看我們，我的臉肯定有些紅了，我覺得我說的那些話完全為了在他面前有所賣弄，是說給他聽的。他坐著的樣子很從容，目光溫和，有一會兒工夫盯著我的頭髮出神。這天我故意把頭髮披散開來，沉甸甸她披在肩上，遠遠都能聞到乾爽、清甜的香味。

7月3日

學校快放假了。他有一個去成都開筆會的機會。我很想能一起去，他沒任何表示。晚上，他突

然讓老喬帶給我一個口信，又有了一個開會的名額。我很興奮。不知道他用什麼方法爭取的……。明天就動身了。

7月10日

這是開會的最後一晚。有一些人在他房間裡高談闊論……等人群散盡的時候，我敲了他的門。

他沒有驚詫的表示，替我泡了杯茶。我們又慢慢地談著什麼。他說不要在小事上浪費時間，不要看那些愚蠢的電視，不要讀那些廉價的小報，因為生命是倉促的，我們的熱情也有限。

我一邊用心記著他的話，一邊想我該怎麼辦。我必須向他表白……我喝了一口水，眼睛先是盯著天花板，然後徑直走到他的椅子邊上蹲下來。我說我愛上了他。當我用生硬的手抓住他的膝蓋時，一瞬間感到可恥。我討厭自己這樣無能這樣缺乏經驗。

他吃了一驚，但他沉穩地保持原來那個坐姿。我暗暗感激他……他吻了吻我的頭髮，我聽到他的心跳。他用乾巴巴的聲音說，他太老了。這一切讓人不知所措……我想我當時是哭了。他沒有更多的溫存表示。

7月13日

我們在房間裡枯坐了一夜，天亮時他睡著了。我看他的臉，的確很老了，可我還喜歡著他。

早上醒來，發現在自己的床上。

我想著在成都開會的最後一夜，想像自己在那一夜如果略帶瘋狂地脫光自己，他會作何反應。我想得到那種陌生、令人激動而普普通通的愛，我從未體驗過的異性之愛……這些也許純粹是老處女病態的心理表現。我正處於和這個季節相類似的煩躁不安中……小寶倚在門口，冷冰冰她說了些含沙射影的話，她的刻薄與直率使我有種被當眾扒光的屈辱，一時裡我控制不住，問她有什麼資格對我說這些話，讓她立即滾出我的房間……

我快速翻著這本日記，手指因爲緊張而微微哆嗦。等我大致翻完的時候，本能地感到背後有種異樣的目光像芒刺一樣扎在我的背上。

一轉身發現方菲正倚在門口，濕漉漉的頭髮披散著，一種幽冷的光澤，目光同樣陰冷，也像一隻聞到災難氣息的禿鷲正準備俯衝過來。

我把日記扔在床上，摸摸自己的臉，發覺自己在笑，這笑肯定很無恥，似乎等待友好的擁抱似的。喂，方菲，別這樣看著我，我只是好奇，更主要是想了解你，你的所作所爲所思所想都讓我牽腸掛肚。我想這樣演說一遍，可最終還是沒說出來。

她走過來，繞過我徑直走到床邊拿起日記，塞進一個抽屜。然後從浴袍口袋裡拿出梳子梳那一頭美髮，接著亞麻色的長絲一縷縷盤結在腦袋上，用一只塑料髮夾固定住。她一聲不吭地做著這些事，沉默中像一個權威的審判官，正等待我主動交待些什麼。

我撓著頭皮，決心開口。很抱歉，我知道了你的一些事情，證實了原先的猜想。看她盯著我，目光冰冷的樣子，我只好精神飽滿地說下去。顯然你碰到了一些問題，當然也不是了不起的大問題。戀愛就是這麼簡單，如果棋逢對手就繼續操練，如果只是一廂情願的單相思那就早早回頭是岸，否則只有沒完沒了的煩惱。愛情是靈魂永久的債務，這話是哪個名人說的？如果對方的靈魂毫不爲你所動永遠不會付清這筆理還亂的債務，那是多痛苦的一件事啊。

我小心翼翼地瞅瞅她，她臉上沒有血色，像隨時會斷氣似的。我意猶未盡決定放膽往下說。夠了！她突然叫起來，渾身像一隻病貓簌簌發抖。你——她用手指我，你以爲你是誰？是上帝嗎？除了一張臭哄哄的花嘴和一副騷骨還有什麼比我更了不起的地方？別打著虛情假意的幌子來滿足你陰暗的窺私欲。

以後——她的呼吸越來越粗，我擔心地瞪大眼睛瞧著她，怕她摔倒在地。以後別再進我的房間一步，你這小偷小摸小癟三。

我黯然失色地走出她的房間，從廚房的桌底下提起阿雅準備的食物袋，灰溜溜地走出家門。

我不明白我和姐姐之間怎麼突然就水火不容了。她是我從小就暗暗崇拜的聰明姐姐，一個文靜的好女孩，可我就這麼惹上她了。

或許我對於生活對於愛情時時有著一種既挑剔又妥協的矛盾立場，對於現實中各種各樣的故事和人物感到厭煩透頂，卻又時不時有著關於追求美和眞的癡心妄想，這兩種極端混在一起就組成一種叫眩暈的東西。

這眩暈一襲擊你的大腦皮層你就想惡狠狠地衝這世界啐一口，而有時這一口會啐到自己所摯愛的人身上，這就是癥結之所在。

【拾參】

舞台四周裝飾著雷諾阿風格的布景，各種彩燈次第亮起，一只燦爛的氖燈把一大圈血紅的光暈投射到舞台正中，像照耀一只巨大子宮。整個迪廳散發出溫暖和腐臭的氣味。

今夜又是一個狂歡節，一個乘著諾亞方舟逃離瑣屑、忙碌、機械生活的機會，一個評選美腿少女的好日子。我精心策劃的這一齣滑稽戲即將揭開序幕，爲此我有著遊戲者特有的得意揚揚的神情。

達達和葛軍他們也都來湊熱鬧。達達穿著精心挑選的一套淺咖啡色休閒服，下巴上殘留著吉列刮鬍刀片刮過的青痕，還噴了我的CD香水。今天他來這兒還有另外一個非常目的，與萬高總經理劉易遠先生商洽廣告事宜。他們那個報社正實行優厚的廣告提成政策，百分之三十呢，至今爲止文藝部就數我幹得最得力了。他曾這麼志得意滿地跟我說。

今天他決心克服自己狹隘的嫉妒心，向那個曾用車送我盡顯闊佬派頭的傢伙顯示精誠合作的姿態，只待時機一成熟就毫不猶豫地從他那兒撈錢出來。

他這會兒就坐在那兒抽著煙，眼睛在鏡片後面微微睞著，一副狡黠、熱烈的神情。

葛軍則有些發蔫，漂亮女孩王一瓊於上個月正式向他提出分手，而在前兩天他偶然在街上看到了前女友挽著一個拿手機、穿名牌、眼神高遠的中年男人走在前面一條橫馬路上，一會兒工夫他們就在他的視野裡消失了。他的腦袋亂得像個馬蜂窩，「人總是孤獨的」這話又一次自然而然地掠過他低沉起伏的腦海。

Are you ready？OK！音樂起來，欲望起來，把清醒留在下腹最幽秘的一小塊地方。姑娘們像褪毛的火雞一隻隻排上前台，大片的肉色在燈光下閃著奇異的光，像自天堂降臨的綺雲。

她們塗著銀唇、黑唇，眼波亂飛，聳著肩膀，連每根腋毛都香噴噴的，或冷若水母或媚如春天，無數條玉腿撲騰雀躍。

音樂越來越狂熱，電吉他和爵士鼓壓倒了一切。我拿著話筒，躲在角落，看台下的男人們激動得雙手亂抓空氣，隨時會暈過去似的。

我做了個手勢，音樂驟然停了。姑娘們安靜地收起羽毛嬌喘聲聲。

我請台下的人做手勢告訴我，第幾號姑娘的笑容最有殺傷力？大多數舉起了三個手指，3號姑娘走上一步，露齒一笑，台下一片叫好聲。服務生過來，給她一張金卡和一支紅玫瑰。

我又問台下哪位姑娘的眼睛最能銷魂？他們舉起了六個手指，6號姑娘走上一步，優雅而老練地飛了幾個媚眼，台下又一片聲浪嘩地襲來，6號也得到了同樣的獎品。

音樂又猛烈地響了一陣，戛然而止後，我宣布下面將選舉產生本次活動的主角，我們的公主我們的小仙女，一位獨一無二的令人激動的美腿少女。男人們尖聲吹著口哨，他們的眼球因為激動而

充滿血絲，他們的褲襠因為等待而鼓鼓囊囊，一種高潮前的不耐煩充斥在整個夜總會的空氣中。

音樂又起來，姑娘們再次扭動身體，踢腿彎腰，痙攣不止。男人們在下面舉著紛亂的手指，關注的焦點集中在4號與10號身上。她們倆又單獨比試了一陣，彼此難解難分，一直到10號女郎一彎腰果斷地脫下一條小內褲飛到觀眾們頭上，結果就豁然明朗了。

10號當之無愧地成為本次晚會的頭牌明星，男人們爭相把那小片黑色玩意兒套在頭上，亂作一團。台上的姑娘們面無表情地盯著下面的人群，10號站在最前面眼睜睜地看男人們為她那玩意兒瘋狂，表情鎮靜，她得到五千元的獎金和一打玫瑰。

音樂又響起來，人群已恢復了正常。我試圖搜尋那條內褲的下落，可它轉眼間就消失了，像泡沫一樣沒入了這縱情的海洋。

10號和她的男友，一個紮小辮子、滿臉橫肉的男人坐在吧台邊安靜地喝酒，我不知道她是否預先在包裡放置了第二條內褲，反正她和男友看上去都若無其事，這種風度讓我愧嘆弗如。她是眞正的歡樂英雄。

達達大步走過來，拉上我往門外走。他說你的戲導演得蠻好，只是有點過了，等著明天公安局的人上門來找碴吧。我沒話好說，和他一起到了劉易遠的辦公室門口。

敲敲門，裡面傳出劉易遠的聲音，推開門，發現狄也在裡面，他打量著達達，浮上一個譏誚的微笑。這笑像砂子一樣硌得我難受，幸好他馬上離開了這個房間。

劉熱情地讓達達坐下來，因為秘書不在，他對我說，只好麻煩你給王先生倒杯茶了。

這事我預先跟他說起過，儘管我一萬分地不情願，可達達的糾纏勁十足，暗地裡讓我覺得他盯上劉易遠不全是爲了賺筆廣告提成費。他總是深信自己的語言天分，可以在口舌交鋒上順利地打擊任何談話對手。

他們交談起來，我坐在邊上有些手足無措。

王先生所在的報社是滬上有名的大報，歷史悠久，我從小就喜歡上面的文章，尤其是副刊文章，對此我很有印象。劉易遠一開始就恭維了幾句。

達達微笑著，表明他的從容得體也表明對這一套看得多了，恭維話只是小小伎倆，他反過來也恭維了萬高的規模宏大，波普風格，布置前衛，經營有方，別出心裁。

劉易遠意味深長地看了看我，說主要是有方小姐這樣的人才出謀劃策，搞娛樂業是要有想像力的，而想像力又是天生的。

達達微笑著，點點頭說對。

他們拉鋸戰似地你來我往，兜了個大圈才切入主題。達達把他們報紙的發行量和在民意調查中所顯示的吸引力頭頭是道地介紹了一遍，這些權威的數據將會對客戶的廣告所需要的影響面提供有力保證。

劉易遠則對外間流傳的萬高營業利潤豐厚、資金實力強勁的說法做了必要的撇清，實際上家家有本難念的經。他說，臉上掛著謙虛誠懇的表情。而達達再一次保證在本報做廣告將是任何企業的明智之舉。

最後他讓劉易遠表示了肯定的意向，但比他預想的遜色一些，廣告只登三個月而且只需一個小角落。然而達達終究還是沒有吃一個閉門羹。這次洽談還是有收獲的。他出來時跟我說。

坐在豆漿店裡的時候我們又突然吵了起來。他認爲劉易遠這樣做完全是買我的面子，從而進一步推斷出我的老板是眞的喜歡上了我。

這事可是你自找上門的，就算他又對我獻了回殷勤，那也是你給的機會。我針鋒相對，寸土不讓。

他臉色陰沉，好久不說話。

以前你還懷疑跳舞的貝貝跟我有一手，莫名其妙地打了人家十幾個電話，現在又拿劉易遠折磨我也折磨你自己，你到底要怎麼樣嘛？我說著把臉湊過去。他伸出一隻手輕輕摟住我，另一隻手緊緊放在自己厚厚的胸膛上。

我愛你，小寶。他語調低緩地說。此時此刻他眼中的柔情和因爲受各種幻想的折磨而微微蹙起的濃眉，讓我的心倏地潮濕起來，還有他那用力擠壓胸脯的奇異手勢。

他總是在恰當的時候用近乎哲學意義上的深刻表情俘虜我，從最初到現在。但會不會嫁他這個問題我已越來越不敢想。我害怕他會用嫉妒而天眞的目光焚燒我一輩子，像一片強大的雲罩住我的自由一輩子，會用那個無與倫比的擠壓動作讓我一輩子不敢做壞女人，一輩子沒有艷遇，一輩子都得疲倦地聆聽上帝的聲音。

【拾肆】

同樣的夜晚，同樣的喧囂與蕪雜。

我戴著一只銀耳環，頂著一頭短髮，雙眼在燈光下閃閃發亮，像一條善於做柔軟體操的比目魚奔騰在音樂的急流中。

音樂換成慢拍，在這間隙，我的貝貝得以苟延殘喘，調整一下肌肉的硬度和血流的速度。

那個患憂鬱症的男人悄無聲息地出現在我面前，他文質彬彬地伸過手來，我沒接這個茬，他就保持著那個姿勢，我一邊給貝貝做眼色讓他去找領班老K，一邊伸過手去，瞧瞧，又碰上了。我乾巴巴地說。他文雅地一笑，然後又恢復了憂鬱的表情。

他的雙頰深凹，眼神不安，嘴角抿得緊緊的。爲什麼會有這麼多盲目狂熱的人？他重複著前幾次那樣的話。一切都如此虛假，他們都是失眠的受害者，都是乏味的空心人，你看到什麼東西在他們頭頂上飛來飛去嗎？

我搖搖頭，這個瘋子的目光讓我一睜悚然。

他也搖搖頭，我也不知道那是些什麼東西。他說，舊人種的生命力一點點褪盡了，而新人種的清醒頭腦卻還沒有出現的跡象，這一切肯定都持久不了，痛苦從來沒有教會他們如何生活，他們已不知道什麼是精神的痛苦，你知道嗎？你知道這一切本質上只是一場玫瑰色的災難嗎？瞧你在音箱上蹦騰得多麼自由自在，可你的眼睛裡卻分明寫著：毫無意義，毫無樂趣，毫無指望，除了厭煩就

是更多的厭煩。但你的身體語言多麼神采飛揚，你是這兒唯一有點意思的人。

他陰鬱地說完，向我做了一個貴族式的鞠躬，繞過正聞訊趕來的老K，慢慢沒人面目不清的人流。

這個瘋子，老K搖搖頭。我點了一根煙，煙霧使我有種幻覺，在這紊亂的畫面中，那個瘋子是一個誠實的影子，之所以讓人感到不適，是因爲人們害怕墮入他的虛空中去。他說了眞話，所以被認定是瘋子。

可是他憎恨荒淫的人群卻又常常混跡其中，這種自相矛盾的舉動包含著一個宿命的悖論，而這種悖論在我身上也能找到影子，我說不出這到底是什麼東西。

關於這個憂鬱男人的思考使我長時間提不起精神，音樂再次轟響的時候我沒上去，只有貝貝一個人在那兒跳。

我抽著煙喝著龍舌蘭酒神情萎靡地坐在吧台邊，腰裡的Call機無聲地振動起來，我解下來掃了一眼，略略有些吃驚，是方菲打來的，這會兒已是深夜十一點半了。

跑到門外的投幣電話那兒往家裡打了個電話，方菲的聲音很鎭靜，她也顧不上對我的積怨有多深，一連聲地叫，小寶，小寶，喂，是你嗎？我說是我，出什麼事了？

她說阿雅突然肚子疼，疼得很厲害，從床上滾到地板上，扛都扛不動，得馬上送醫院啊。她說話的聲音有些結巴。我迅速地想了想，讓她再堅持一會兒，馬上會有車到樓下接阿雅的。

擱下電話我又打了葛軍的Call機，平時我得想好幾遍才能記起這個號碼，這次卻非常順利，他

回電也挺快，今天是周末他沒出去幹活，正躺床上看書。我讓他趕緊起來，發動車子上我家去。出事了？他的聲音一下子驚覺起來。我母親肚子疼得滿地打滾呢，兄弟幫忙手腳利索些快送她上附近的華山醫院，她的性命全拜託你啦。他知道我家的地址，一口答應了。我放下電話，擦擦額頭上的汗，暗自感激這傢伙的一份古道熱腸。

我給達達打了個電話，他也正躺床上看書，最近這段時間他總是失眠，失眠使他更好學，一部部地閱讀中外重要學術著作。我說今晚我不回去了，阿雅生病了，待會兒得去醫院陪著。

他唔了一聲，這種鎮靜的口氣讓我覺得他對此事漠不關心。幸好你還不是她女婿，瞧瞧你那副無動於衷的樣子。看你的書吧，我說著要掛電話。他連忙提高嗓門說，哎小寶，你別生氣啊，我主要是覺得跑到醫院去只會讓她的病情加重，因為她一看到我肯定氣不打一處來，不過你要是想讓我去，那我就去。他口氣堅定地說。

算了，你也好好休息吧。我把電話掛了，往劉易遠辦公室跑。他在裡面，正閉目養神。我說我得請假了。他看看我臉色，問出什麼急事了？我點點頭，我母親病了，得趕去醫院。他連忙說，要我用車送你嗎？這話讓我心裡暖暖洋洋的，我對他笑了笑，說不用了。他固執地一把抓住我的胳膊，走吧，快點。我送你到醫院門口。

車子開得飛快。不一會兒，車子開到華山醫院門口，我打開車門，他輕輕拍拍我的肩，說不會有事的。我微笑著謝了他，轉身走進急診室大門。

服務台的一個護士正在打瞌睡，我費了好大勁才打聽到阿雅躺在哪個房間。走上樓梯，走過長

長的通道，找到那個房間。推開門，阿雅正躺在一張病床上，方菲坐在床邊，葛軍則站在床尾，我進去的時候，他正跟方菲有一句沒一句地說話。方菲心不在焉地坐著，看到我進來站了起來。她說診斷下來是急性膽結石，剛給阿雅打了幾支針，可能是杜冷丁之類的。

這會兒阿雅安靜下來了，雙目緊閉，看上去蒼老、虛弱，像片紙一樣單薄。這副病容讓我心裡一陣輕搐，風風火火的老阿雅倒下來了。

一會兒一個護士進來給她量體溫，我問她什麼時候可以動手術。她說過了今晚。我又問為什麼今晚不能做，不是有值班醫生嗎？她一聽，冷冷地盯了我一眼，醫院有醫院的規矩。

我還要說什麼，葛軍連忙過來推開我，臉上掛著笑，把護士拉到門外窸窸窣窣地說了好一會兒，然後他走進來，低聲說，再過半小時就可以進手術室了。

方菲吃驚地看看他，問他怎麼回事。我卻已多少明白了剛才他們在門外談了些什麼。他塞了八百塊錢過去。那護士還假正經了一會兒，然後就落落大方地收下了。

方菲連忙說那怎麼好意思呢，葛先生，你瞧……葛軍打斷了她的話，叫我葛軍吧，反正小寶跟我很要好，伯母也幫過我的忙，他指指自己的牙槽，用不著太見外。我微微一笑，這事上他做得挺得體。

【拾伍】

阿雅過了段時間出院了。當天又是葛軍來接的。

她恢復得很快，連頭髮都獲得了幽亮的光澤。在家裡她又躺了幾天，那幾天我和方菲輪流在家照顧她，在廚房裡磕磕碰碰地練了好幾天，我居然也練就了一手廚藝，雖然有些蹩腳，可阿雅喝著我的湯吃著我燒的鯽魚卻心滿意足。方菲雖也是新手，做出來的卻比我好得多。

在這時間裡，母女三人似乎已達成了某種默契，大家都不談以前的事。

我不知道這是不是因爲阿雅的病帶來的暫時性的休戰。阿雅死氣沉沉地躺在病房的那種情景始終印在我的腦海裡，使我再一次意識到生命的脆弱，意識到這個作爲母親的女人的確已經衰老，已經變得脆弱。而我們卻還年輕，正在日益強大，作爲與之鬥爭與之對抗的那層權威意義上的阿雅已經逐漸遠去，在失去這種叛逆的根基與對照物的同時，我們正愈來愈本能地把一種憐憫和笑容給予我們的母親。

阿雅去醫院復查去了，臨走前分派給我們一堆家務活。

這會兒，我和方菲赤腳站在浴缸裡吭哧吭哧洗一條床單，家裡的洗衣機壞了，我們只好在衛生間埋頭苦幹。洗完之後又一人拉住一頭左右用力把床單擰乾，拿到陽台上晾出去。

忙完這一些，我們很難得地坐在陽台上。逐漸西沉的太陽把淡而又淡的陽光灑在我們的藤椅上，灑在方菲清爽芬芳的長髮上。那頭髮閃著令人感動的七彩柔光，我輕輕地摸了摸那些青絲，它們像有生命的小精靈一樣在我手掌心留下癢酥酥的溫情。她動了動嘴角，露出一個不易覺察的微笑。

我不經意地問她一年後讀完博士學位會幹什麼。她想了想，很可能留校任教。我又問了些讀書有不有趣之類的傻問題，她帶著寬容的笑意耐心地做了回答。她覺得讀到這份上不是有趣不有趣的問題了。事實上，這是一條她自己選擇的路，她正在路上，除了往下走別無他法。也許她只剩讀書這一種本事了，不像你，她說著，頗有深意地看看我。

我不知道我又有什麼本事，她指的可能是我比她更有放任自流的勇氣，更有隨意行動的自由，比如說，我在職業這一敏感話題上表現得一直很「瀟灑」。

我笑了笑，問起她那位教授怎麼樣了。這話肯定挺唐突，她收起了笑，臉色陰沉下來。盯著她的眼睛，我試圖找到她內心活動的更多反應，我看到的是一種無底洞般深的井裡搖晃不定的痛苦神情，隔著鏡片那神情迷迷茫茫。她不再說話了，只轉過頭凝視著西天上的太陽，一動不動。

她坐在夕陽逆光中的沉默姿態吸引了我。我也一動不動，心裡想，這就是姐姐第一次的愛情，沒有敘述的自由，沒有常規的出路，似乎連夢幻都沒有。

晚上，葛軍提著水果抱著一束鮮花來看阿雅，一口一個阿姨你氣色多好，阿姨你以後多休息有什麼體力活儘管叫我。阿雅笑眯眯地看著他，說了許多客套話，不時讓我給他添茶水。

他坐在那兒，模樣可人地說了一個又一個笑話，大多是他跟乘車的顧客聊天時聽來的，不乏市民氣，甚至有些惡俗，一向口味清高的阿雅一方面容忍了這些笑話一方面卻也被小伙子的良苦用心

所感動，不時笑出聲來。方菲也走了過來，靠在門上，聽到不解的地方，就問這是眞的嗎？這都是可信可不信的，不過這社會千奇百怪的事多著呢。葛軍說。是啊，阿雅附和著，像你這種長年躲在書齋裡的女孩聽了這些事當然覺得不可思議了。方菲笑笑，聽了一會兒就走進自己房間看書去了。

我一直在客廳裡看電視，一看牆上的鐘，已經十點多了。一會兒葛軍也告辭了，他周到地跟母女三人一一道別。阿雅說，以後有空就來說說話吧。

【拾陸】

達達因爲患失眠症，夜夜博覽群書，同時開始吃起大劑量的安眠藥。我反對他這麼不加克制地呑食那些白色藥丸，他表面上答應了，可我能覺察他有時偷偷地在浴室裡一片片地呑藥。

他在床上輾轉反側，在席夢思上發出輕微的磨擦聲音，更糟糕的是，即使睡不著也會發出沉重的鼾聲。我一踢他他就說怎麼啦？怎麼啦？

怎麼啦？你妨礙人家睡覺了。

他就只好嘆嘆氣，碰到這種時候他就會主動提出睡沙發，同時找出一副小耳塞給我，那耳塞是他的一個朋友發明的專利產品，淡綠色，柔軟，用隔音性強的材料做成。

如果我順利地進入了夢鄉，他又湊巧在黑暗中睜著眼感到孤獨、煩躁起來，就會再次爬上大床，毫不留情地推醒我，說要聊天，如果我說見鬼，什麼時候了？他就會提出另一個要求，然後使

勁地吻我。

他相信性愛是治療孤獨和失眠兩大病症的良方，那些像蟑螂一樣焦躁不安的人們很大部分在性愛上存在這樣那樣的障礙。他的這一套「性本論」雖然反映出他內心的虛弱，卻也多少閃爍著真理的光芒。看在在這種深夜時分常常伴隨著肉體的極度歡樂而出現的心靈獨語的才華上，我才能理解他，接受他。

他伏在女孩起伏不平的鎖骨上，沉重地喘息。有時他會俯在上面進入睡眠狀態，像一隻無枝可依的大鳥。

在感覺不到生活的潛流通過秘密的地層向前湧動的時候，一種類似飄浮的幻覺會影響我的身體。隨之出現的生理反應就是太多的話，嗜好吃巧克力和其他高熱量的食物，沒完沒了地睡覺，躺在我美麗的床上就像飄在柔軟的雲朵裡。我會在半清醒的狀態做一些充滿寓意的夢，紅色，黑色，長長的機場跑道，無人的房間充斥於夢中，似乎代表著某種不安的預感。我說不清這跟什麼有關。

在一個下午，當我捧著ELLE半夢半醒地躺在床上的時候，達達設法讓我答應陪他去見一對夫婦。那男的是他大學裡的同學，和妻子一起剛從美國回來，意欲在上海開設一家心理診所。達達又蠢蠢欲動，想在這事上插一腳，有關合作的事正在洽談中。

我不想去，我說。在床上轉了個身又閉上眼睛。

他耐下了性子，說了一大堆有關我倆的共同未來有關生活終極意義的道理，再三指出我的出席將會對氣氛的營造起相當大的作用。特別是羅太太聽他說起我後很想見我。他說。

我的腦袋暈暈乎乎的，達達的說教絲毫沒有感染力，尤其是他似乎把我當作了某種調節氣氛的清新劑，或者是標誌性的時髦擺設，這讓我覺得討厭。我要睡覺。我咕噥著。

你整天睡個沒完，像孕婦似的。他不懷好意甚至是惡毒地來了這麼一句，因為他知道這話能像一枚針一樣刺激我。我跳了起來，你說什麼？他連連向我道歉，扮出各種各樣的可憐相說他總是那麼那麼地離不開我。最後我答應跟他出去，因為我突然很害怕賴在床上眞地像一個孕婦。

等我化好妝穿好衣服的時候，時間已經很緊了。從Taxi下來，走進咖啡吧，那對夫婦已經坐在那裡了。叫了飲料，一番寒暄過後，接下來的就是一場乏味的談話。我坐在一邊，忍受著那個羅太太奇特而直露的打探目光，羅先生摻雜國語、英語、滬語像難吃的三明治似的洋濱涇腔，還有達達那忙碌而愚蠢的手勢。這一切讓我的腦袋直犯暈。

方小姐，你不舒服嗎？羅太太突然問我。我勉強笑笑，點點頭。要緊嗎？達達輕輕摸摸我的肩膀。我一隻手撐住我那像灌了水銀似的腦袋，喉嚨裡泛起一股股噁心味兒。

我用眼神暗示達達我想回去休息了。但他居然毫不領會。喝點冰的東西，也許會好點。他說著向侍者招手，然後繼續滔滔不絕地與他的老同學周旋。上海的經濟形勢，成功人士所承受的心理壓力，診所將面對的顧客群，以及明智的開業地點。這些詞匯帶著蒼蠅的嗡嗡聲不停地打擊我的神經。我的指甲緊緊地釘住掌心，意識到我已漸漸地臨近某種神經質發作的邊緣。此時此刻，身邊這個利欲熏心、竭力賣弄的男人離我萬般遙遠。

我匆匆起身走向盥洗室，在打開水龍頭的一瞬，我嘔吐起來，不停地嘔，直到喉嚨空空地抽

搐。

不知什麼時候，達達闖進了女廁跑到我身邊。他吃驚地看著我，小寶你眞的生病了？我迷迷茫茫地看了他一眼，眼前一黑，身體失去了平衡。在倒下的一瞬，我聽到達達發出一聲奇怪的呼叫。

當我睜開眼睛的時候，一股來蘇水的味道刺激了我的鼻腔，還有那白色的牆，白色的床，和有些骯髒的百葉窗，我正躺在一間病房裡。

達達坐在我的身邊，眼巴巴地看著我，眼裡隱約有淚花閃爍。小寶你終於醒了，他使勁地捏住我的手。一會兒工夫，我知道自己還要做一個手術，因爲我懷孕了，聽起來十分可怕的子宮外孕。

他說還沒來得及通知我的家裡人，他承認突然失去了某種勇氣，因爲不知道如何在我的病房裡面對我的母親。他說他如何地擔驚受怕，我流了很多血，他的心好疼，從未有過的疼。他沒有照顧好我的日常起居，我是那麼虛弱，還抽那麼多的煙，他也從來沒提醒過我應該注意生活的條理性，反過來他還經常拿一些煩心的事來打擾我。我們的生活是有一些問題，比如說，有些紊亂，比如說這次不應該出的意外。這都怪他，他是男人，卻沒有給我一個堅強而理性的支撐。他心疼極了，看著我像一個紙娃娃似地躺在病床上，爲他犯的一個錯誤而付出代價。

他滔滔不絕地說著，眼淚汪汪地狂吻我的手，我的腦袋像炸裂般地無序而疼痛，從他的手掌裡抽出我的手，在他的臉上死命地抽了一下。

叫我母親來，然後你走。我的喉嚨抽搐著，用力抑制著哽咽聲。這會兒的我幾乎失去了所有意志力，那些從我最隱密的地方流出來的血，那個在我最脆弱的地方滋長的小毒瘤，啃嚙我的血肉，吞噬我的養分的小毒瘤在一瞬間摧毀了我那嬉皮士式的勇氣和作爲一個「酷」女孩的自信。

對於我的身體將不復完整如初的恐懼從腳底心淹上來，淹到了我的脖子。我不知道這會對我原本就虛弱的身體留下什麼樣的後遺症，我不知道以後我還能不能順利地要一個孩子。我到底想要怎麼樣我不知道，我只知道我的腦袋轉個不停，陷入一種錯亂。

阿雅來的時候，我哭出了聲。在她的懷裡我像個膽小不經事的孩子一把眼淚一把鼻涕。一直到進手術室的時候我還握著她的手不放。她表現出超常的冷靜，保持著微笑。說著沒事沒什麼問題很快就會過去之類的話。

冰冷的鉗子在我的子宮深處像條蛇一樣肆虐攪動的時候，我進入一種幻夢狀態。我看見我的身體毫無生氣像一堆塑膠製品一樣平攤在手術台上，一些白色的沒有面孔的人對我的肚皮敲敲打打，任意宰割，我聽到皮肉發出布片撕裂般的聲音，喳喳喳，甚至，還有孩子發出的哭泣聲，這種神秘的死亡之音就來自於我破碎的子宮。於是我找不到自己的身體，不清楚自己是誰。

這種刺激而冰冷的狀態一直持續到出院那一天。

我在阿雅的攙扶下走下台階，我注意到自己步態古怪，像一把柄端被弄壞的折扇。因爲我身體的中心開了一個血窟窿，我的心臟和我的愛情在往下掉。我想我是一個膽小鬼，身體上的磨難會讓我的心跳和愛情消失。這一點上我比不過那些勇敢的以踐踏身體爲職業的姑娘們。也許很多人待別是男人不能理解這種生理上的恐懼症，之所以不能理解是因爲他們的名字叫男人，而我是女人。

我們走向路邊的一輛Taxi。在鑽進車子的一瞬間，我發現達達飛也似地朝我跑過來。他叫著我

的名字，左手提著很大一包東西，右手高高地揮動著一束花。阿雅敏捷地關上車門，車子一溜煙似地跑起來。

我轉過臉看車窗外那燦爛的陽光，陽光下的行人、樹木、店鋪，它們都用奇異的姿態閃閃發亮。

我閉上眼睛，看到那個被車子遠遠拋下的身影。他肯定一動不動地站了好久，那些沒忍住的閃閃爍爍的淚花使他像個瀕臨消失的雪人在太陽下散發出白色的悲哀。是的，白色的悲哀。

【拾柒】

接下來的日子裡，我整天萎靡不振地躺在床上，也很久不去上班了。阿雅坐在我的床邊，十分耐心地看著我，不時地摸摸我的頭髮。女兒啊寧可相信一個乞丐的胡說八道也不要相信一個男人的花言巧語，這話又一次在我腦子裡像首歌一樣閃了一遍，這並沒有給我帶來過多悲劇性的聯想，只是再次攪得我心神不寧。

剛剛發生在我身上的這事的確不算大，在我靜心看來它充其量只是一種開端、一種經驗而絲毫談不上「災難」、「不幸」這種概念。只不過它讓人覺得有股空洞洞的霉味，一股噁心味兒。眞的，我的的確確被一股來自偉大子宮的霉味嗆得十分厭煩，主要是對自己厭煩。

阿雅燒了烏骨雞湯、鴿子湯、鯽魚湯，這些湯把我的肚子撐得鼓鼓的。飯桌上她小心翼翼地問

我有什麼打算。什麼打算？我反問她。

她有些氣惱地看看我，眞截了當地說，你跟那人打算還混下去嗎？

我低頭喝湯，不想回答這個問題。事實上我自己也不清楚到底該用何種形式處理我跟達達的關係。我並不討厭他，可也談不上有多依戀了。

我陷入了灰色低谷，日益消瘦日益挑剔，不再打哈欠也不再說一句平庸的話。

方菲建議我去看看心理醫生，她們學校開了一個收費低廉的心理諮詢中心，如果拿了她的學生證去看病的話收費幾近於零了。她的態度挺認眞，我卻不置可否，連高智商的姐姐都說這樣的蠢話。

一個晚上，電話鈴聲驟然大作，阿雅接了，是一個男人，找我的。她問他貴姓，那男聲咳嗽了幾聲，說姓王。阿雅讓他等著，跑進我的房間問我要不要接電話，是達達的。我想了想，就從床上起來了。

達達有些激動。小寶，喂小寶你還好嗎？恢復過來了嗎？

還好，我說，聲音低而淡，提不起精神。

他咳嗽起來，小寶，你別讓我擔心好不好？你的聲音聽上去多麼陌生。

難道還要我唱歌似地跟你說話嗎？我有些生氣。

小寶，你知道我這人挺傻，不夠出類拔萃，總是輕舉妄動，毛手毛腳，可我是個好人哪。

這最後一句話曾是他最早在雲夢賓館跟我套近乎時的開場白，這會兒用上卻讓我覺得不倫不

類。

我愛你一直愛得死去活來的，別用那事做藉口把我涮了。他嗓音嘶啞地說，一邊用力咳嗽。我不說話，讓自己麻木得好像剛剛折斷了一條腿，麻木可以比傷感更容易對付些。

我能沉得住氣，他換了另一種口氣，你可以暫時疏遠我，只是別太久，我還是想娶你。

這話讓我想笑，這時候又說起婚嫁之事就像往你手裡塞一個燙山芋。此時此刻我一點也不想聽這種事，只想藍天、大海、陽光、絲綢、羽毛、鐘聲、祈禱、死亡之類輕飄飄而又沒有生命的玩意兒。

他還說了些什麼我沒聽進去，我只能感覺到他的拳頭像捲心菜似地緊緊握著，上面青筋暴突，一個可以預見的彼岸已經隱約浮現在他眼前，可他還帶著病容緊攥著一只電話筒，相信他自身的意志力能幫助他渡過難關。

電話終於掛斷了，我出了一身虛汗，阿雅心疼地遞過一塊熱毛巾，瞧瞧，身體變得這麼弱，以前那些通宵跳舞的活把你折騰壞了，現在藉了這個由頭都一下子總爆發了啦。

我在床上重新躺下，很快就睡著了。電話鈴又把我驚醒，聽見阿雅的聲音。她嗯啊了幾句，走到我房間，做了個手勢，是你們老板，她低聲說。我迷迷糊糊地起身，走到客廳裡，話筒裡傳來劉易遠的聲音。他的聲音挺親切，問我身體怎麼樣了。

我說還可以，過幾天就可以上班了。他連忙說不著急，養好身體才是重要的（他並不知道我到底是什麼病，因爲我請假時說得挺含糊）。

我又謝了他，心裡浮起奇異的暖潮。這個男人不管怎麼說，都還算是得體有禮的，雖然對他的內心世界我一直毫無感覺，像隔了扇門似的。他的確是座新大陸，迥異於我所熟悉的達達式風格。

【拾捌】

我又開始在萬高上班。

我已經成爲那兒的金牌DJ。劉易遠再一次爲我加了薪。而我依舊帶著莫名的厭煩在燈光下在德國戰車般推進的音樂中把自己的身體肆意肢解、拋棄、鞭笞。你瞧我才二十出頭，可已沒有年輕孩子特有的趣味，像一隻厭煩的捕鼠夾存在於世。

阿雅指揮著幾個裝修匠把我的房間重新布置一遍。牆壁刷成葡萄酒似的爛紅色，天花板上是一大幅森林、溪流、小花的噴漆畫，更糟糕的是窗簾從黑色換成了薄薄的淺灰，尼龍紗上描著些輕飄飄的長翅膀的天使。

這些是她向一個略通心理學的朋友諮詢而來的辦法，據說有助於治療輕度厭煩症。幹著這些毫無益處的技術活，她顯得從容不迫、固執而富愛心。

我無可奈何地聽從她的擺布，把從那小屋裡搬出來的衣物整齊地放進了重新油漆過的衣櫥抽屜裡。

事情自然而然地發生著，無論達達如何氣憤、威脅、悲傷、悔恨或溫柔都對這種發展產生不了多大的影響。因爲凡事都在像萬花筒般變幻不定。

達達，那位昔日的詩人如今的酒鬼反反覆覆地糾纏於一個問題，人能不能重新得到失去的東西，比如愛情和信任。有理智的人都會說不能。

他打了一個又一個電話，有時凌晨二三點鐘的時候都能被他的電話驚醒，除了知道他徹夜不眠以及這種失眠造成對我家人的騷擾，我別無感想。

他有一回甚至失聲痛哭起來，說小寶啊小寶，我再也不會像愛你一樣去愛別的女人了，我已失去了愛的能力，失去了曾經有過的天堂。我更情願接受你的死也不願你這樣的離開。我完蛋了。

他的話像可怕的子彈一樣打在我的心上，我茫然失色，不知道這種局面是如何造成的。他那種瘋了般的哭泣和清晰的思維同樣可怕地折磨著我脆弱的神經。

如果說前些日子還有種與他破鏡重圓的幻覺的話（看在上帝的份上，我們曾經那麼長久地相愛），那麼他的騷擾電話徹底斷絕了我的幻覺。

阿雅決定去南方住一段時間，她有長長的一個工休假，正好可以用來南下探親。預先給父親打了個電話，說明具體啓程時間，到時由老頭子在那兒迎駕。

老頭說他的一顆後牙爛了，牙槽腫得老高，讓阿雅多帶點藥水藥丸去，還有他挺想念上海的五香豆、開口鬆子和美國榧，問能不能捎帶點過去。阿雅笑起來，嗔怪地對著話筒說，行了行了，饞得跟小孩似的。

放下電話，她神情愉悅地在幾個屋裡走進走出，順手撣撣沙發上的細塵，拍拍被子，拉拉窗

簾，剛剛還說老頭子，這會兒自己也成了一個快樂的老小孩。

臨走的那天，她囑咐我和方菲互相照顧著點，有什麼事一起商量著做，可別在這兩個月裡興風作浪的。方菲瞅瞅我，我也看看她，沒說什麼話，一人提一個旅行箱，把阿雅送上出租車。去機場，我對司機說。阿雅不放心地看了我一眼，但也沒再說什麼。車子一溜煙地跑了。

送瘟神。方菲輕輕地嘀咕了一句，沒把我逗笑，她自己卻微微笑起來，看上去神清氣爽，再仔細一打量，她似乎比以前漂亮了，眉毛似乎修飾過，皮膚富有光澤，嘴唇紅潤。

她奇怪地看著我，有什麼不對勁嗎？我連忙收回打探的目光，沒什麼，覺得你今天特別漂亮，是因爲送走了瘟神？她搖搖頭，我也沒再吱聲。

兩人一前一後往家走，爬上樓梯，她一邊掏鑰匙，一邊說，小寶，你可不能這樣萎靡下去，再談次戀愛吧。

我有些吃驚地盯住她，她溫和地笑笑，甚至還伸手摸了摸我的一頭亂髮，這些天它們像荒草一樣自生自滅。我被她的笑容和她手上的溫度要命地感動了。

晚飯她掌廚，像阿雅一樣爲我燒了滿滿一桌好吃的。我們聽著唱機裡ISAAC STERN的小提琴協奏曲，在一種默契的氣氛裡胃口奇好。我試圖問她與教授之間有何進展。可想了想把話咽回去了，因爲不想再用這種不討人喜歡的話題破壞我跟她之間像蟬翼一樣薄的和諧。

飯後我們把碗筷往洗滌槽裡一堆，坐在沙發上看無聊電視。方菲不停地看牆上的鐘，出於直覺我想她在等什麼人。大約八點的時候，電話鈴響了，方菲跑到另一個屋裡去接，她的拘謹讓我覺得好笑，看來又有好事上門了。

她在那個屋裡低低地說了會話，然後走到客廳裡來說她得出去一趟。我懶洋洋地看她從這屋跑到那屋，找髮夾，找絲巾，找乾淨手帕。然後躲在衛生間裡鼓搗了好一會兒。

我禁不住站起身走到衛生間門口想看看她幹得怎麼樣了。她正緊張地眯著眼睛塗眼線，因爲近視的緣故，動作很費勁。

讓我來吧，我說。她沒有表示異議，柔和的鏡子頂燈照耀下，她仰起光裸的臉就像一朵遲開的奇異的向日葵。我則使用魔術般的顏料在上面增光添彩。那孩子般的羞怯和幼稚使她在一刻變得分外美麗起來。

她渾身上下收拾得整整齊齊出了門。

我掀開一角窗簾看著樓下，那兒亮著一盞門廊頂燈，一棵梧桐樹掛著稀疏的黃葉在燈光下投下深邃的陰影。

方菲在門口出現了，她稍稍佇立片刻，一輛車子悄無聲息地停在她面前，車裡面的人並沒有探腦袋好讓我瞧個明白，但我已知道他是誰。這是一輛頂燈偏右歪斜的紅色桑塔那TAXI，方菲鑽進車內，車子輕快地滑行起來，一會兒工夫就沒了蹤跡。

我坐回沙發上看電視，一根接一根地抽煙。不多久，我也跑了出去攔了輛出租車，一路駛到萬高。一看到那幢摩天大樓上像楊梅大瘡般的霓虹燈高高地閃耀著，我那一顆被孤寂所驚擾的心就立時平靜下來。夜晚正在像母狗似地騷動，一切都正常極了。

【拾玖】

正靠著吧台休息的時候，我發現達達朝我走過來。

他像一位從古典戲劇舞台上下來的人物一樣穿著寬大的灰撲撲的黑色斗篷，頭髮鬈曲而雜亂，滿臉滿腮的黑毛，五官都罩著一層死氣沉沉的鉛霧，惟有那副樹脂鏡片在燈光下閃閃爍爍。

他噴著酒氣，擺上一副墮落的笑臉，嗨，小天使。

他說著伸手抓住我的胳膊，因為用力過猛，我聽到骨頭在他的掌心吱吱嘎嘎作響。內心的恐怖使我渾身冰冷。

他的表情茫然起來，一把甩開我的胳膊，我恨你，他靜靜地說，眼珠一眨不眨。

我四處張望，希望貝貝或老K他們能注意到我的困境。

你讓我嘗到了天堂的滋味現在又一腳把我踹進地獄。他說。一隻手神經質地擠壓胸膛，另一隻手卻在摳著骯髒的鼻孔。

憑我的智商我可以當外交官，可我現在卻欣賞扮演一個白癡的角色，不，你不能愚弄我。他停下來，死死盯住我，說話呀，以前你是成天嘰嘰喳喳的小麻雀，現在卻用沉默來侮辱我。說話呀，說你還愛我，即使是謊言也行，說你會嫁我會一輩子跟定我，說你渾身上下從頭髮到腳跟連屁眼都他媽的屬於我。

他的雙眼通紅，像箭頭一樣直指我的脆弱的咽喉。沉重的喘息，墮落的下巴，毒蛇的怨恨，混世魔王，這一切要了我的命。

瞧瞧，他哈哈笑起來，還會哭，嗯，這眼淚算是什麼名堂？還愛我？嗯？還想著我們的孩子那個鉗出來的血骨朵？他凶惡而激情澎湃地笑著。

老K領著幾個保安衝了過來，一把揪住他的胳膊，不知誰死命地往他腦袋上砸了一起，讓這狗娘養的清醒一下。一個人說。

他們吆五喝六地把那瘋子推出門外，又推進廁所，把他的頭揿在水龍頭下澆了足足十分鐘。那瘋子起先還能破口大罵，後來就只有低沉的嗚咽聲了。

一種絕望和無法得救的虛弱從我的腳底心蒸騰直上，達達的臉像電影蒙太奇鏡頭在我眼前升起倒下，倒下升起。那個男人已經踩碎了我柔弱柔弱的心。

一瞬間我不知道還有什麼東西能讓我抑制胃部泛濫起的厭惡。

我嘔吐起來，帶著絕無僅有的厭惡感。

我被人扶起到了外側的休息室。劉易遠趕來了，他讓人拿來熱水和毛巾，然後又支走了他們。

我躺在那兒，因爲胃部的刺痛而氣息奄奄。

他一聲不響地看了我一會兒，然後我感到有隻手在我頭頂上輕輕地摩挲，一會兒又移到我的臉、鼻子、下巴、嘴唇。此時此刻，我似乎比任何一個嬰兒都無助，這溫暖的撫摩讓我淚眼朦朧。

屋內很安靜，這安靜鎖在漫漫的黑夜裡格外值得珍惜。

他的臉俯得如此之低，臉上刮得乾乾淨淨，沒有缺點沒有困惑。那昂貴的科隆香水味彷彿粘在小昆蟲的金色羽翼上，柔和而神秘地一陣陣飄來。

而他的沉默更有魅力。

我以小孩子的方式在他的撫摩下輕微地抽噎著，那些眼淚無疑也使他備受感動。我們之間出現了寧靜而高貴的氣氛，情欲暫時受阻於古典式的溫情。

我眞的不能肯定我對這個男人的存在有多少清晰的意識，在一種心不在焉的狀態中我已接受了他奇怪的吸引力，在他的注視下我飄飄然然。

吻吻我。我微弱地動了動嘴唇。但他保持著那個俯視的姿勢，嘴角掛著善解人意而又含義無限的笑。

我閉上眼睛，呼吸著無意義的空氣。在我快要沉沉睡去的時候，他低下頭，我感覺到了嘴唇上急風驟雨式的擠壓，帶著戲劇性的激情，舌頭像金花魚似地糾結在一起。一股海底裡升起的淡腥味讓我酩酊大醉。

千篇一律的肉體和姿勢，唯一不同的是它們的名字。趙錢孫李周吳鄭王，窮鬼闊佬老的小的，我們從一個異性走向另一個異性，一次次完美的起承轉合，構成喜新厭舊的歡愛旅程。

門「碰」地一下推開了。秘書來通告舞廳裡發生了大規模的鬥毆，公安局的人都來了。

這個戴一副眼鏡的文靜姑娘一邊斷斷續續地說著，一邊使勁掐自己的鎖骨，似乎被眼前的場景震得暈頭轉向了。這情形變得有些令人難堪，因爲我無法笑著向那姑娘招招手，說嗨，請別打擾，而那女人也不會抱歉地說對不起，請繼續。

你瞧，聖誕節快到了，而我們卻沒有幽默作禮物。

【貳拾】

聖誕那天，漫天的大雪適時降臨。

葛軍邀請我和方菲一起去他家參加一個Party。顯而易見他一直是個熱衷於搞Party的傢伙。這次聖誕Party方菲接替她的前任成了主角。我得承認，他們戲劇性的戀愛是這年冬天我見到的唯一富於生氣的生活事件。

我謝了他，因爲萬高也有一個晚會我得張羅，完了以後夜總會內部還要搞員工聚餐，憑直覺，我知道這個晚會將是我在萬高幹的最後一宗活。

我趕在一家小理髮店關門前走了進去。因爲沒帶傘，渾身黏滿了白花花的雪片，雪片不停掉落在我美麗的義大利小皮靴上。我跺著腳，拍著衣服，一身黑色皮裝上冰冰涼的水珠和金拉鏈讓我感覺很糟，無形的寒冷滲入我的心尖。

這將是我最後一次也是蹩腳的一次當眾表演了，說不定還會砸鍋。我一邊感覺著冰涼的剃刀在我頭頂上來回刮動，一邊傾聽觀眾們在台下大聲地吹口哨，如果塞給他們一打雞蛋，他們就會毫不留情地朝我腦袋上無情地砸來。

我朝鏡子裡的人冷酷地眨了眨眼睛，那人的腦袋瓜光可鑑人，像八號保齡球一樣引人入勝。我終於剃了一個光頭，我必須剃光頭就像靈魂必須經歷煉獄，這裡一樣簡單也一樣有噱頭。

當然這是我作爲一個藐視群雄的金牌DJ夜夜嚎叫的唱片騎士黯然謝幕前所應該具有的浪漫姿態。

剃了光頭的女孩就是一個浪漫至極的雜種。

而我用這副自決於俗世的光頭形象穩住我無比虛空的內心。

這音樂有點兒瘋癲，我也有點兒瘋癲。

我把《智取威虎山》、Hole、《沙家濱》、Iggypop、《紅燈記》、U2的曲子弄得七零八碎然後拼湊起來輪番轟炸。文革有文革的搖滾，歐美種馬有歐美種馬的搖滾，統而言之都是偉大的白日夢。我承認這瘋狂使我更有天才味兒也更了解生命的意義。我甚至跑下了舞台在人群中轉悠，隨著音樂的節奏對著人群左右開弓。看在音樂的份上，他們沒有表示更多的異議，因爲拳打腳踢也是搖滾樂之精髓。

一切都結束了。

當我像條渾身抽筋的冷狗一樣走進員工聚餐會的大廳時，一個風姿綽約、貌若天仙的女人猛地衝過來，用富有表現力的手勢打了我一記耳光，同時一杯上好的法國干邑也灑上了我的漂亮臉蛋。那是總經理的夫人，是她的父親一手提拔了她的丈夫，她不能容忍丈夫有任何背叛她的蛛絲馬跡出現，也不能容忍試圖勾引她男人的小騷貨。

恍恍惚惚中，我周圍的人群如潮水般湧動著，當中像隔了一層玻璃，他們看著我像看著櫥窗裡

粉碎於地的石膏模特像。

夜氣冰涼如刀，夜雪漫舞紛紛。我走在路上，積雪在靴子底下發出吱吱嘎嘎的吟唱。我冷靜地想著許多發生過的事，同時也冷靜地思考下一步如何謀生。

【貳拾壹】

阿稚的電話是在一個融雪的日子裡打來的。雪一絲絲地化了，街面上漸漸露出黝黑、不平的瀝青，像瘡疤似的。

她聽我說完剃光頭和辭職這兩件事後，出乎意料地顯得平靜。她只是嘆了口氣，說我還是沒聽她臨走前說的話，還是很衝動又自作主張。好好的小女孩照理都有一頭健康整潔的頭髮，偏偏你頭上長角，非得剃得一根也不剩。她又說起她年輕時走起路來一根又長又黑又油的辮子一跳一跳的神氣勁兒。我忍不住笑起來，這個老阿雅總是這麼懷舊。聽起來她對辭職這件事很贊同獨獨對光頭不滿意。

我笑了一會兒，在電話裡親了她一口，她又嘆了口氣，怎麼回事？老頭子在那兒沒伺候好你？我奇怪地問。按理她得高高興興咋咋呼呼才是。她支吾了一會兒，終於吐露了一個小秘密。她懷疑老頭在東莞那兒有情人。我吃了一小驚，居然有這事兒？阿雅肯定地嗯了一聲，還舉了些活生生的證據給我聽。比如那小寡婦比她年輕又比她騷，在公司邊上開著一家小百貨店，老頭有事沒事總去

那兒坐坐聊聊，還把一整套古龍的武打書借給那女人看。那女人的眼睛賊亮，顯而易見很有花功，把老頭的魂都勾走了。畢竟老頭在那兒工作期間也挺寂寞，老頭自己都承認他的那頂蚊帳就是交給小寡婦洗了一回。

阿雅說得頭頭是道，我卻有些不以爲然。你應該給老頭了一點信任感，老頭能這麼坦率地跟你說蚊帳的事顯然是身正不怕影子歪。她嘆了口氣，沒說什麼。

我問老頭子的身體怎麼樣，那顆壞牙解決了沒有？她說沒什麼問題，他一頓飯吃得跟二十歲時一樣多。我們一起笑了一陣，說了再見。

【貳拾貳】

再度接到阿雅的電話，是一個月以後。

那時我開始強迫自己提高英語水平，把方菲的英語課本放在床頭，早讀晚讀埋頭苦練。還有從旅專同學林強那兒借來的好些帶勁的原版小說和VCD，看了這些東西讓我做夢都夢到在紐約的街頭跟幾個帥小伙搭訕，或者在倫敦的咖啡館雖邊彈古箏邊賣唱。這些夢裡我操一口棒極了的英語，發音時舌頭捲得跟漂亮的地毯似的。而我那久違了的老伙計，一口亮鋥鋥的古箏也忠心耿耿地伴隨著我，每一個音符即使走調都富有詩意，只因爲我們身處異域風情的他鄉。

阿雅首先表揚了我這種刻苦作風，然後問方菲最近回不回家。我告訴她姐姐還像老樣子周末回

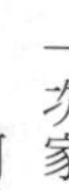

一次家。

鋥鋥

阿雅的語調嚴肅起來，她沒跟你提起過結婚的事兒？

我眨了眨眼，好像沒有，跟那個葛軍嗎？

阿雅嗯了一聲，她現在也自作主張了，結婚非兒戲，一輩子的事情啊。又不是小孩辦家家。

我表示反對，姐姐已是成年人了，有足夠的智力來考慮結婚的事。再說結婚可不一定是一輩子的事。

我剛一說完，阿雅生氣地叫起來，就算你的婚事我以後做不了主，可方菲的事我管定了。她是書呆子社會經驗少，而葛軍那個人又特別能說會道，要不一個博士怎麼能嫁一個高中畢業生呢？

最後她讓我傳話給方菲，如果還固執己見的話，她只好和老頭子一起回來一趟了。

我聳聳肩，老阿雅的牛脾氣又上來了。

周末時，方菲回來了，我把那話跟她一說，她是淡淡地一笑，瞎操心。她只簡短地評價了一句。

【貳拾參】

日子還在一天天過下去。

天氣已轉暖，阿雅從南方休假回來了。她準備過段日子再去南方住一段時間，因為不放心老頭的晚節問題。

方菲和葛軍繼續來往，親密無間，只是婚嫁之事暫且不提了。

我所居住的這個城市每一天都是這麼地令人眼花繚亂，蕪雜紛揚而又似曾相識的故事在四處滋長。總是有一些人在安樂窩裡容光煥發，有另外一些人在惡夢裡神采飛揚。

而達達，這個空懷壯志、時運不濟的男人也依舊在白天散布關於我的各種謠言，在晚上一個接一個地打騷擾電話。在我最後一次拿起話筒搭理他的那晚，他涕淚滂沱，指天劃地，賭咒發誓，說他愛我勝於愛上帝，我比上帝更偉大。

那天晚上我又做了與開頭重複的夢。

在黃昏奔跑著的孩子們再次感動了我，我毫不掩飾地埋頭哭起來。依稀聽到有人在叫我的名字，小寶，小寶，你怎麼啦？

是啊，我怎麼啦怎麼啦？

硬漢不跳舞

春天，米奇在上海失蹤了。

我和老刀，還有洞洞像老鼠一樣在街上四處走動。空氣裡飄著的都是陌生的味道，街道兩邊的樹木在春天甦醒了，米奇像一個小氣泡蒸發了。

這條街上一年四季都彌漫著一股灰撲撲的瘴氣，塵土、工業廢氣、餿味，還有女人濕內褲的怪味，走在這條街上的人也是灰撲撲的，他們面目不清，臉上有種晦氣或者怒氣衝衝的表情，一些老人像朽木般坐在台階邊上，小孩們扛著溜冰鞋奔跑著尖叫著，房屋在晝夜更替中留下深邃寂靜的倒影，時光從頭頂上匆匆地溜走了。我們在一夜間長大了。

而米奇的失蹤像一個春天裡的幻覺，一個深夜電影的模糊片斷。

我和老刀、洞洞坐在一家像巨型集裝箱的快餐店裡，這是我們經常光顧的地方，我們喜歡牆壁上那些混亂而美麗的圖案，也對唱機裡放出來的黑人繞舌歌抱有天生的好感，還有從那扇轉門裡進進出出的女孩子，她們像彩色熱帶魚一樣吸引著我們的注意力。

現在，快餐店裡沒有多少人，我們每人捧著一大杯加冰的可樂，有些提不起精神。老刀把冰放

進嘴裡，用一種令人難受的聲音嚼那些東西，洞洞白了他一眼，很快站起來，我知道他又要去廁所。

他媽的，別吃那些東西了，像個變態處女。我悶悶不樂地說。

老刀瞪了我一眼，他的眼睛本來就大得像鑰匙圈所以一瞪就更顯誇張。這到底是怎麼回事，世界末日要到了，米奇神秘失蹤，而我們像傻瓜一樣坐在這裡，想不出更新鮮的主意。

洞洞扭著小腰快速地走過來，手裡拿著一只錢包，瞧瞧，我在廁所撿到什麼了？他神經兮兮地用鼻子嗅了嗅那玩意兒，咦，一股奇怪的味道，好像香氣壓著臭氣，肯定是外國人的。洞洞有一個堪與警犬媲美的鼻子，他靠鼻子的嗅覺享受生活、保存記憶。

老刀一把搶過，三下兩下把錢包翻了個個兒，然後扔還給洞洞，哼，空的，沒一分錢。他說。

可你沒發現裡面有張照片嗎？洞洞嘻嘻笑著，從錢包夾縫裡取出一張照片對我們晃了晃。

我瞪大了眼，是張外國女人的艷照。於是三個人把照片細細看了個夠，這是小偷拿了錢然後扔掉的。我說。

那小偷是個性冷感的傢伙，所以沒拿照片。老刀說。

也可能是個女飛賊。洞洞說著，把錢包放進口袋，這個你要不要？他指著照片問我，我搖搖頭，老刀也搖搖頭，他重新把照片放進錢包裡。

快餐店的玻璃轉門一閃，一個高挑個穿黑色短風衣黑色迷你裙的女孩走了進來。

小楊柳來了。洞洞嘀咕了一聲，然後衝她揮手。她看見了，臉上帶著茫然的微笑向我們走來。

她是個漂亮的女孩，因爲近視而擁有一雙與眾不同的性感的眼睛。我們都覺得她像蝙蝠俠裡的貓女郎。她是米奇的女朋友，比我們大四五歲。我和老刀也很喜歡她，也許還在各自的夢中見過她。漂亮女孩的魅力是擋也擋不住的。

小楊柳在我旁邊坐下來。要點什麼？我問。

草莓奶昔。她說著把背包放在身後，一股像玫瑰般清澀而甜蜜的氣味從她的頭髮她的腋下她的每一吋皮膚上散發出來。我作了一下深呼吸，感覺自己像一條從海底浮出來的藍鯨。她如果再對我微笑，那種茫然而優柔的笑，我想我就會飄到天上去。

我替她買了一份草莓奶昔，另外加了一份薯條。我們三個人認眞地看著她吃東西，她吃得很快也很優雅像一隻專心的貓。

有米奇的消息嗎？我裝作很平靜地問她，平靜的語氣使人顯得成熟。

小楊柳搖搖頭，然後把頭轉向玻璃窗。

窗外的行人帶著陌生的表情來來往往像一群沒有感覺的卡通人。生活的主流正是由這些卡通人來創造，這念頭一冒出來你就會覺得失落。日復一日年復一年靜止、瑣碎、平庸像一個大磁場懸掛在日常生活的頂部，地球像藍色的草莓一樣旋轉，我們像空心草一樣在這個該死的城市自生自滅。我們十七歲不要上學不要工作是我們對生活的理想，我們從出生的那一刻起就退休了在這個工業社會我們日夜遊蕩除了尋找自己的影子外無事可做。

我現在頭腦很混亂，一點想法也沒有。小楊柳輕輕地說。

她安靜地看著指甲，對張開的十個手指發呆，那上面塗著古怪的指甲油，細細的右手手腕上還貼著一只藍色蝴蝶的刺青圖案。她在淮海路上的一家香港人開的時尚飾品店裡工作，那裡面的售貨小姐個個Cool得像世紀末的發條娃娃。

米奇把自己藏起來了。她說著噓了一口氣，眼睛看著窗外。

他媽媽去公安局好幾趟了可那有什麼用，如果他存心消失的話誰也找不到的他像外星人，像迷幻天使。

我說著被自己富有詩意的話感動，媽的，我善於在一些非常時刻抒情，尤其在好朋友失蹤而其漂亮女友就坐在我屁股邊上的關頭。米奇的確像個迷幻天使，黑色，不可測，帶著死神的氣息，從他沾上毒品的那一刻起他就完蛋了。

老刀要去洞洞家看一個風靡歐美、超級Punk的酷片Trainspointing，問我去不去。

這影碟是米奇消失前從某處偷來的，我們四個人已至少看過六遍。

洞洞對片中的主角馬克犯了單相思，馬克目無表情一路狂奔的模樣迷住了他，爲此他甚至想去蘇格蘭爲愛走天涯。接著他就把那影碟占爲己有在自己那台486破電腦上看得眼圈發黑。浪漫是種病，能給人一種隱形的翅膀忘掉軀殼飛離現實然後變成傻瓜。

我搖搖頭，說不去。他又問小楊柳，她也搖搖頭。

四個人走出了快餐店。天色已近黃昏，街上的車輛和行人漸漸密集起來，像流動的黏稠的灰色液體，霓虹燈像碎金一般陸續閃爍了，城市一天中最美麗的時分降臨了。

老刀對我意味深長地做了個鬼臉，和洞洞一起跨上單車，屁股翹得高高的像大鳥一樣飛出了我們的視線。

我看看小楊柳，此時她的臉在暮色中呈現出一種柔和的光，像發光的雕像。我摸摸口袋，還有最後的一根煙，點上火吸了一口。你想去哪兒？我問她。

我要上課，一個英語口語班。她說。

她似乎總是有上不完的夜課，古箏，插花，英語，攝影，甚至還有中醫按摩，這都是她父母的主意，爲的是能把她培養成現代色藝雙全的女孩的典範，更重要的一點是希望他們的女兒有朝一日能用那些東西敲開國門，嫁給某一位歐美紳士。

不能逃課嗎？我問。

我不想逃課。她說著，臉上顯出茫然的表情，她總是如此的低鬱，這個城市用它的冰涼而時髦的物質化格調創造了新一輪的審美指標，新一輪的城市美人。不再有傳統小百合舊式淑媛，大朵大朵的金屬之花以低調的蠱惑逼近脆弱的感官。

你在想什麼？她盯著我的臉問。

要不要去棉花吃晚飯？我吸了口煙，問她。

她無可無不可地看了看自己的手。所以我說，走吧。

我們慢慢地走著，走在寬闊而堅硬的馬路上，人流和車流在身邊像爆炸的星河一樣穿梭無序讓人頭暈，而繁忙和混亂正是這個城市的魅力所在。

前面就是棉花俱樂部，法式的兩層樓建築豎著楊梅大瘡般的霓虹燈廣告，老外和漂亮的長髮女孩進進出出，一派後殖民的艷妝情調。

米奇以前在這兒演出過，他和他那個「純銀」樂隊像夜貓子一樣出沒於各種帶舞台的Bar、Club、Pub，當他們以一臉的茫然和狂熱，以午夜葵花的灼灼姿態開放在這些黑暗腹地的時候，青春時光中的某一部分已消失在太陽底下了。我們都是夜晚的花我們都是午夜的小孩而米奇已像一個小啤酒泡般蒸發無影了。

我和小楊柳走進餐廳，老遠就聽到薄片操著一口流利的法語使勁地跟一對男女老外說著話，他也看到了我們，高高地舉起一隻手，Hai！

他是個擁有驚人語言天份的傢伙對香港人說粵語對日本人說日語對德國人說德語，自稱其祖上是個清朝大官，前不久在電視上播放的清宮片中某一角色就是影射他的祖宗，目前他是個蹩腳的前衛畫家但他從未對其作品的前途悲觀，他總是抓住任何一個機會跟國際友人套近乎指望著不久能住進巴黎的藝術村。

還有致命的一點是我所不能原諒的，他是米奇的「道友」。我認定是他教會米奇抽Hash，然後又是Heroin，從吸食到針管注射。我對此人有種奇怪的惡感，他瘦得不能再瘦的身體總是散發著骯髒腐爛的味道，像一種毫無指望的污水管道，這類人應該從地球上開除。

我沒有睬他，在離他遠遠的地方坐下來。我點了比薩和啤酒西瓜汁，小楊柳照例又很快就吃完了她那一份食物，然後拿出一包煙，有些心不在焉地抽著。

她說她現在不能去那些熟悉的酒吧，那些地方總有米奇的痕跡好幾次她都認錯人因爲在昏暗的燈光下所有的臉都相似，她說米奇是她的毒品他那種奇怪的魅力腐蝕了她，她頭腦混亂回不到一種單純的狀態了，而半年前米奇開始吸毒的時候她已經被一種災難的鬼影懾住了，她預感到一切都要斷裂破碎一切都會變成尖叫和空白。

她說著說著眼睛紅了，女孩眼睛紅的時候就像江南梅雨天的來臨，是的她眼睛紅了我的天就灰了。

我想我不太高興。那個叫米奇的漂亮像伙連失蹤都具有黑色美感，他的迷人女友淚爲他流，心爲他亂，眉爲他畫，夜爲他黑。他的確是一個酷男孩，直到後來像黑冰一樣吸毒像社會渣滓一樣流放人間，是的像社會渣滓，而我們都那麼喜歡他他讓朋友們心碎。

我送你去上課吧。我看著小楊柳說。她已經恢復了冷淡的常態，看上去一塵不染像地鐵招貼畫。

不用了，我坐Taxi走。時間正好。她看看腕上紫色的Swatch表。

好吧。我說。

她堅持用AA制結了帳，然後我們在棉花門口告別。我遲疑著是不是要抱抱她，在我們圈子裡男女相擁告別是很平常而時興的。她也有些遲疑，所以最後我們訕訕地什麼也沒做，她只說了句Bye Bye就鑽進了Taxi。

我打了個響指，不知道去哪裡好，轉過身隔著玻璃還能看見薄片像狂熱的投幣機一樣自說自話

著。後來我想還是找老刀和洞洞吧。

我和老刀、洞洞還有米奇住在一條街上。我們上同一個幼兒園、同一個小學同一個中學。

老刀在讀初二的時候就因爲愛好鬥毆、偷竊、欺負女生被勒令退學了。接著他還進過少年管教所。現在他改邪歸正，在家門口擺了一個修助動車、自行車的小攤，三天打魚兩天晒網地幹著活。

我和洞洞正念著高二。洞洞是全校有名的電腦奇才他在各類電腦競賽中頻頻爲校爭光。他能自己裝一台486電腦並且在國際互聯網上游曳自如他經常光顧的網址是性感男人大寫眞。

而我呢，我有一個在日本的媽媽和在美國的爸爸，他們因爲離婚和各自再婚對我心存歉意，所以我每月都能收到大筆的匯款，我把這錢命名爲「遺棄費」。是的它們像毛毛雨一樣從天上掉下來，而幸福也許就是毛毛雨。我像個被幸福影響智商的孩子一樣，住在有漂亮家俱的房子裡，我逃課我遊蕩我花很多錢，花我那對混蛋父母的錢讓我覺得舒服，一種來自小腹的生理上的舒服。

這很好，眞的我想我這樣的生活狀態僅次於我們頭頂上的天堂。

至於米奇，他曾是我們當中最漂亮也是最聰明的傢伙。自從他全身心地迷戀上搖滾樂並組織了一支樂隊後，他的生活就變得像一堆不可理喻的沙拉醬，是的，這不是可以簡單地用好或不好來形容，你只能說不可理喻。

米奇的家在這條街的東側，他和他的媽媽住在一幢西班牙式三層老洋房的底樓。屋前有一個美麗的種滿了月季、丁香的小花園，花園裡有一口據說淹死過一個資本家後代的小井。

米奇的媽媽在醫院上班，蒼白的臉上總有一種不食人間煙火的味道。因爲丈夫的早逝，兒子似

乎成了她生活的全部意義。但她從不溺愛兒子，甚至對他退學搞樂隊也沒有過於激烈的反應。她只是讓米奇知道他已長大成人，應該清楚自己的所作所爲並對此負責，總之這是一位頗得我們好感的母親，儘管她從不對我們微笑像永不融化的雪。

直到有一個深夜，米奇在第一次上台表演結束後從外面帶了個高挑個的短髮女孩回來。他媽媽的房門緊關著，看上去她似乎已經睡了。米奇和女孩走進另一房間，房間裡貼滿了長髮音樂猛男的照片，還有古怪的從四處搜集來的小玩意兒。女孩對房間打量了一番，在沙發上坐下來，他們倆都有些拘謹地坐著，像兩隻緊張的小松鼠。

米奇的心怦怦地跳著，這是他第一次如此曖昧地與一個女孩獨處。女孩的聲音潮濕而恍惚地響起來，像來自霧中的花園。米奇，她說，我該回家了。於是米奇沒再多想，果斷地抱住了她。

女孩像被魚叉扎住一樣輕輕掙扎著，低聲地呻吟著。他在她的黑暗中頭暈目眩。他們很快脫光了對方的衣服，像兩枚剝了殼的新鮮荔枝一樣晶瑩剔透地閃著光。

門卻突然開了，門外站著臉色蒼白的媽媽。她只穿著睡袍，平時高高盤起的長髮像羊毛毯一樣披至腰際，這使她看上去像從海底爬出來的幽靈。她呆呆地看著沙發上的兒子和女孩，他們也都呆呆地看著她。

她一句話也不能說，表情複雜而混亂，用手捂住嘴，像隨時要昏倒的樣子，然後她關上了門。

女孩受了驚嚇，執意馬上要走。米奇沮喪地穿上衣服，送她到馬路上叫了一輛Taxi。

對不起，米奇說。

我喜歡你。女孩說。那女孩就是小楊柳。

米奇在第二天搬出了家，搬到了某家電纜廠的地下室。那兒租金便宜，但卻是個骯髒昏暗的可怕地方。

後來在一個下著雨的晚上，米奇帶著小楊柳來敲我家的門。

那是我第一次看到小楊柳，她靜靜地拉著米奇的手，並不活潑，但那種美帶著落英繽紛的蜃景暗伏在她的周圍，那種美和冷像水印石一樣烙進了我的頭腦，使我的肌肉異樣地綳緊。

米奇和他的迷人女友穿過我的視線占領了我隔壁的房間。

他們在那裡一待就是半個世紀，他們在一個神秘洞穴裡弄出種種令人魂不守舍的聲音，我的大腦就像十字路口的信號燈一樣交替變換著顏色，我被一種奇怪的撩撥弄得坐立不安。

於是我把電視機的聲音弄得很響，螢幕上是一個漂亮女子在做衛生棉的廣告，她坐在床上說，樂爾雅，怎麼動都不怕，換一個頻道，是一個男人在做汽水的廣告，他把頭晃得像電動玩具一樣直到他喝了一口汽水後才安靜下來，再換一個頻道，一齣民國時期的悲情戲，而現在的電視劇都以愚弄觀眾的智商爲己任。我只好開著電視玩手掌遊戲機，或者乾脆關上門出去逛馬路。

等他們打開門出來的時候，臉上掛著暖洋洋而疲倦萬分的表情，像兩條性感的熱帶魚一樣在洗手間或客廳裡穿行著。

米奇喜歡一連幾個小時地泡在我的浴缸裡，他在浴缸裡拿著紙和筆畫畫或構思一段旋律，那時我會和小柳一起下下跳棋，或者看影碟。她像一隻柔軟的海豹一樣伏在沙發上面，細細密密的香粉

從她的毛髮和皮膚上面散發出來，我感到渾身異樣。

你怎麼了，不太舒服嗎？她問。

沒什麼，背上酸疼。我信口說。

我來給你按摩一下。她突然心血來潮，從沙發上跳起來。

於是我緊張地弓起背。放鬆，她說著，輕輕捶了一下我的肩。

她的手柔若無骨，我只是覺得背上一陣陣發癢。謝謝，不用了，我已經好了。我說。

不，再過一會兒你會覺得更舒服。她捏住我的肩，微笑著向我保證，似乎這會兒她只是在娛樂她自己。

我掙扎著從沙發上站起來，裝作要找點喝的東西快步走進廚房。一打開冰箱，我心想，天哪我真像個傻瓜，那個女孩點燃了我最初的性幻想，她是那麼傾國傾城地美，我的欲望像藍色飛魚從刀鋒上高高躍起，我盼望有溫柔一刀插進我飢餓的後背我要從脊柱骨上感受來自生殖腺的噴射。

晚上我在夢中出現了做愛的模糊的鏡頭。

米奇的樂隊頻頻在各類Party上亮相，他們帶著天眞和狂熱在糜爛的燈光下浮動如影，無枝可依。他們像午夜的小孩一樣高聲叫喊，青春在黑暗中麻醉昏倒。

米奇在這個圈子裡出名了。人們在他唱歌的時候跳舞，在他跳下舞台的時候恭維他，用動物毛茸茸而空洞的眼神撩撥他。米奇，你很酷，眞的你的音樂給我高潮。哇這手鍊很有意思，是尼泊爾產的嗎？他們像情人一樣摸他的臉，拍他的屁股，抓著他的手鍊。

這個圈子裡的人都有一見如故的濫交情結，他們認識一個人就像吐口痰那麼容易，同樣忘記你也很容易，你從不指望在他們中找到一個親密愛人或眞正的好朋友。如果你漂亮有型而又出名，他們會像蜜蜂一樣對著你嗡嗡嗡。

薄片就是這個圈子裡出名的爛人。但他身邊從不缺少幾個有利可圖的洋朋友，記者、評論家、經紀人、領館官員，等等。

在一次美國《新聞周刊》的記者就上海前衛藝術的現狀採訪他時，他先是滔滔不絕地說了一遍，然後他一轉眼看見剛結束表演的米奇，一揚手，嗨，米奇。

米奇摟著小楊柳走過來，哦，這是彼得，這是米奇，他笑嘻嘻地看著老外，米奇是上海最棒的Rook Star，你能採訪嗎？他代表上海地下最前衛音樂的風格。

老外眼前一亮，米奇天生一張明星臉，一幅時髦的模樣符合人們對搖滾明星的最大期望，而他身邊的女孩則似乎是集時尚店精華於一身的亞洲美少女，而事實上她曾爲本市一家青年雜誌作過封面女郎。

於是記者提出爲他們拍一張照片，配一段簡單的文字說明。看，這就是上海一位搖滾明星和他的迷人瓷娃娃，他們代表上海新新人類對工業時代前衛文化的離峰體驗。

後來那張照片掛在酒吧牆上作爲另類裝飾的一部分。小楊柳甚至還向她父母出示此照以顯示她所交男友的品味並不低，因爲她的父母強烈要求她找老外。不管怎樣，米奇和小楊柳的愛情成爲城市亞文化的典範。

後來，在一個晚上，小楊柳偷偷地告訴我，米奇在吸毒。她說這話的時候臉上帶著混亂的表情。她說她不知道該怎麼辦，他甚至還建議她試一試。

於是一地記憶的碎片有了令人傷心的轉變。我在我的洗手間裡發現了一些可疑的銀箔片，在他睡過的床上聞到了不一樣的化學品的味道，而在一次表演前，我因爲喝得太多，急衝衝地往酒吧廁所跑。我在廁所裡撞見他正在往胳膊上扎橡皮管。

米奇用種令人難忘的眼神看著我，彷彿從一個永劫不復的世界裡醒來，渾身籠罩著白色的迷霧。那張模糊而虛幻的臉，閃著冷冷的月亮背面暗光的臉，因爲隨時到來的災難而變得陌生的臉。米奇的臉在我的腦袋後面的黑暗中破碎。我想伸手去抱抱他，我親愛的兄弟，他需要有人給他一股力氣一股熱量，否則他會溺水而去。但我卻使足了力氣猛地打了他一拳。

他跳起來，像一隻受驚的小兔子飛快地從我身邊跑開，跑進喧鬧起伏的人群。黑壓壓的人群蓋住了他的身影。

我一個人站在廁所裡小便，我在一個不爲人所知的令人作嘔的角落發呆，身邊四處瀰漫著邪惡的氣息。

這條街特有的灰色氣息籠罩著房屋和街道，傍晚的太陽像一隻毫無生氣的大眼睛擦著路邊的梧桐樹慢慢往下沉。我和老刀、洞洞在淺咖啡色的光亮中沿街踢著一只大足球。

足球在略微不平的柏油路面上蹦蹦跳跳著，不時從牆上反彈回來發出沉悶的響聲。突然球飛向一群迎面走來的人，是這街上的另一群小孩，素來與我們不和，老刀曾因爲他們中的一個人當眾譏

笑洞的娘娘腔而動過拳頭。

那伙人當中的領頭人一把接住足球，我們都默不作聲地盯著他。他只是聳聳肩，把球又拋了回來。他們走過我們身邊的時候，我們聽到有個聲音低低地說著「那個吸毒的……肯定已經死掉了，太傻」。

老刀一個大步擋住那爛小子，你說什麼？再說一遍。他的大眼睛像黑洞一樣瞪著，臉上幾乎可以結出一層鹽來。

那小子呆呆地看著老刀，沒什麼，我沒說什麼呀。

老刀捏住了拳頭。洞洞頓著腳，尖聲叫起來，打呀，打呀，打死這隻臭豬玀。他竟敢咒米奇死。

我推開老刀，打了個響指。你他媽地如此膽小那就好好管住你的嘴，以後就別像個更年期婦女似地亂傳小道消息，否則你會滿地找牙齒。我說著看了看他們的頭兒，他們都沒什麼激烈反應，我們也就抱著球慢慢走開了。

你說話的樣子像香港老大。洞洞忍不住說。

他就是從港台片裡學的，外厲內荏，沒我在旁邊鎮著不行的。老刀瞥了我一眼說。

我從口袋裡掏出香煙，點上火。你們說米奇會不會眞的沒命了？我突然問。

他們不說話。

我們一路走著，路過街邊任何一個垃圾箱的時候都會不由自主地偷偷打量一下，似乎那陰影下

正躺著我們昏迷的朋友。

米奇在失蹤前顯得憔悴不堪支離破碎，昔日的帥模樣蕩然無存。他說他經常做夢夢見一個魔鬼。

我們問他那個魔鬼是什麼樣的。

他一會兒說那是個白色的魔鬼，像冰山一樣高大沉默，一會兒說鬼的樣子又細又紅像一條伸出來的舌頭。我們聽著毛骨悚然。

那時候他的家裡人已經聯繫好本市公安局所屬的一家戒毒所，幾天後他就要被送到那個森森圍牆內不可知的世界，因爲他必須要終止一場惡夢找回被毒品氧化的靈魂，上帝，他必須得這麼做。

在他即將進戒毒所的前一夜，我們坐在酒吧裡聽米奇最後一次的演唱。他和樂隊的其他人看上去都心緒不寧。米奇唱歌的聲音有些歇斯底里，不是平時那種聲嘶力竭，而是眞正的歇斯底里。他在舞台上像頭待宰的綿羊又跳又踢，而其他的人總是時不時地彈錯音階。

小楊柳低鬱地坐在我身旁的吧凳上，一支接一支地抽煙，像一朵在煙霧中呼吸的罌粟花。

我記得米奇唱的最後一首歌是《硬漢不跳舞》。在匆匆沖印出來的照片上我看到了你，兄弟，在充血的天空下我看到了你，兄弟，在無愛的人群中我看到了你，兄弟，在摩天大樓的幕牆上我看到了你，兄弟，記住我像記住瘋狂一樣記住我，兄弟，我會在最後一支舞曲結束的時候來看你。

他閉著雙眼，用某種類似宗教禱告的聲音唱著，帶著神經質的情緒，彷彿就要乘神秘的飛船離去，轉眼他就要進入火星的內核，就像小蟲進入蘋果的內核，死者進入大地的內核。

他一遍遍地重複著，兄弟，我的兄弟，記住我像記住瘋狂一樣記住我，我在最後一支舞曲結束的時候來看你。

Party很快就結束了，像一個很快結束的哭泣遊戲。我們幾個都喝了很多的酒。

米奇說他可能要完蛋了，他挑選他的生活就像耶穌挑選猶大一樣。可我比耶穌更偉大。他說，然後嘿嘿笑著，像把晃來晃去的雨傘。

他抱著小楊柳在傷感的音樂裡跳舞親吻，我是個混蛋，可我希望你能繼續喜歡我。他對她淚光閃閃地說。他難過地甩著頭，脖子上的項鍊突然散落了一地。

哦，他呻吟著，蹲下身去捧那些滴溜圓的玻璃珠。我們一起幫他撿那些古怪而美麗的珠子。然後他坐下來往絲線上串珠子。他咕噥著這項鍊是他的幸運物，護身符，能帶給他意想不到的好運，讓他絕境逢生。

我拍拍他的肩膀說，哭泣、抱怨、絕望、害怕都沒有意思，不管怎樣你是歌手，你用上帝給你的聲音歌唱，用自己的雙腿站立，用自己的頭腦承受。要繼續放聲歌唱兄弟，你是天才你很快就會重新得到生活對你的恩賜。你能重振雄風，我們一起等待，記住你也記住我們。

後來我們都哭了，米奇說他很害怕。我們紛紛抱作一團。不知誰說了聲好臭，哪個在放屁？大家突然笑出聲來。

晚上他和小楊柳住在我家，一夜平靜無夢。

第二天一早的時候，我聽到小楊柳的叫聲。我走進房間發現米奇不見了。他留下一張小紙片，我走了，他簡單地寫著這三個字。我呆呆地看著紙片，不明白他爲什麼要這樣做。

總之他像個糊塗透頂的混蛋一樣消失了。那個清晨是現在麻煩的起始，城市帶著死氣沉沉的陰影醒來，而米奇遁入黑暗無跡可尋了。

這會兒我們抱著球，情緒不高地走在街上。我問老刀和洞洞要去哪兒，洞洞說隨便，他總是說「隨便」，這也是大家喜歡他的原因之一。

老刀說去平涼路吧。

確切地說，是平涼路上的一家電纜廠的地下室。那是米奇離家後租居的地方。

走進廠部大門，門衛室裡有個老頭和中年婦女正在聊天，他們看了看我們大概認得我們是誰，掉轉頭繼續說話。

穿過一條窄窄的過道，向右拐進寬闊而下傾的通向地下室的入口。我們舉著搖曳不明的打火機，在黑暗中走了約五分鐘的路，洞洞不時被腳下的管道或台階絆倒。SHIT!他輕聲罵著。一股陰濕和尿臭的味道堵著鼻孔，我們像夢遊似地穿行在一個隱密的地下世界，每次穿過這通道去米奇的住處時我都會想起一部英國驚悚片，《古堡幽夢》。

那是一排裝著厚厚隔音門的房間，米奇和純銀樂隊住在其中一個暗室。今天晚上那兒沒有電，我們推開門的時候屋子裡只點了一根蠟燭。我們看見了EP，那是純銀樂隊的主音吉他，他正一動不動地坐在席地而放的席夢思上，面前放著一本書和幾瓶啤酒。

EP說樂隊已經解散了，自從米奇失蹤後，鼓手和貝斯手也離開了，鼓手另外找了個樂隊依舊在

酒吧裡做Live Show，而貝斯手被他媽媽剪去一頭長髮關在家裡練日語，好像馬上要被送到日本的舅舅那兒開始新生活。

EP說話的樣子很安靜，這是一個紮著兩根辮子，眼睛幽黑，膚色蒼白的男孩子，喜愛M．普魯斯特的《追憶逝水流年》，能自己動手製作泥娃娃。

我們喝著啤酒，抽著煙。隔壁住著的一個女子樂隊正在黑暗中排練，她們在唱NIRVANA的RAPE ME，那聲音像堵車的高速公路上一百只喇叭齊鳴。

洞洞說要死了要死了這幫女人酷得像死神的處女。他說著扭著小腰跑出去看熱鬧了。

我和EP說起純銀樂隊的第一次演出，米奇那時的狼狽樣子可眞夠逗的。臨上場前的三分鐘，他躲進一個廁所喝光了三瓶啤酒。等我們從地上拖起他的時候，他死活也不肯走出廁所半步。老刀打了他一個耳光讓他醒醒，他嘟嘟囔囔地說他得洗一洗頭髮。於是我們七手八腳地把他塞到水龍頭下，他那個事先精心設計的紅色雞冠頭像紅色冰淇淋一樣在水中融化了。當他甩著濕淋淋的頭髮在台上又叫又跳時，台下的女孩子的尖叫像從絲絨上升起的爆竹，絢爛而令人陶醉。那其中就有小楊柳。

米奇一身T恤、牛仔褲，腳穿繫著大大汽球結的耐克鞋的模樣像一張曝光過度的舊底片，亮晃晃地，模糊不清地存在於夢境邊緣。

他在夜晚的草地和酒吧糜爛的燈光下唱歌，他在深夜的思南路沿著兩旁開滿薔薇花的磚牆奔跑，他和小楊柳那「礦泉水與電池酸」般的愛情是上海秘密花園裡的一枚小櫻桃，他微笑他幻想他捕捉世界的呼吸他埋葬他自己。

我至今還記得他穿著他媽媽的圍兜在廚房裡為自己炸心愛的土豆絲時那種開心的表情。他總是在每次演出前為自己準備好滿滿一盆好吃極了的油炸土豆絲，可那一次他不小心燙傷了右手手腕。他打電話給媽媽，他說媽媽我弄傷手指了媽媽我不能彈琴了我不知道那些藥放在哪裡，然後他當著我的面哭起來。孩子般的米奇像小蝴蝶般歌唱的米奇不可理喻的米奇。我總是記得你不知道你怎麼了，你手裡的鑰匙天堂的門你的疼痛還有生活的何去何從。

米奇對音樂有種孩子般的貪婪，可惜後來他走得太遠了。EP淡淡地說著，手裡把一本《追憶逝水流年》翻得嘩嘩響。生活就是這樣的，沒什麼好多說的，每個人都得為自己的選擇付出代價。EP漂亮的眼睛像水銀一樣閃著暗光，他思考的時候就是一只油畫上的鷺鷥，優雅，遙遠。

你有什麼打算嗎？我問他。

不知道，現在這樣子也挺好的，我可以想一想某些東西。

兄弟你能當個作家。老刀說著，呵呵笑起來。

是個好主意，我點點頭，作家也挺酷的，女孩子會買你的書，我也會。

洞洞走進來，帶著興奮的神情，說隔壁那個光頭女孩很有型，他請她簽了個名，他說著撩起那件冒牌ELLE恤衫，在他肚子上赫然有行英文小字，NICO!我說我眞的崇拜她，她說SHIT!簡直一拍即合，棋逢對手。

我們認眞地點點頭，至少他們使用同一句粗話。

EP指了指牆角，說米奇還有點東西在那兒，你們可以帶走。我看到一只紙箱，走過去看了看，是些書和磁帶。好吧，我們走吧。我說。

我抱起紙箱，拍拍EP的肩，想說點什麼，但也沒什麼好說的，有空上我們那兒玩去，老刀說。我們點點頭，走了。

再次通過幽暗的走道，我哼起了一首歌，Tough guy don't dance，硬漢不跳舞，是米奇寫的最好的一首歌。

走在這骯髒而傷感的地下通道，哼著這歌，我想生活到底是怎麼一回事呢？永遠有一層玻璃擋在我們面前，世界在冰冷的電子音樂中機械流動。

那些夜晚，我帶著回憶之光醒來的時候，我常常聽到城市在說著話，關於我那些醉酒的兄弟那些發瘋的玫瑰，我愛朋友們昏眩的臉龐我記住他們孩子般的靈魂，他們穿很少的衣服徘徊在街頭他們提著一箱書和一箱音帶出現在車站他們漂亮而有病天真而偏執記住我也記住你記住這個城市，此刻上海街頭的懸鈴木長滿了美麗的綠葉。

我們走出地下室我們重新站到了路燈下乾淨的街上。薄片像片月光下的陰影一樣從馬路對面匆匆地走過來，一沒留神差點撞到了老刀身上。

老刀本來就對薄片充滿惡感，他伸出手抓住那小子的衣領，你來這兒幹什麼？

薄片做了個鬼臉，你得先放開我衣服我才能說呀。

我皺了皺眉，我怎麼老覺得你嘴裡有股臭味？我說。

薄片聳了聳肩，對不起，我用最好的牙膏。他吸了吸鼻子，我來這兒拿點東西，以前米奇從我這兒借走了一副墨鏡和一個小收音機。

他那兒沒你什麼東西，除了一個鬼影子。媽的你害米奇可是害到家了，要沒你這老鬼癟三他也不至於成這樣，所以我覺得你是個帶臭味的惡夢。我說著，有種暴力的欲望，說白了我想揍他。

哎，哎，大家都在冤枉我。薄片做出苦惱的樣子，小臉皺成一片陳梅的形狀。他從口袋裡掏出一包煙，低頭點上火，吸了一口然後他說他知道我們想揍他那沒關係可事實上是米奇自己想要，米奇認定那些東西能增強聽覺神經的靈敏度，他可以依賴毒品到達音樂的極限，而米奇是那種想做什麼就會去做的小孩他相信經驗他是個存在主義者。

他說到這兒雙眼炯炯有神，而存在主義這個名詞讓我腳底發癢。我想吸毒者+存在主義是本世紀發明的最瘋狂的夾肉三明治。

薄片說了一個我們聽不懂的法語感嘆詞，然後說米奇讓他覺得生命的荒謬感，還說他要去巴黎了他終於能去那個魂牽夢繞的藝術搖籃了，一個月以後他就要離開上海他的精神家園永遠在路上。他說到這兒不停地眨著眼睛彷彿尋找精神家園上空的星星，彷彿前進的動力來自他清朝祖先的陰魂。

有病，老刀嘀咕了一句。

走吧，我對薄片說，他嘴裡的時髦名詞和一股小便似的騷味讓我頭暈，地下室沒有墨鏡和小收音機你就當丟了吧。

好吧，那我們找個地方喝酒去。我請客。

薄片把手插在褲兜裡朝四處看了看，他朝四處看的樣子總有點鬼鬼祟祟。建國路上有家新的酒吧開張了，我幫忙做過裝潢，那兒老板也是我的朋友，怎麼樣去那兒吧。

你自己去吧，我們有事。我說著抱起紙箱，和老刀、洞洞穿過馬路走了。

此時夜的空氣裡正飄著無數細小的粉塵，像來自月亮的銀色的花粉，城市搖擺著，青春年少的孩子們在夢中憂鬱著。

再過一星期就是我的生日。遠在西雅圖的父親給我寄來了我喜歡的NIRVANA在主唱自殺前在紐約的現場演唱錄像帶，還有一只漂亮的銀質打火機，他在信裡說，兒子啊！我已經做了你十七年的父親你的快樂就是我的快樂，他還在信裡夾了一張他的全家合影照，我的同父異母弟弟像所有的混血小孩那樣漂亮，一個粉紅色的冰淇淋小人。那照片讓我靜靜地發了一會兒呆。

而我在東京的母親則託一個回國的朋友捎來了幾件時髦如《戀愛物語》男主人行頭的恤衫和一瓶女用香水，她在字條上寫著我永遠是她的小寶貝，生日快樂云云，還特別註明香水送我的女朋友，眞見鬼，我想我的女朋友還在火星流浪。

生日那天我在自己的家裡開Party，請了老刀、洞洞、EP，在洞洞的建議下光頭女孩NICO也來了，還有小楊柳。昨天我打電話給她的時候她的聲音有些無精打采，像被水底的藻類纏住。我問她來不來參加我的生日Party。

哦是你生日嗎？她輕輕咳嗽了一聲，聲音沙沙令我耳朵鼓膜泛起奇異溫情。我會來的。她說。

這會兒其他人都已經到了，而小楊柳還不見蹤影。

窗外的天空慢慢從絳紫色沉到暗黛色，遠處的摩天大樓像透明的冰柱一樣璀璨閃亮，一幢比一幢更接近上帝的腳趾。城市在夜色溫柔時泛起了無數歡樂的泡沫，美女像星星般開始閃爍了，食物在盤子裡等待品嚐了，音樂從最柔軟的小腹升起來了。

我倚在落地長窗旁邊，風吹起了頭髮，也吹散香煙的藍色氤氳。我轉過身，屋子裡點了一圈滑稽的彩色蠟燭，那是洞洞的浪漫創意，巨大的胡桃木餐桌上放滿了花花綠綠的食物，是我家鐘點工李阿姨從超市買來，在廚房裡烹製的。

EP坐在地板上玩吉他，老刀和NICO在另一個房間的大桌子上打乒乓球，洞洞立在一旁做嘻嘻哈哈的裁判。我的家就像一個巨大的卡通樂園。而小楊柳還沒來敲我的門。

電視裡KURTCOBAIN跳上了舞台，涅槃的演唱會開始了，屋裡瀰漫著一股嗆人的煙味和好聞的酒精味。NICO提著一瓶威士忌穿梭在這個房間和那個房間。

她是個體態瘦削如棒棒糖的女孩，穿一件Puma的藏青色運動衫，她的臉上有種小動物般警惕而空洞的表情，一雙單眼皮正是時下國際時尚界流行的亞裔女性特有的那種神秘類型，塗著黑色口紅，還有屬於典型工業時代粗糙而富侵略性的聲線。她和她那個女子樂隊正在找經紀人她們的夢想是出一張統統酷斃的唱片。

洞洞喝醉了，他在洗手間裡吐了一會兒，然後我們聽到他的尖叫聲，我吐血了。

NICO怪叫了一聲，他要死了。

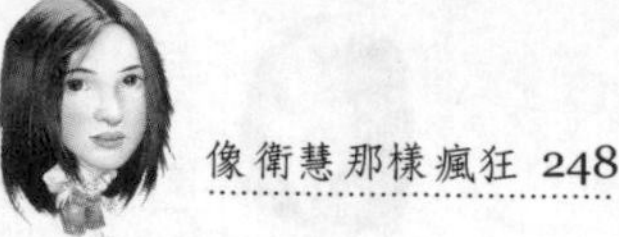

你們都醉得像王八蛋。我生氣地嘀咕著，走進洗手間。我看到洞洞把我那漂亮得要命的廁所弄得污穢不堪，而他所謂的血不過是從胃裡吐出來的西瓜汁。

媽的洗洗乾淨吧，我擰開溫水龍頭，把一塊毛巾扔到他腦袋上。不知道爲什麼我現在有股火氣從腳底冒上來。

小楊柳到底來不來？老刀聲音很響地嚷嚷著，迷人的夜晚啊撒尿的小狗，迷人的姑娘啊我的啤酒，我要醉了要醉了因爲生活眞好。然後他就把頭枕在他的運動鞋上在地板上躺下來。

EP用我的梳子重新梳了頭髮然後又用橡皮筋扎好。他說他得走了，問我有沒有P. J Harvy和Portishead新出的CD，如果有的話他想借一段時間。

再坐一會兒，你住那地下室還是沒電吧，反正一樣的無聊，不過我這兒還熱鬧些有朋友有酒還有個乾淨廁所。那地下室跟地獄似地，地獄還有廁所呢你那兒上廁所還得走十分鐘。要不你以後就住我這兒吧，不收你房租水電煤氣平分。我說著，覺得自己這一副熱情洋溢的嘴臉挺滑稽的，我只是個比較有錢的空心人，我的生活跟我朋友們的生活毫無二致，生活就是生活，我就飄在生活的表面像條年輕而浮躁的魚，我沒有資格扮慈善家。

EP搖頭，他說沒事兒，他喜歡那樣。EP活得比我充實，至少他看偉大的《追憶逝水流年》。我說好吧我給你找找那些CD。

EP微笑著跟屋裡每個人說了再見，然後拿著東西走了。老刀睡著了，洞洞和NICO眉來眼去地扮鬼臉玩，像兩個夢遊的人坐在牆角。

我說你們今晚可以睡在這兒，房間很多，隨你們高興吧不過不要大聲怪叫，鄰居會來敲門的。我說著轉身朝洗手間走，身後立刻傳來NICO嘶啞的大叫。媽的。我搖搖頭。

門外果然傳來一陣敲門聲，屋裡的人都安靜下來，我走過去，從貓兒眼裡向外張望。不是鄰居，是小楊柳。

我打開門，她向我微笑著，生日快樂。她說著，把一樣東西遞到我面前。那是一件用銀箔紙包著用彩帶紮著的小東西。我看了看她的臉，她沒有化妝臉色微紅，在燈光下更顯楚楚動人。

謝謝，我說著接過那件小禮物。進來坐坐吧。我側過身向屋裡示意。

不了，太晚了。她說。但看得出她是不很堅決地要走，所以我還是把她請進了屋。

洞洞和NICO坐在一角看Channel V的音樂節目，一邊的地板上睡著老刀。我把小楊柳讓進我的臥室，她在一只絨布沙發上坐下來。我問她要不要吃點蛋糕水果什麼的，她搖頭。我在她旁邊坐下來，感覺到自己的心跳，還有她身上那種玫瑰般清澀而甜蜜的味道。

嗯，最近怎麼樣，很忙嗎？我問她。從上次在棉花吃飯後我們還沒聯繫過。

白天上班晚上學英語，天天都差不多。她說著咳嗽起來，對不起，我今天感冒了在床上躺了會兒，所以來晚了。她向我茫然地一笑，準備的禮物也很匆忙，不知道你喜不喜歡。

我拆開那個小禮包，是一支銀色小口琴，用一根銀鍊串著可以掛在脖子上。我把口琴放在嘴唇上隨意地吹出幾個音符，那幾個音符就像輕輕拍動的昆蟲的翅膀掠過耳邊。

很可愛，我喜歡。我說。

我的腦袋熱烘烘的我想我被那個銀色小玩意兒還有她那好聞的味道煽起了一股古怪的柔情，這種柔情不太確切但很本能，仿佛從有刺的仙人掌上升起。因爲我喜歡的是我最好的朋友的女朋友，而她像一塊浸透名貴香水的黑色天鵝絨般誘人，茫然的迷人的城市之花。

我覺察到自己的一股衝動，我怕我會很快就把她擁入懷中，於是我到另一個房間試圖找瓶可樂之類的飲料給她。

在那一堆亂糟糟的食物和生日禮物之間我發現了那瓶香水，我母親期望我送給我的女朋友的。我搖搖頭，拿起那怪模怪樣的香水，又拿了可樂和啤酒繞過睡在地板上的那三個傢伙走進房間。她歪坐在沙發上，看上去神情倦怠，這種倦態是更能誘發溫情的溫床。我把可樂遞給她，我沒有坐回原來的地方我靠著她坐下來。

她沒有表示異議，但她突然說起昨天她做過的一個夢。她看到米奇的臉埋在一堆石頭下面，天空潮濕而冰冷，天空在飄雨，雨飄在身上的感覺像針扎，她說她在夢裡喊米奇的名字，她向他跑過去可他的臉變成了一張舊報紙。

她說到這裡，用恍惚的眼神看著我，你知道那張舊報紙表示什麼嗎？那一定是有涵義的。

我低下頭我不能想像米奇的臉埋在石頭底下，那像個地道的恐怖電影，至於舊報紙，可能是一種對已成過去的故事的模仿。

她說的那個夢有點影響我的情緒，我喝著啤酒，想著命運和掌握命運的黑色力量。你相信一九九九年是人類的末日嗎？我在喝下第三口啤酒的時候突然想出了一個問題。

什麼？她好像還沒聽清我的話，臉上掛著古怪的微笑。然後她伸出手插到了我的後背上，我立刻感覺到背部一陣發麻。我暈暈乎乎地看著她，她也模模糊糊地看著我。

有個……古希臘的預言家說，一九九九年是，是人類的末日。我使勁嚥了一口唾沫。

那很好，她咕噥著，說著失蹤的男朋友說著乏味的工作說著她那一心一意要把她嫁出中國的父母，煩透了，她說她的生活像世紀末的肥皂劇希望古希臘的預言家沒搞錯。

我吻著她富有詩意的染過的粟色頭髮，摸著她柔若無骨的肩膀，無數次在夢裡練習過的動作一一付諸於現實，而美夢成眞的時候我總是擔心自己會突然暈倒。

她嘆息了一聲，用一種突如其來的激情回吻我，我的心跳像失控的投彈機，幾乎可以把我彈到天花板上。

我們在那只胖乎乎的絨布沙發上抱作一團，像兩隻鳥一樣氣喘吁吁地琢著對方。

我說我是那麼喜歡她，從她和米奇一走進我的屋子的那一刻起我就喜歡上她了。我不知道這樣做好不好，她是我好朋友的女朋友，可我太喜歡她喜歡一個女孩就像解讀一個N次方的數學方程式，永遠不知道答案說不出邏輯。

我自顧自地說著，而她一言不發，只是用手指熟練地脫掉了我的襯衣和牛仔褲，而當我把手伸到她的裙子底下時客廳裡傳來洞洞的尖叫，接著NICO發出發條玩具般的笑聲。他們像弱智兒童般的遊戲到現在還沒結束，但我和小楊柳都停下了手。

我們面面相覷，好像正在放的一部電影突然出現故障，螢幕一片刺眼的空白。

不，這樣好像不太好。她說著，低下頭，開始整理裙子。

我咳嗽一聲，不知道是不是也應該馬上穿好衣服，說實話不穿衣服比穿衣服舒服，我看自己長長細細長滿汗毛的腿，還有瘦弱光滑的胸膛，覺得心裡有些難過。

我沒有對她說對不起，因爲好像她也挺喜歡那樣的。是她首先給我親密的暗示，也是她最終使這浪漫之夜夭折。

臨走前我把那瓶香水送給她，她沒有拒絕，也沒有道謝，依舊是那種茫然的性感如貓女郎的目光。再見，她輕輕地說。我跟著她繞過一地狼藉的客廳，洞洞和NICO腳碰腳地躺在角落裡，他們假裝睡著了。然後我打開門送她走向電梯門，在電梯門口她轉過身，我可能是喜歡你的。她說。我點點頭，心裡還是有些難過。

後來我走進屋裡，走到裝睡的洞洞跟前一把捏住他的鼻子，他很快就像小豬一樣叫起來。

天氣暖洋洋的，空氣裡已經飄出初夏的味道，那是種像煙草般乾爽明亮的味道。我從學校操場上溜了出來，那會兒正是上體育課的時候，班上那批男生抱著籃球來回奔跑著，賣弄似地高高捲起袖子露出一大截肱二頭肌。女生們在練跳馬，當她們兩腿分開撲向那一個綠色怪物時，臉上都帶著高興而驚慌的表情，所有的處女都會有這樣的表情。

我翻過不太高的圍牆，雙手插在褲兜裡慢慢逛著。街道兩邊有些個體戶開的小店舖，賣一些廉價的小飾物、食品和書，那些書都有一些滑稽的名字，《偷心俏佳人》、《茉莉情事》、《玉女出更》，據說有個班上的女生看這類台灣校園艷情書看出了妄想症。

街角有一對男女在打架，很多人圍著看熱鬧，另一邊的收音機則大聲地放出悲怨的音樂《心太軟》，亂哄哄的街道嗡嗡嗡地鳴叫著，骯髒和熱鬧也是這個城市的魅力。我轉過一個彎，看到了老刀和他的修車鋪。

老刀正忙著給一個中年婦女修一輛火鳥助力車，兩手沾滿了油污，一條發白的牛仔褲膝蓋上露出兩個洞，腳上是我送給他的愛迪達運動鞋。嗨，他簡單地打了個招呼，又逃課啦。

我在一個小板凳上坐下來，從口袋裡掏出煙，分給他一支，看見板凳旁邊扔著一本漫畫，宇黑武士之類的。他的口味一直停留在科幻兒童階段。

他修好了車子，收錢的時候那女人說太貴了。

幾個鋼片才多少錢。女人說。

老刀說，一點都不貴，要不你不給錢也行啊。

女人不說話了，掏出幾張紙幣往他手裡一塞，開著車子突突突地走了，車屁股後來放出一股難聞的惡臭。

我們坐著抽煙，說著夏天要在法國舉辦的世界杯足球賽，幾天前我們還參加了一家報紙舉辦的有獎競猜活動，我和老刀都猜巴西會奪冠。

正說著足球，一個穿灰色薄絨衣的中年女人拎著一只塑料袋走過來，那女人頭上的白髮引人注目，我們認出來那正是米奇母親。

她看見了我們，停下來，眼中帶著一股難以抹去的沉重的陰影，彷彿是災難襲擊過的一座荒

島。我有些緊張，老刀站起來說伯母坐一會兒。

她搖搖頭。

我也站起來，不知道該說點什麼，提米奇的名字會讓她傷心，她的痛苦無聲無息地飄到了我們面前，我的鼻子已經嗅出一絲黑色的氣息，一個一夜之間白了頭髮的母親的痛苦，在陽光下就像一堆碎玻璃一樣扎人的眼。

她看了看我們，然後又慢慢地邁開了步子。走了幾步她又停下來，她轉過身說她剛去了公安局，她一直看各類報紙的中縫那上面會有一些死屍認領的通告，她看到其中一則通告上的照片有點像她的兒子，那是一個有醒目的長頭髮的男孩，也穿一條大大的牛仔褲，於是她趕到公安局，公安局的人要她再等幾天他們會給她一個回音。

她說著，嗓音裡有一種奇怪的沙沙聲，像風從一扇破損的木窗裡吹進來。她是在一夜之間老去的，為了失蹤的兒子她已成了一座廢墟。

我的腳底一陣發涼，不，不會的，伯母，你別想太多，米奇不會出事的。

我說著連自己也覺虛偽的話，突然感到一陣緊張。她搖搖頭，用異樣的目光看了看我，然後掉頭走了。

老刀嘆了口氣，我都要出冷汗了，他說，她的樣子讓我覺得內疚，好像米奇出了事我們也有責任。

我們是他朋友，沒能阻止他吸毒沒能阻止他跑掉。我說，她也許不恨我們，她只是被惡運壓垮

了。可話又說回來，那些事我們可能也阻止不了，他只聽他自己的話，他只服從靈魂的召喚他是外星人。

不，他是我們兄弟。老刀說著，眼睛紅紅的。

關於那具登在報紙上的長髮牛仔褲的屍體走入我們的頭腦，一股濃烈的傷感像毒氣一樣影響了我們，我感到一陣窒息。天空出現日蝕的幻象，陽光下的街道像死去的嘴唇黯然失色。

在街上米奇的媽媽說的那番話刺激著我們。老刀一連三天在夢裡看見米奇的身體像一塊巨大的熏肉一樣掛在他家的天花板上。

洞洞在電腦互聯網上設計了一個SOS超級大搜尋活動，從我們四人合影照上剪了米奇的臉放在網頁上。他呼籲各位網友發揚人道主義發揚古道熱腸發揚神探風範來提供任何關於上海前純銀樂隊、地下搖滾明星米奇的線索。

而我也開始留意本市晚報的中縫，偶爾看到一個面目全非的死屍我的喉嚨就會發癢，好像生命成了如此脆弱而醜陋的東西，點一把火它就會燒，踩一腳它就會碎，扔在荒野裡它就得腐爛發臭，然後我得泡在浴缸裡聽著垃圾搖滾慢慢地把報紙上那些駭人的東西從腦袋裡抹去。

可我無法忘卻最好的朋友像隻小蝴蝶一樣天真的米奇，是他讓我今生第一次如此真實地面對死亡，死亡就像鄰居一樣存在於我的門邊，它呼出的水汽在我的玻璃上形成了陣陣迷霧。

我想起有一天下午，我和米奇沿著一段廢棄的鐵軌並排騎著自行車。一些碎石在我們的車輪下發出吱吱的叫聲，我們哼著「大門」的歌。米奇突然很傷感，他說他最喜歡的Jim. Morisont和Ian.

Curtis都是在舞台最熱鬧的時候走掉的，他們悄悄地鑽進布幔然後永遠消失了。

那又怎麼樣？我說。

時間停了，你也不用長大了。他簡單地說。

我們沿著廢棄的鐵軌騎車，那是一段長長的路。

我們都對廢棄的東西感興趣，包括廢墟、垃圾場、無用的鐵軌、一截生鏽的鐵棍。那些東西上面有時光重疊的影子它們曾經瘋狂過而如今更顯得眞實可信，它們的黯淡和悲哀是工業時代的一個縮影，一想到世界到明天就可能成爲廢墟，我們的心就會燃燒，燒得越來越快直衝雲霄。

有一天我也會走掉的。米奇說，聲調並不悲傷。

去哪兒？我問。

火星。他說著開心地笑起來。他說火星的樣子就像說一個蘋果，似乎唾手可得。而這樣稚氣的問答我們會重複好多次。

我們在鐵軌上坐下來，向不遠處的一條小水溝擲著石子。太陽漸漸西沉，我們像兩支向日葵肩並肩坐在黃昏幻化的孤影裡，頃刻之間忘記語言。城市顫抖著橫亙在我們面前，像一顆褐色大瘤。

我給小楊柳打電話，把米奇媽媽去公安局的事告訴了她。她沉默了一會兒，然後用冷淡的聲音說，她不想再聽到任何關於米奇的消息。

我不知道說什麼好，她的聲音裡有一種驚恐過後的空白，像一段光滑的墓誌銘。是的，她說她不想再聽到任何關於前男友的消息了。那事已經像一列高速列車般晃過去了，她有權利走出陰影感

受另一股暖流。

我問她英語學得怎麼樣，她說還可以，那是種美式發音，她學會了把舌頭捲成地毯似的。

我笑了笑，她的聰明就在於隨時可以把情緒從陰雨天調到多雲，我想像她舌頭捲成地毯的感覺，那應該很有趣。

老刀決心繼續讀書，在夜校報名參加了一個補習班，準備考成人高校。他新理了一個板寸頭穿著白襯衣坐在我和洞洞對面，像廣告演員般精神抖擻。我們正坐在那家像巨型集裝箱的快餐店裡喝可樂，當我們不喝啤酒只喝可樂的時候總是我們需要思考某些問題的時候。

米奇的媽媽讓我想起了自己的媽媽，我媽也為我愁白了頭髮操碎了心，最近我失眠了幾夜，終於認識到生命苦短，不能辜負母愛母愛，是世上最偉大的，我想試一試如何超越自身的渺小反正都閒著，閒著也是閒著不如一頭扎進知識的海洋。他說，臉上帶著思考的表情。

洞洞咬著吸管想了想，然後點點頭說，知識就是力量，你還有一雙鐵拳，力量加力量就是成熟和魅力。

我笑起來，老刀的臉上卻突然現出不好意思的表情，主要是生命太短暫了，得幹點什麼呀。他說。

網上有消息嗎？我問洞洞。

還沒有，再等等吧。洞洞說，過了一會兒他突然愁眉苦臉起來，你們知道嗎？那個光頭NICO喜歡上我了，一定要做我的女朋友。

那不是正好嗎？你挺崇拜她的吧，當初還讓人家簽名呢。老刀譏諷地說，一邊把冰咬得吱嘎響。

那不表示我要做她男朋友啊，如果她是TRAINSPOITING裡面的馬克，我就會喜歡她的。可她不是，她是個像絞肉機一樣的搖滾女孩動不動就踢我屁股。有一次她在我家看影碟一看到殺人就激動就踢我，還有一次我們逛街買冰淇淋吃我偷偷咬了她手裡的冰淇淋她也當眾踢我，媽的像女土匪，我要跟她在一塊兒不是自取滅亡嗎？洞洞把最後那個「嗎」字拖得很長，以示哀怨。

可聽你這麼說好像還是挺喜歡她的，要不然怎麼還一起看碟一起逛街，你居然還吃她手裡的冰淇淋，兩小無猜似的。我說。

我只是崇拜她，她很特別不是嗎？洞洞說。

你是小小受虐狂，認命了吧。我說。

玻璃轉門一閃，一個渾身著黑、戴紫色墨鏡的女孩走進來，是光頭NICO。她那著名的光頭像一只八號保齡球引人入勝，塗著黑色唇膏的嘴緊抿著神秘和暴力。

暴力女神來了。我微笑著對洞洞說。

洞洞點點頭，沒辦法她永遠都酷斃了，他說，然後一揚手，嗨！NICO，要吃點什麼？我還有十塊錢，要冰淇淋嗎？他掏出那只在廁所裡撿來的漂亮錢包晃了晃，那只漂亮錢包金玉其外敗絮其中，永遠只有十塊或二十塊錢。

NICO不理他，徑直坐下來，把紫色墨鏡推到腦袋上，明天晚上我們在華師大有場演出，她說，

你們來不來？

我給小楊柳打電話，想約她一起去看華師大的搖滾之夜的演出。但是她不在家，接電話的是她媽媽。那女人用一口好聽的蘇州腔說她女兒有事出去了，有什麼事她可以轉告。

噢沒什麼事，那麼，再見。我訕訕地掛了電話。我對小楊柳的媽媽沒有好感，儘管她能說一口動聽的吳儂軟語，可那也是綿裡藏針的，想想她讓自己的女兒學那麼多花拳繡腿似的玩意兒，她一心一意要把女兒嫁出國門，很多中國男孩都會為此而萬分討厭她。

於是晚上我也沒有去看表演。看了一會兒無聊電視，電視上的一群成年人在漂亮女主持的指揮下，興高采烈地玩著搬磚頭的遊戲，我不明白他們為什麼搬磚頭可以搬得如此高興。

關了電視，坐在沙發上玩那只銀質小口琴，我吹出一串犯哮喘病似的雜音，心裡有些傷感。

我對小楊柳還一往情深她是我的初戀，自從有一次我看到她低下頭輕輕吻了米奇的臉那姿態柔美如一朵夢中睡蓮我就喜歡上她了，她曾是我好朋友的女友，她在我的沙發上脫我的襯衣，她熱情似火美艷如蝶，可我預感到我對她還是沒戲可唱。她肯定能找到一個外國人，她的長相就像精緻的亞洲娃娃，她性感如《蝙蝠俠》的貓女郎，這城市造就了她的美和她的野心她必將走向世界。

我看到了那只從地下室拿來的紙箱，那裡面裝著米奇的磁帶和日記，至今放在牆角原封未動。

我猶豫良久，拿不定主意動手拆開它還是保持原樣過幾天送還米奇媽媽。最後我從沙發上站起來，走到牆角，很容易地撕開封條，我想我要進入一個迷幻之旅了。

在唱機裡塞進一盤米奇在簡易錄音棚裡錄製的小樣帶，第一首歌就是《硬漢不跳舞》。那個神經質的聲音影響了我，我神經質地跑進洗手間，撒泡尿能讓我放鬆。

我看著天花板，天花板寧靜而白膩膩的像一塊巨大白內障，米奇的聲音還在隱隱約約地從另一個房間裡傳出來。

我閉上眼睛看到他漂亮如迷幻天使的臉，蛤蜊睡著了，星晨熄滅了，沒有打噴嚏或喘息的聲音，世界變成卡通魔宮。我想上帝啊，米奇到底藏在哪兒呢？

我關掉音樂，拉上窗簾。厚實的窗簾給人一種安全的錯覺。然後我跳上床，柔軟的席夢思像一片能思考的海洋在我身下輕輕呼吸著。我手持米奇的日記，沒有任何偷窺的喜悅，只是迷茫如夢地翻開了它。

米奇本質上是個詩人，他擁有敏感而優雅的天賦。這體現在他的日記裡就是那種細膩而天才的描述。他記錄他與小楊柳的初遇時，感覺她「神情恍惚，像忘了關上身後的一只只抽屜」，他覺得她性感而與眾不同，在演出結束後他送了她一隻不乾膠的小豬圖案，他屬豬，預感她會成爲他的女朋友。

在記錄他和我還有老刀、洞洞四人坐在街頭吃蘭州拉麵的時候，他突然覺得我們四個人前生可能是同一種東西，比如一只海底生物或一株很大的樹，後來我們才分裂開成爲四個男孩。

日記的後半部分字跡變得潦草起來，他寫到他開始抽大麻開始吸粉了。

「薄片對我說，那是世上最厲害的東西，平生最好的性高潮乘一千倍還不及它的爽。有了它生活不需要理由。可我只想讓我的耳朵變得像一枚針一樣敏感，讓音樂從四面八方包圍我直到我透不過氣來。」米奇這樣寫了一段話。

我嘆了一口氣，不明白耳朵像針一樣敏感有什麼意思，他把他的耳朵賣給了一個魔鬼。

米奇說他做夢了，夢見原野上開著大片大片粉紅色的花，那些花帶著有毒的香氣撲鼻而來。他在花叢中間奔跑，搖搖晃晃地，花像粉紅色的波浪推著他。漸漸地他飛起來了，滴天紛飛的花瓣割傷了他的臉，血滴下來，閃著霓虹般的迷光。他聽到自己的呼吸卻找不到自己。

我被窒息我已陶醉你沒有理由不讓我飛。米奇在石頭下歌唱著，像一張舊報紙一樣歌唱著。

我闔上日記本，茫然四顧，牆上的石英鐘在嘀答嘀答地走著，我的血管在腦門上一跳一跳的。我想我不應在深夜的時候看這些東西，我也是一個敏感脆弱的男孩，那些文字帶著記憶和陰影像潮水一般湧向我的時候，我被多愁善感吞沒了。

我忍不住給米奇家打了個電話，他媽媽沙啞的聲音在電話那頭響起來，她說公安局的人證實那具長頭髮的屍體不是她兒子。我吸了一口氣，說那很好，米奇肯定還活著，我這兒有他的磁帶和日記，如果她想要的話我立刻還給她。她說她不需要。

掛了電話，我洗澡，然後吃安眠藥。我想米奇的媽媽不要這些東西可能是怕觸景傷情。我希望這些東西有朝一日能還給米奇本人，否則我會找個地方埋掉。

EP來我家還CD。我正在頭痛腦脹地看物理課本，對愛因斯坦的量子學理論我無論如何也理解不了，那是真正的天方夜譚。我寧可跟人討論火星上面有沒有生物。

EP的頭髮剪掉了，留著很乾淨的寸頭，看上去眉清目秀地像個俊和尚。他說他家裡人出錢在紹

興路上開了家小書店。他以後就會幫著做書店的生意。

那也不錯，我說。他的表情似乎表明對此也感到滿意。

書店裡會放置咖啡座，放一些我喜歡的音樂，四周掛些畫，還可以放我自己燒製的陶瓷娃娃。他慢條斯理地說著，雙眼幽靜而不浮躁。

生活對於EP似乎沒有過多的意外，生活像一部融合幻覺和現實的電影飄過櫥窗。如果你是條蟲子你就得爬在地上，如果你是天使你就能憑空飛翔。EP對待生活的態度就像在草地上散步，他的步伐永遠不會失去平衡，因爲這一點他贏得了我們大家的敬意。他是我們公認的好男孩，他唯一的缺點就是他的完美性。

我想在電台做一檔關於米奇的節目，你認識那兒的人嗎？我突然想到一個念頭，事實上在我聽著米奇的音帶看他的日記的時候就已經想到這個主意了。

那頂用嗎？EP問。

不知道，試一試。我說。

我去問一下，過幾天給你回音。他說。

EP很快打電話來，說要我當面跟一個音樂編輯談一談。於是我們約了時間在棉花俱樂部見面。洞洞、老刀有空，他們和我一起去棉花。

音樂編輯是個中學生模樣的女孩，但說話時的神態顯得很老練。她說她也認識米奇，在幾次PARTY上聽過他唱歌，對此她有深刻的印象。米奇消失的消息流傳得很廣，她覺得讓人難過。因爲

他眞的「很棒」。

我不知道她說的「很棒」是指他的人還是他的歌，也許兩者兼而有之。同時我注意到她的臉出現情緒化的變動，潮濕而微紅，像雨季中的天空。我敢打賭她是喜歡米奇的。這個城市裡幾乎所有女孩都會喜歡上像米奇那樣類型的男孩。他代表夢想、浪漫、狂喜和性感，是迷人而不可多得的「壞男孩」，這樣的男孩不會羞於爲夢和愛而死。

音樂編輯沒有困難地答應了我們的建議。她會在一檔介紹本地歌手的節目裡放米奇的歌，並且含蓄地表達對他的思念，希望他遲早回到朋友和音樂中來。

我們謝了她。她說也許這不會有用。我點點頭，總得試試，我說。因爲我們都愛他。

夏天突然到了，四季的更替在這個城市越來越不明顯，彷彿總是在從冬天跳到夏天，再從夏天跳到冬天。空氣裡飄著啤酒和香水的味道，街上男孩的帥哥打扮使他們看起來像孿生兄弟們，而女孩一個比一個穿得暴露，她們穿著緊身小背心、迷你裙招搖過市的樣子令人窒息，但卻不能給你更多的想像的空間，因爲你幾乎什麼都能看到或猜到，用不著過多想像了。

學校的各門考試陸續迫近，我不得不捨棄看世界杯的直播，哈欠連天地在台燈下看那些面目可憎的教科書，它們像從墳墓裡再生的怪物一般僵硬而惹人嫌。

媽媽打了個國際長途來，問假期有什麼打算，爲什麼不去她那兒過段時間呢。我說上海挺好的，好朋友都在上海，所以我不去東京。也許再過幾年我會去看她看東京，但現在還不想。

她又問香水送掉了沒有。我說送掉了。哇，她像十六歲女孩那樣發出誇張的驚嘆，我的兒子很

棒。她說。

我懶得解釋那女孩不是我女朋友，我與小楊柳之間從一開始就混沌不清，我也許只是處在青春期的單戀中。

在一個下午，我去銀行取點錢，順路經過小楊柳上班的那家時尚店。那家店的門面很富戲劇性，色彩大膽造型別緻，像一張前衛女人的臉。透過玻璃櫥窗朝裡面看，裡面燈光璀璨，人影綽約，像海市蜃樓般恍惚。

我推開店門，門楣上的一個小金屬片發出叮噹一聲脆響，一個塗紫色唇膏頭髮染成金色的女孩走過來。她抬起藍色的眼瞼看看我，先生需要什麼嗎？她問。

我搖搖頭，我找一個，一個叫小楊柳的女孩。我說。

女孩莫名其妙地眨眨眼，好像沒有這個人。她說。

不，她在這兒工作。我堅持地說，一邊四處張望。

女孩轉身向另一個女孩示意，另一個女孩走過來，同樣塗著光怪陸離的唇膏和眼影，先生是說FERRY吧。她已經辭工不做了。她說。

我模糊記得小楊柳是有個英文名字。是個高挑個短頭髮的女孩。我說。

對，就是FERRY，她走了。女孩肯定地說。

知道爲什麼嗎？我情不自禁地問。

女孩子臉上顯出複雜的表情，一絲嫉妒和譏誚的微笑爬上嘴角。找了個老外做男朋友，當然不

用再出來做事了嘛。她說著，用古怪的眼神看看我，聳一聳肩，轉身招呼別的顧客。

我推開店門，走在街上。白晃晃的太陽光像毒汁一樣澆在身上，我悶著頭走了一會兒，腦子裡又映出剛才一幕，心裡突然很煩，覺得自己像個笨蛋。

對於一個笨蛋來說，漂亮女孩就像裙子底下藏著香水瓶、蛤蟆、電池的魔女一般，帶著幻覺飄到你面前，然後突然騎著掃把飛身離去，投入其他男人的懷抱。對於小楊柳，我承認她從來就沒有屬於過我所以現在也談不上失去她，可我的心裡還是難受，我不是超人，我對這樣的事沒有一丁點兒經驗，這會兒只能沮喪地走在大街上，與自己的影子一起黯然神傷。

考試終於結束了。而關於米奇的消息依舊如一潭死水，波瀾不興，沒有一丁點兒的線索。

洞洞的網址上偶爾會傳來一些惡作劇般的假情報，有人說他現在在拍電影，有人說他就住他們家隔壁，以養狼犬為生，還有人說他去了香港，並從事可疑職業。

洞洞受不了這些居心叵測的消息，世上哪有這樣的人嘛，他帶著哭腔說，連性命攸關的事都能開玩笑。

世界末日到了，老刀說。他依舊把可樂杯底的一把冰咬得吱嘎吱嘎響。

我漫不經心地玩著一隻掌上遊戲機，這段日子我對什麼都提不起精神，我在考慮是不是應該去東京玩一段時間。可我實在不喜歡我母親現在的丈夫，那是一個微胖的蓄小鬍子剃平頭的日本人，我總是把他跟侵華戰爭的日本少佐聯繫在一起。我對日本人抱有天生反感，而我所居住的城市又偏有著十分明顯的親日傾向，大量的上海人心甘情願地淪落在日本扒分，所以我不去東京。至於西雅圖，我喜歡西雅圖超音速隊但那個城市一年有九個月在下雨，一下雨我的情緒像小姑娘那麼敏感我的傷感綿綿不絕。

世界像藍色大湖總有迷離不絕的煙霧上下升騰，生命像一列高速火車一覺醒來已從起點到終點，這些，已足夠令人傷感。

我們坐在快餐店裡，情緒不高地喝著可樂。我的頭腦裡甚至閃過退學的念頭，就做一個無所事事靠父母養活的紈絝子弟。而事實上我覺得自己具備紈絝子弟的特質，比如重視自己的外表，對別人的評價比較在意，我從未受過物質匱乏之苦，從小我就學會了舉著一把棒棒糖離家出走。

我問洞洞和老刀對此有什麼意見。老刀反對，洞洞棄權，隨便，他說。

洞洞總是說隨便像狡猾的小木偶，而老刀反對的理由是生命必須有磨難，勞動使人健康，工作給人力量。

我不明白老刀的覺悟何以有如此之快的提高。我在看存在主義的書。他不好意思地說。

你會一直修車嗎？有什麼打算？我問。

先拿到一張電大文憑再說。儘管那是狗屁不值的東西。可我媽會高興的。他認真地想了想，然後我就不知道幹什麼了。不過凡事都是水到渠成的。他呵呵笑起來，臉上帶著脫胎換骨的喜悅，簡直讓我嫉妒。

暑假裡你幹什麼？我問洞洞。

跟NICO一起去旅遊。他訕訕地看了看我們，我們靜靜地等他下文。我還是不知道她做女朋友好

還是做朋友好，可我喜歡跟她在一起。

喜歡女孩總比喜歡男孩正常些。老刀體貼入微地提醒。

什麼正常不正常，愛才是最重要的。洞洞不高興地站起來，往廁所走去。

我坐在生硬的塑料座椅上憂心忡忡地打著遊戲機。不知道自己是不是應該也去看一看存在主義的東西，從無聊茫然中解脫出來，學會做推石頭上山的荒謬英雄。

幾乎整個夏天我都在EP的書店裡渡過。我喝著可樂，有時也裝模作樣地喝咖啡，坐在一張沉甸甸的桃心木圓桌邊看薩特和艾倫．金斯堡，他們一個是專吃女信徒豆腐的色情狂，一個是地道的同性戀，可這並不影響我對他們的喜愛之情。

天花板上的老式風扇呼啦呼啦地轉著圈，我坐在一堆書本中恍若隔世。不再有米奇和小楊柳不再有別的，思考「永久的孤獨」「他人即地獄」這樣的問題，喝苦澀的咖啡使我感到自己已徒然間長大了。

有的人需要用一輩子的時間來成長，而有的人只需要一個夏天或一個下午，撥開懵懂的迷霧，進入生命眞正的內核，我想我就屬於後一類型。我爲我驚人的早熟感到驚奇，媽的，世紀末讓年輕的小孩遠遠地走在了時間的前面。

老刀有時也會來書店，我們下棋或玩牌。EP已利用休息間隙開始寫作，寫的不是小說（小說在當今已淪落至自慰或賣俏的手段），EP埋頭寫的是一篇篇關於希臘藝術起源或印度宗教探微的論文，那些論文可能永遠不會發表，可EP不在乎，他只聽從內心召喚，按最樸素的意願行事。

暑期結束的時候，我並沒有退學，而是繼續上高三。我讓自已像個眞正的男人那樣耐心地對待一切令人不耐煩的事。

一個晚上，敲門聲響起，我打開門，發現小楊柳站在門外。她穿著黑色緊身T恤，暗藍色織緞中褲，厚底鞋，臉上化著淡淡的妝，那美麗動人的樣子彷彿恆古不變，與時間、生命、空氣、道德無關。

她看著我，浮上一個綿軟無力的微笑，嗨，她說。

嗨，我說手扶著門把，並沒有馬上意識到是否該請她進屋。

能進來嗎？她低聲問。

我讓開路，在她身後關上門。她徑直走向沙發，然後用優雅的姿態坐下來，我不知該怎麼做，有些茫然地看著她。

我要結婚了。她突然笑了笑，說。

是嗎？我說。一個預感被證實的時候，你總是會顯得更平靜些，甚至要比先前放鬆。我給她倒了杯果汁，跳上電視機櫃上坐下來。我對她也浮上一個笑容，恭喜，我說。

爲什麼不問我的新郎是誰？她的眼睛裡閃出一絲施虐狂的光芒，她興奮地盯著我，嘴角微微張著，整個臉龐顯出病態的潮紅。我猜她希望這會兒我能表現出萬分痛苦的表情。

那有什麼區別？我直直地盯住她，反正你要結婚了。

她點點頭，我要嫁的是一個叫彼得的英國人，人不錯，也很有錢。我媽像中了六合彩那樣高

興，比我還要高興。她看看我，那天你來嗎？

她的眼睛裡燃燒著一簇藍色火焰，從黑暗中浮起，又在黑暗中沉積。我讓自己保持頭腦清醒，儘管我有一種要發生點什麼的預感。她就坐在我面前，用花粉般的芬芳呼吸，用昆蟲般的神秘輕語。

此時此刻，夢和現實只有一步之遙。

你要我來嗎？我問，說完後覺得這話很笨。

她笑起來，一種年齡上的優越感總是使她笑得很柔媚。在她眼中我肯定是個喜歡扮酷的處男。我喜歡你。她突然說。

我呆了一呆，覺得她現在還說這樣的話很不負責任，並且像個輕浮女子。

她站起身，慢慢走過來。我坐在那兒一動不動，腦袋一片空白，然後她輕易地抱住了我。

接下來發生的一切像一齣三級片，她成了一個富於經驗的漂亮妖女，用她的身體和想像鎮住了我。我的腦袋被她壓在巨大的電視機櫃上，她用類似於謀殺的姿態剝奪了我的處男之身，一股股誘人而有毒的香味鑽進我的鼻子，我昏眩了，不作抵抗，無能爲力，隨波逐流，我向心儀已久的妖女獻出我的童貞。

然後她起身去洗手間，一陣嘩嘩的水流聲，我躺在那兒，迷迷糊糊地看著天花板，處在肉體再生的幻覺中。

她很快就梳洗停當，光滑動人地站在我面前，用那雙近視而性感的眼睛看了看我。其實，你是個壞女人。我輕輕說。

你也是個壞小孩。她溫柔地說。

好吧，再見，米奇，再見，寶貝。她緊緊地抱了抱我，離開我，走出我的屋子。

我相信我沒有聽錯她的話，後來我躺在浴缸裡，回想起剛才的一幕幕，我問自己那究竟是怎麼發生的，爲什麼。

小楊柳像一個謎，帶著邪惡和神秘刺激著我，她用她的方式完成了一個告別儀式，那些被煙霧、音樂、茫然包圍的日子，那些絢爛狂花般盛開的青春的片斷，都被今夜流星般一閃而過的性交消解了，融化無影了。欲望的潮水退卻後，沙灘上只有一些小小的遺骸。

婚禮在波特曼酒店舉行。在這間富麗堂皇沒有一絲陰影的大廳裡，笙歌艷舞，香粉鬢影，歡笑晏晏。小楊柳穿一襲華衣，如灼灼桃花開在春風沉醉的晚上。她挽著英國新郎像雙蝴蝶般穿梭在同樣衣冠楚楚的客人中。

客人中有不少是名流顯貴，總裁、外交家、議員、作家，他們臉上都帶著羅馬教典般雄辯而愚蠢的表情，與我們這夥人格格不入。

我和老刀、洞洞、NICO端著酒杯站在角落裡，像混跡人間的小毛蟲，我們咕咚咕咚地喝酒，我們不醉不回家。

洞洞已經醉了，他紅著眼睛拉住NICO的手說，我們也結婚吧，等我也考上大學再等我找份工作我們就結婚吧問題是你願不願意等我五年，五年太漫長我們現在就結婚吧，天堂的門朝哪邊開我不

知道可我知道幸福的秘密，幸福就在眼前，人生苦短我們結婚吧結吧。

NICO說Shit，甩了他的手走到我旁邊。Shit，他一喝酒就像個王八蛋。她對我和老刀說。

我一直都不說話，我只盯著小楊柳看。她身姿婀娜地走來走去，就是走不到我身邊。我心想媽的這眞荒謬，幾天前她還赤條條地像個妖女似地摸我吻我，現在她卻與你咫尺天涯。我難受地站在那裡，像個傻瓜。之所以還沒有跑掉是因爲我告誡自己，必須要像個眞正的男子漢，經受這種煎熬就是接受命運給你的挑戰。

她終於和英國丈夫一起走到我們面前，我們舉起酒杯，然後叮叮噹噹地碰著。洞洞突然抽動了一鼻子，咦，好奇怪的味道。

什麼？NICO低聲問。

我好像在哪兒聞到過這味道。他輕聲嘀咕著，他把手插進褲兜裡，一把掏出那錢包，放在鼻子上使勁地一嗅，哈，他飛快地轉動著眼睛，一樣的味道。

你喝醉了，NICO生氣地說。

我一向對我的嗅覺感到驕傲，洞洞也生氣地說。這時小楊柳湊近過來，問他們在爭執什麼。

洞洞揚了揚手裡的錢包，這是不是彼得的？以前我在廁所裡撿到的。

英國新郎的中文不太好，他好奇地問新娘發生什麼事，一邊把腦袋湊過來，他看到了個錢包。

洞洞習慣性地衝他拋了個媚眼，把錢包遞過去，這是你的吧？

英國佬仔細地一看，驚呼了一聲，噢，God，爲什麼它會在你手裡？他的臉色變得不友好起

來。

於是洞洞用英語向他解釋了一遍在快餐店廁所發現錢包的經過。可英國佬的臉上分明寫著不相信的神情。我對小楊柳說，你跟他說說吧，這是眞的，就是在快餐店裡遇到你的那一次。於是小楊柳跟丈夫解釋，她丈夫冷淡地搖著頭，OK，忘了這事吧。他用一種高高在上的蠢相說，然後拉起新娘的手準備快步離去。可是，這眞的是別人扔在廁所裡我才撿到的。洞洞委屈地大叫起來。

英國佬猛地一轉身，用食指一點，請不要在我的婚禮上scream，那很變態。NICO一把撥開他的手指，你像沒教養的豬。她大聲說。

英國人聽懂了「豬」這個字，「啪」一巴掌打在NICO臉上。四周立刻靜下來，英國人突然意識到自己的失態，Get out！他輕聲說。

Shit！洞洞尖叫著，你敢打我女朋友？他一伸腿拌倒了英國人。我們跑吧。他邊說邊飛快地朝門口跑去。

老刀順勢踢了一下英國人的背，打倒殖民主義。他低聲嘀咕著跟在洞洞屁股後面跑出去。

我呆了一會兒，猛然意識到情況不妙，幾個保安正朝我這邊衝過來，我一把抱住蒼白失措的小楊柳，使勁吻了她一下，然後從倒下的英國人身上跳過去，飛快地逃出金壁輝煌的波特曼。

我們在街角站定，看看後面沒有人追上來，彼此一打量，立刻笑得前仰後合。媽的，世紀末的這一場酷斃了的中外婚禮。

當天晚上，我做了一個夢。夢見一條似曾相識的街道橫亙在眼前。街道兩邊的房屋在晝夜更替

中留下深邃的倒影。時光在陰影中飛快地流逝著，而這條街道似乎亙古就有，沒有過去，沒有未來，雖然沒有人影，但仍是一條我生平見過的最沒有恐怖氣息的街，月光下的路面平坦乾淨，風不吹，樹不搖，狗不叫，每一吋土地夢遊般的靜謐。

然後我看見一個少年從街的一頭慢慢走來，臉上帶著純潔的微笑，是米奇。他帶著重獲新生的喜悅神情朝我走來，宛若白色天使。

他拉起我的手，我們穿行在溫柔如水的月光下。腳下的土地像波浪般輕輕晃動，黑夜就像一個深沉的大海。沒有迷惑，沒有恐懼，我們向前慢慢走著。濃霧升起來，黑暗像油漆一點點剝落。眼前除了白色還是白色，和白色的米奇幻化爲一體。

於是我看不見米奇了，耳邊只聽到他的歌聲。兄弟，記住我記住你，我會在最後一支舞曲結束的時候來看你。

第二天我醒得很早。白色的枕頭，白色的床單，白色的被子包圍著我。我彷彿又看到了白色的米奇。外面的陽光似乎很不錯，一縷金色的光像小蛇一樣悄悄透過窗簾的縫隙鑽進我的房間。

我從床上跳下來，打開電視，走進洗手間，然後又走到廚房裡爲自己做十七年以來的第一頓自制早餐。冰箱裡有李阿姨買的雞蛋和麥片，還有麵包和牛奶。我認認眞眞地爲自己煮著食物，感覺到胃部一陣陣輕微而甜蜜的捶打，我想這會兒我是眞的餓了。

然後我從另一個房間裡拿出那只裝著米奇日記和磁帶的紙箱，我把它抱進懷裡，打開門，走了出去。

在街上轉了幾個彎，我看到了一座公園。我走進去。

這是一個美麗的清晨，不太多的人在跑步，或者打拳，我走到一片草地上，蹲下來，用一把小鏟在草地上掘了一個洞，然後把日記和磁帶埋了進去。這一切做得如此容易，像脫襪子或扔石子那麼容易。

我拍拍手，在草地上躺下來。清晨的陽光像金色的液體灑在我臉上，青草的葉尖癢癢地鑽過我指縫，我感覺到從未有過的明朗心境，彷彿躺在天和地的正中，一隻看不見的手掌在托著我輕晃升騰。

我聽到米奇的聲音，那聲音從草根底下傳出來，像可愛的小螞蟻在泥土下的吟唱。再見米奇，再見。

我生活的美學(代後記)

豔情部落

我住在上海,這是個美得不一樣的城市,像個巨大而秘密的花園,有種形而上的迷光。這個城市有著租界時期留下來的歐式洋房,成排成蔭的懸鈴木,像UFO般摩登的現代建築,植根於平實聰明的市井生活裡的優越感,和一群與這城市相剋相生的艷妝人。

這群人在夜晚閃閃發亮,像從地層浮現的藍色寶石,具有敏感而不可靠的美。正是這群人點綴著現代城市生活時髦、前衛、浮躁、無根的一個層面,組成獨特而不容忽略的一個部落。

他們絕大多數出生在七〇年代之後,沒有上一輩的重負沒有歷史的陰影,對生活有著驚人的直覺,對自己有著強烈的自戀,對快樂毫不遲疑地照單接收。他們中有藝術家、時髦產業的經營者、無業者、作家、娛樂圈內人,還有不少無賴、賭徒、洋人和藥物依賴者。

對於他們,用「另類」這個詞形容是最眞實貼切的,即使在越來越多的人把這個詞掛在嘴邊,用這個詞來化妝做秀的現在。

在大都市的浮躁和艷情中，他們對什麼都很容易好奇，又對什麼都會很快厭倦。無論對別人還是對自己，他們都不願負太大的責任，他們的生活和工作很大程度上含有即興和試驗的成份，他們在其中找到自娛自樂的方法。

他們總在白天感覺到茫然而睡意朦朧，在夜晚他們出沒於各種Pub、Club、Bar，像一種吃著夜晚生存的蟲子，腹部有一種接近於無限透明的藍色，看上去玄惑、神經質、陌生、令人詫異而性感萬分，還有那麼一點刻意。

他們中不少人自稱是派對動物，冷血青年，在平時他們很少來往，疏於溝通，甚至永遠不知道彼此的姓名、身份，但他們總是在同一個Party上相遇，目光如電，在瞬間就認出了自己的同類，幻影幢幢，他們就在夜上海秘密而艷情的角落歡樂並幻想著。

所謂的越夜越美麗，越歡樂越墮落，我想就屬於他們。

在高度物質化的社會裡他們找到存在的理由，Post Punk的情緒在他們的面孔上顯露無遺，在餐館在街上在酒吧在深夜的某扇浴室的玻璃窗上，你能看到他們的影子他們的符號。

他們，我的朋友們，在這個城市出現又消失。他們總是提著很少的行李在車站徘徊，他們像孩子似地住在帶家俱的房子裡，他們穿黑色衣服打紫色領帶，他們在霓虹燈下淹入無愛的人群，他們在鏡子前摸自己的臉想像鮮花如何盛開在自己的墓地，他們有病但都是漂亮寶貝。

他們中有的人已去了世界各地，有的正在打算去，很多人在頻頻發生艷遇，傷心或狂喜，暴富

或潦倒，失眠或酒精中毒，寫作或歌唱，拉幫結派或相互攻擊，達達或啦啦啦。他們在幻影上建立了部分事實，在某種遊戲的核心獲得了近人生活的方式。

夜晚我在燈下寫作，或在床上抽煙，與現實保持著適當的距離，想像黑夜中那些隱蔽起來的翅膀，和藍色的影子。我認得他們的臉，記得他們的名字，這些像有毒的花一樣開在我的小說裡。

愛情像一種毒

一個《美國新聞和世界報導》的女記者走進我家的門，環顧四周說，衛慧，你的房間像一個極端個人化的夢，並且自給自足，好像並不需要另外一個人的存在了。她用英語說這番話，我聽懂了這「另外一個人」應該是指一個男人，她是一個敏感的洋女人，揭示出我身處的一種日常生活氣氛，我呼吸的一種幽閉自愛的氣息。

但是我仍然覺得我是那種天生需要愛情的柔軟女人，聽台灣小女生徐懷鈺高唱「全世界的女生都想登上鐵達尼尼克號，連生命都不要」後，雖覺商業文化的淺薄，但還是很愛歌中的那份自在和勇敢。

在《像衛慧那樣瘋狂》中，我寫到一種追隨生命狂喜、對小市民作風敬而遠之的邊緣愛情，在《蝴蝶的尖叫》裡寫到像碎玻璃一樣割傷人的初戀和與已婚男人的曖昧之戀，而在《愛人的房間》、《陌生人說話》裡，我寫了一種模糊的、致命的、人鬼情未了的愛情。

小說裡的愛情只是小說裡的，與我自己的生活沒有太大關係。世上是有愛情的，至少我希望有。對於男人，只要你願意相信他，他就是可信的，反之就不可信。男人最重要的品質是聰明，頭腦聰明、反對暴力、熱愛女作家、乾淨浪漫的男人會讓我注意。

對男朋友是多、還是少更好這個問題，我不理解這個問題，所以不回答。我有個女友專找已婚男人做情人，她快樂並痛苦著，可事實上不少男人是結了婚以後才被調教得魅力十足、體貼溫柔。

愛情與寫作這個問題很多記者都問過我，我覺得男人與寫作不是矛盾的，而是相輔相成的。如果我有一個心愛男人，就算我要放棄寫作，他可能也不贊同。對愛上女作家的男人來說，如果那個女人放棄寫作，也就放棄了魅力之源。但對我來說，我會因爲找到比寫作更迷人的事物而中止寫作，只是目前還沒找到。

也有不少人問我是不是想一輩子做「單身貴族」，我其實很討厭「單身貴族」這個詞，這個詞本身已用濫了，何況單身與貴族之間沒有一點聯繫。當然那種狀態還不壞。只是我現在很想結婚，然後生漂亮健康的小孩。

對婚姻我有種溫和的預感，婚姻會讓我更像女人，並且是美而優雅的年輕女人。

我碰到不少騷擾者，有人給我寄色情照片，打午夜電話，還有人戴著墨鏡在我家門前的馬路上跟蹤我，爲此我搬過好幾次家，並且把我的電話號碼改來改去，在街上邊走邊東張西望，像一齣低級間諜片。在互聯網上發布小說後，我希望被網上讀者多多騷擾，那是安全而幸福的騷擾。總之希望可以做到像杜拉斯那樣，在八十多歲的時候還有人說「你和你的小說迷死人」。

關於愛情，我在小說裡寫過這麼一段：「是真是假，是黑是白，是甜是苦，是死是活你管不了那麼多，你要愛這是你今生的宿命所在。」總而言之，愛情是一種毒。

紅色

每當有人向我提起亨利·米勒，這個名字總是讓我的腦袋驀地發熱，它們就像一股熾熱的潛流在晦暗的地底下運行，有時就在我的身上，在溫暖的眼睛在纖細的血管在疼痛的肚皮。

我更願意把他當成一個朋友而不是作家來看。

他的文字優美、神經質而真實，有時候非常嘮叨，嘮嘮叨叨的老亨利非常輕易地把他的故事變成了一首首模範的搖滾、爵士以及走了形的交響樂。原始的衝動、神秘的幻覺、聰明的感受、瘋狂的聯想組成亨利特有的自由自在的精神世界。讀他的東西讓人覺得自在、真實，有時很想笑。有一次當我坐在盥洗室裡讀他的書的時候，我記得我大聲地笑出聲來，水箱裡的水嘩嘩地喧響著，整個情形很滑稽。他是如此的親近，似乎無處不在，餐桌、大街、商店、辦公室、床、酒吧或一個水聲嘩嘩的廁所。

他的文字裡滲透著活蹦亂跳的感情，痛苦起來像發瘋，歡樂起來像最樸素的動物。他時常在高度物質化的城市裡感到緊張，並嚮往中國古代聖賢的眼睛裡閃爍的那種智慧光芒。

他是一株強大的帶著蟲子咬嚙過的疤痕的植物，在意識流、自動寫作、達達主義、象徵主義的

土壤上欣欣向榮、自生自滅、獨一無二，並有像我這樣一個女孩的頭腦裡模擬了十二種喜劇樣式和十二種男人的良好姿態。

有一次我懷揣著僅剩的十塊錢吃著冰淇淋走在街上，經過「巴黎春天」時我拐了進去，我沒有任何困難地喜歡上了其中的一雙像棉花糖一樣可愛而柔軟的有著驚人的高跟的黑色皮靴，於是我想試穿。小姐盯著我看了一小會兒，然後小聲地提醒了一句，這鞋的標價是一千一百八十。我認真地點頭，並微笑。小姐聳聳肩，拿出鞋子。我穿上後在鏡子前來回地打量著。我得承認我很快樂。

當我重新步態輕盈地走在亂哄哄的街上時，我想起了亨利叔叔說過的一句話：永遠別讓人知道你的口袋裡只有十塊錢。是的，永遠。

像衛慧那樣瘋狂

這是我第七部小說的名字，同時也是至今為止最冒險的一次敘事經驗，說不准那些更多地來自於下腹部而又暴躁、衝動、陰鬱、血色、腐敗、優美的字眼兒可以把我和我的想像追擊到什麼樣的角落。寫完最後一個字的時候，覺得自己真算得上是個幸運的小丑。

大學三年級的時候我寫了第一個中篇《夢無痕》，發在《芙蓉》上，後又收入作家出版社新狀態叢書以及在《希望》上連載，以後我發現自己逐漸成為一個勤於練習語言並時不時地被語言控制的敘事者，我敘事的聲音因為自身的青春年少聽來是種銳聲尖叫也因為閱歷不足涉世未深那聲音時

常含糊不清，夾著陣陣哽咽，接下去我又寫了《愛情幻覺》、《紙戒指》、《艾夏》、《床上的月亮》、《欲望手槍》、《像衛慧那樣瘋狂》、《神采飛揚》、《水中的處女》、《愛人的房間》、《說吧說吧》、《陌生人說話》、《愈夜愈美麗》、《蝴蝶的尖叫》、《跟蹤》、《硬漢不跳舞》、《甜蜜蜜》、《黑夜溫柔》、《葵花盛開》。這些巨大的文字群像狂熱的植物蔓延在我用以描摹城市生活的畫布上。收到國內一些年輕孩子和國外留學生的來信。這些信使我第一次意識到作品是作者與讀者之間的盟約，每一方通過作品信任另一方，在同等的程度上要求對方的奉獻，帶著同情心、情欲、個性、價值觀互相交流。

用自我審美的眼光看，從《欲望手槍》開始後面的小說愈來愈遠離了我所傾心的浪漫主義形象、綿綿柔情和精緻的小布爾喬亞格調，呈現出一種非邏輯性的層次感。我似乎處在一種簡潔的直覺衝動中，在這種即興的寫作中，作者本人成爲字裡行間眾多或歇斯底里或清新芬芳或單調或閃光的影子中的一個。我認識到我必須學會牢牢把握自身感受範圍內和個人視野的東西來滿足寫作的欲望。簡單地說，我更相信一些積極的、直接的、個人的東西，像一只執著的捕鼠器我對此孜孜以求。

從《欲望手槍》升始，我已隱隱看到欲望一代那躁動、無恨、時髦的身影浮出地平面，並以越來越迅疾的速度糾集於公眾舞台那被聚光燈強烈烘托的一隅。我也許無法回答時代深處那些重大性的問題，但我願意成爲這群情緒化的年輕孩子的代言人，讓小說與搖滾、黑唇膏、烈酒、飆車、Credit Card、淋病、Fuck共同描繪欲望一代形而上的表情。

我想，肯定是出於對凡俗人群和平庸生活的恐懼，我才選擇了寫作這種並不新鮮的方式，在作品中付出感情。

生活本身就是一件藝術品，我所能做的就是尋找那些在現實的灰燼中再生的詞語，用這些詞語去覆蓋生活本身。一點點地被詞語的挑剔性腐蝕內心感受力的同時，我也一點點地向作爲自我的存在逼近。也正是由於這種不停地書寫，不停地表達我對自己作爲人的命運的興趣超過作爲一個作家的命運。我還很年輕，沒有足夠的興趣與人探討具體的寫作技巧或一些微妙的個人生活經歷或令人費解的信仰。但我知道，某種生活的事實核心已基本左右了我用以打探世界的視線，並嵌入了我的體內，不會流失無需掩藏，並且和這世界一樣無時不變。

是的，因爲年輕，我萬分迷戀於一些似是而非的主義，諸如神秘主義、超現實主義、達達主義，因爲是女孩，我又萬分迷戀黑色高筒靴，電子音樂，死亡詩歌，巫術遊戲，熾熱而盲目的玫瑰，以及自己在每一面鏡子裡的映像。

關於「瘋狂」一詞，我承認它時時刻刻具備著對我的頭腦的挑逗能力，我總一廂情願地認爲，在我所經營的任何文本中，這個詞一旦出現，它必將爲我的寫作（不管平庸與否）增添天使般的富於幻覺的光環。我願視瘋狂爲某種持久的現實，一種擺脫公眾陰影的簡單明快而又使人著魔的方法，也是保持自我、使人振奮、增添活力的東西。

藉著一種從地底升起的幽靈般的激情，我總是試圖保持高昂的情緒和向下滑翔的透明感，以痙攣的手指完成語言狂歡的慶典，越瘋狂越好。如果達不到這種狀態，我就只能往自己腦袋上砸一打

臭雞蛋。

三年前在香港，我努力花光身上最後一個錢然後和一些印度流浪漢、菲律賓女人坐在雨中的九龍公園的一條長椅上打瞌睡。在兩年前的廣州，我乘著深夜的電車來回穿行在城市中感覺從一節節溫熱、窒息的腸道慢悠悠地倘過。在上海，我無數次地失眠，在某個夜晚只身爲愛而出走不帶一分錢不帶電話本地圖不帶眼鏡不帶心愛的香水也沒有一絲絲幽默與勇氣，沒有，什麼也沒有，有的只是一種不能遏制無法逃避的自我放縱的衝動。一種與生俱來暗中搖曳的瘋狂。

那是我生活的美學，也是生命的姿態。

像衛慧那樣瘋狂

著　　者◇衛慧
出　　版◇生智文化事業有限公司
發 行 人◇林新倫
文字編輯◇馬琦涵
登 記 證◇局版北市業字677號
地　　址◇台北市文山區溪州街67號地下樓
電　　話◇（02）2366-0309　2366-0313
傳　　真◇886-2-2366-0310
印　　刷◇鼎易印刷事業股份有限公司
法律顧問◇北辰著作權事務所　蕭雄淋律師
初版一刷◇2000年10月
定　　價◇新台幣250元
郵撥帳號◇14534976 揚智文化事業股份有限公司
ISBN　◇957-818-175-2
網　　址◇http://www.ycrc.com.tw
E-mail　◇tn605547@ms6.tisnet.nct.tw

北區總經銷◇揚智文化事業股份有限公司
地　　址◇台北市新生南路3段88號5樓之6
電　　話◇（02）2366-0309　2366-0313
傳　　真◇886-2-2366-0310
南區總經銷◇昱泓圖書有限公司
地　　址◇嘉義市通化四街45號
電　　話◇（05）2311949　2311572
傳　　真◇（05）2311002

國家圖書館出版品預行編目資料

像衛慧那樣瘋狂／衛慧著. -- 初版. -- 臺北市：
生智, 2000〔民89〕
面； 公分

ISBN 957-818-175-2（平裝）

857.63 89010566